JN043403
領民ゼロ領主の
勘違いハーレム。
ーエロいことがしたかっただけなのに、
世界征服することになってたんですけどー
火野あかり
イラスト／カグユヅ

CONTENTS

アッシュ・ラゼンフォルト

18歳

いるため、常識知らずなうえ、
野生児。
物欲は特になく、本能を満た
ナは知的で堂々としているため、

ユーリカ・エンドハウス

120歳

規模は小さいが、一部族のエルフの女王様。
賢く知識も多いが、魔族である以上得られる知識に限界か
あるせいで、根本的なところを間違えやすい。
強めの妄想癖があり、優秀な頭を無駄遣いしていることも。
他人を思う方向に煽ることが得意で、扇動家として活躍する。

がらら、と引き戸を開けて入ってきたのは、
伏し目がちに顔を赤らめたユーリカだった。
「な、なんで入ってくるんだ!?」
「……こ、この後がありますから。
私も少し気持ちの準備が必要で……
せめてお身体を見慣れておこうかと」

ダッシュエックス文庫

領民ゼロ領主の勘違いハーレム。

―エロいことがしたかっただけなのに、
世界征服することになってたんですけど―

火野あかり

プロローグ

「アッシュ・ラゼンフォルト様ー！」

群衆が口々に領主の名前を叫ぶ。

熱狂と興奮が支配する場で一人だけ、そのテンションに乗れない男がいた。

領主――アッシュはこの光景の原因を冷や汗を浮かべながら考える。

――どうしてこうなった？　いや、原因はわかっている。

――全部、みんなの勘違いだ！

真新しい城の頂上で、歓声をあげる群衆を見下ろしながら、アッシュは真顔を保つのに必死だった。

全身が嫌な汗まみれだ。背筋がひやりとする。

「ユーリカ宰相様ー！」

群衆がアッシュの隣の人物にも声を投げる。

横にはよく通る声で演説をする妻、ユーリカがいた。

薄金色の髪に、真っ白な肌をした耳の長い美女だ。

異種族——通称魔族である彼女は、その中でもエルフと呼ばれる種族である。

太陽を信仰する種族だとアッシュは聞いているが、肌に関しては太陽光の影響を受けないらしく、農作業などで長く外にいてもちっとも日焼けしない。

「それでは参りましょう。——お任せあれ。アッシュ様の意のままに」

「あ、ああ……ほどほどでいいからな？　俺はこの領地が平和ならそれで——」

「またまた、ご冗談を。——そのためには世界征服が必要でしょう？　人間と魔族たちが手を取り合って生きるためには、敵は排除せねば」

ユーリカがほんのりと口元に浮かべた笑みは妖艶にして意味深だった。

この顔をされると何も言えない、とアッシュは口を閉じる。

ユーリカ相手に口で勝負して勝てないのも重々承知だった。

——たぶん、俺はこの地で一番頭が悪いからな！

みんなの計画とやらがさっぱりわからん！

——わかっているのは、いつの間にか俺が世界征服することになっていたことだけだ！

領地が大きく発展してしまったのは、ユーリカの力によるところが大きかった。

何か勘違いしたユーリカが「世界征服する存在だ」とアッシュを持ち上げてしまって、様々な者が巻き込まれた結果、領地が急激に発展したのである。

「皆の者、仰ぎ見よ！　かつて『絶望の地』と呼ばれたこの場所から、我らが救世主アッシュ・ラゼンフォルト様が支配する国、魔国ラゼンフォルトの建国を宣言する！　人間も魔族も平等な楽園だ！　しかしそのためにはまず、邪魔な隣国となった王国、帝国を始め、全ての人間国家を従える必要があるのは言うまでもない！」

大きな胸を左右に揺らし、端正な顔をキリっと凛々しくしてユーリカは叫ぶ。

まるで指揮者のようなユーリカの動きに合わせ、眼下の観衆たちが敏感に反応した。

——大盛り上がりのようだ。みんな楽しそうだな？

「「殺せぇぇ！」」

「「滅ぼせぇぇ！」」

——悪い意味で仲良し。すっごく悪い意味で。

その叫びに、逃げだしたいとアッシュは本気で思った。

群衆から聞こえる声は物騒なものばかり。

彼らは狂騒の熱に浮かされて、喉が張り裂けんばかりに大声を出す。

血気盛んな連中ばかりがアッシュの領地に集まってきてしまった。

大手を振って往来を歩けない者たちが自由な未来に思いを馳せる。

ただ、多くは根っからの悪人というより、それ以外の生き方を許されなかった連中でもあった。

「「人と我らが共存できる世界を構築せよ！」」

そして、眼前の群衆の半分近くは人間ではなく魔族だった。

人類の敵と呼ばれ、人間に虐げられてきた者たちである。

彼らがアッシュを【救世主】と呼ぶのだ。

「………」

——どうしてこうなった⁉

エロいことがしたくて女の子に優しくしてただけなのに、なんで王国を滅ぼすなんて話に⁉

俺は一応、その王国貴族の一人なんですけど⁉

それが知らないうちに反逆者なんですけど⁉

助けを求めてアッシュが横のユーリカを見ると、これ以上ないほどの笑顔でウインクを投げてくる。

その表情は「全てわかっていますよ。お任せください」とでも言いたげなもの。

だがユーリカは何もわかっていない。

普段のアッシュの振る舞いや言動が本人の思っている以上に『それっぽい』だけで、アッシュには野心もなければ、将来的な展望もないのだ。

当然、母国と戦争して独立しようだなんて欠片も考えていなかった。

現実逃避でぼんやりと、「ああ、ユーリカは今日も可愛いなぁ」だなんてことをアッシュは思っている中、群衆の怒号で現実に引き戻される。

「戦争だ！」

「救世主アッシュ様の御旗の下に！」

「我らを排斥した人間どもに死を！」

──うーん、みんな仲良しだ！　種族の違いなんて全然関係ないな！

ある意味では平和に、人間種とは本来敵同士である魔族の面々と、領民である人間たちが肩を組んで、共に叫んでいた。

昨日の敵は今日の友。要するにそういうことだった。

人間に排斥されて居場所が世界のどこにもない魔族たち。

同じ人間から差別され、疎まれ奪われ続けた人間たち。

彼らの共通の敵は『人間』と『現在の世界構造』であり、共通の居場所はここ、アッシュの領地『ラゼンフォルト領』だけなのである。

アッシュが望もうが望まなかろうが、地上の楽園を目指し彼らは世界征服を始めるだろう。

もはや事態はアッシュの手に収まる範囲を超えていた。

「世界を我らが盟主の手に！」

ユーリカがさらにボルテージを上げ、手に持つ杖を天に掲げながら叫ぶ。

この日最高潮の盛り上がりが群衆に起きた。

──どうしてこうなった……。

戦争なんてしたくないし、まして相手が祖国だなんて信じられない。

──俺はただ、エロいことがしたかっただけなのに！

アッシュが困って見上げた空は、全てが始まってしまった日と同じく青く澄んでいた。

第一話

ラゼンフォルト領は、世界の三分の一を版図（はんと）とする王国内でも有数の広大な領地だ。

しかし人は皆、この土地を『絶望の地』と呼ぶ。

この地には領民が一人もいない。

土地が痩（や）せていて、ろくに作物も取れない不毛の地であるからだ。

そんな『絶望の地』ラゼンフォルト領に、たった一人だけ人間がいた。

アッシュ・ラゼンフォルトという貧乏（びんぼう）貴族の青年で、名目上は領主。歳（とし）は十八歳になったばかり。

「常時破産状態というのに慣れているのも、我ながらどうかと思うな……」

はぁ、とため息を吐くと、それが家の中に空（むな）しく響き、自身に返ってくる。

四隅（よすみ）に蜘蛛（くも）の巣がかかるリビングで、穴だらけでボロボロのソファに座りながら、アッシュは手のひらに乗せた三枚の銅貨を眺（なが）めた。

れっきとした貴族であるのに、所持する現金の総額が銅貨三枚。

現代日本でいうと三百円。

駄菓子は買えても食事をするには足りない金額だ。

もっとも、買い物しようにも領内には一軒の店さえないのだが。

アッシュの生活は狩りと、たまにやってくる行商人の持ってくる物に支えられている。

代金は武器などの素材になる魔物の死骸で賄っていた。

「金がない。やることもない」

アッシュは暇人の極みにあった。

本来領主は領地領民の管理、流通や領内法の整備など多岐にわたる仕事を持つものだが、アッシュはそれらを何一つしていない。

領民がいないからである。要するに、何をしても無意味なのだ。

「やっぱり狩りに行こう。今日のメシもないのだった」

窓際の二本の剣を腰の左右にぶら下げたホルスターに差し込み、アッシュは欠伸しながら屋敷を出た。

アッシュは灰色っぽくくすんだ黒髪をしていて、一目見た印象は頭がよさそうな顔立ちをしている。

年齢は十八歳だが、身長の高さもあってもう少し年上に見える佇まいをしていた。

涼しげで切れ長の眼元の印象はクールで、眼鏡をかけさせれば学者にも見えそうな顔つきである。

身長は百九十二センチ、シルエットは細身でありながら、肉体は限界まで鍛え上げられており、精悍さも感じさせる。

貴族の長男として躾(しつ)けられた立ち居振る舞いにはそこはかとない優雅(ゆうが)さが滲(にじ)んでいた。

だがしかし、それらは見た目の印象だけの話。

アッシュは【バカ】である――。

「女の子が五十人くらい引っ越してこないだろうか。そして俺を好きになってくれないだろうか。あわよくば全員結婚してくれないだろうか」

歩きながら、アッシュはベッドの上下左右に女がいる状況を思い描く。

本人は至(いた)って大真面目(まじめ)にハーレムの光景を妄想(もうそう)していた。

アッシュの本質は野生児だ。

親が死んでから十年、まともに他人と関(かか)わっていない。

常識を身につける機会はなかった。

行動は欲望に忠実で、感情が先立つ短絡(たんらく)的なタイプ。

貴族でありながら自分の国の法律もろくに知らない。

人と話し慣れていないから口下手で語彙力(ごいりょく)もない。

バカにされないよう話を「わかった風」に合わせてしまう悪癖(あくへき)もある。

さらには感情を読み取りにくい鉄面皮(てつめんぴ)を標準装備していた。

つまりバカで知識もなく、さらにコミュ障(しょう)なのである。

それらは偶然の出会いによって、幸か不幸か奇跡的に都合よく受け取られてしまう。

適当に思いつきで行動しているだけなのに、深い知略のもと大胆な行動をとっていると勘違いされることとなる。

この時の彼は自分の未来を知る由もなく、ただ煩悩に頭を支配されていた――。

◆

「お、またドラゴンか。俺の領地で飲み食いするなら税金払え、まったく……」

青空高く、赤いドラゴンが飛んでいた。

アッシュにとってドラゴンは貴重な収入源であり、メインの食糧だ。

逃げられてはいけないと、アッシュは駆けだした。

アッシュの住む屋敷から続く街道は、石畳が剝がれて地面がむき出しになっており、数百はある家々は管理する人間が不在で朽ちている。

真っ昼間だというのに人の声はどこからもしない。領地には寒気のする静寂が満ちている。

端的に言うなら、ラゼンフォルト領は終わっていた。

父が生きていた頃はまだ領地に若干の人が残っていたが、後を継いだ当時七歳の幼いアッシュに家族や自分たちの生活を任せようとする者はおらず、皆出ていってしまった。

それからというもの、アッシュは十年以上一人で領地を維持し――できているかは別として

──、一人で生きている。

ドラゴンを追いかけながら、アッシュは心中、焦りを感じていた。

青年らしい漠然とした焦りだ。

「食事のために今日も魔物狩り……これでいいのか、俺の青春⁉　ずっとこんな生活のまま死ぬんじゃないか⁉」

──エロいことがしたい！

アッシュの頭の中は色欲でいっぱいだった。

十八歳になる貴族の当主だというのに、アッシュには婚約者がいない。

それ以前に男女問わず友人もいない。

「俺だって結婚したり女の子とイチャイチャしてみたい！　そのためには領民を増やして税収を増やすしかない！　でも、どうやって⁉」

全力で走りながら叫ぶように独り言ちる。

どうせ誰も聞いていないからと、普段から結構な声量で独り言を呟く悪癖があった。

領民が増えれば必然的に出会いがあるし、収入も増える。

そうなれば結婚なども現実味を帯びてくるはずだと信じている。

しかし領民を増やす方法がわからない。

エロいことがしたい。

彼女や結婚相手が欲しい。

「俺は、俺だけのハーレムが欲しい！」

そんな十八歳の少年らしくも邪なモチベーションで、アッシュの身体は風のように軽やかに駆動し、ドラゴンのもとへ突き進む。


急降下していくドラゴンは、小高い場所にある屋根のない屋敷跡を目指しているようだった。

領主邸のある街の中央ではなく、少し外れにある建物である。

大昔は領内有数の金持ちが住んでいたが、今は見る影もない廃墟だ。

廃墟なのだから食べるものは何もないはずだと、アッシュは足りない頭を悩ませる。

だが一瞬で考えは切り替わり、両腰に差した二本の剣の位置を確かめた。

——細かいことを考えるのは苦手だ。

こうした問題は剣を振るえば解決できるのだから、考える必要はない。

思考を殺して走ることに集中し、アッシュはドラゴンを追う。

ドラゴンの着地の影響で周囲に土煙が高く舞うのとほぼ同時に、誰もいないはずの廃墟から叫び声がした。

「lohikäärme!?　（ドラゴン!?）」

ごう、と空間がゆがむような衝撃を生むドラゴンの羽ばたきと、人間離れした速度で走るアッシュが生じさせた風の音の中に、若い女の高い声が混じる。

着地したドラゴンは適当に腕を振るい、屋根のない廃墟の壁をあっさりとなぎ倒す。

ドラゴンの巨大な体躯は生物としての序列の高さをこれでもかと示していて、廃墟のある一角だけ、翼の影の形に夜が訪れたようだった。

「やっぱり女の子か⁉」

壁が倒れると、かろうじて原形をとどめている二階の古びたベッドの上に、薄金色の輝きをした髪の女がいるのをアッシュは確認する。

頼りなく思えるほど細い身体に、性別が女性であると一目でわかる大きな胸の膨らみ。

アッシュの鍛えた硬い身体と比べれば別な生き物にすら見える。

凝視するまでもなくわかる絶世の美貌に、アッシュはドラゴンが視界から消える錯覚を感じた。

日常で見慣れているのはドラゴンで、女の子は非日常の、悲しい青春を送っていたせいである。

――ずいぶん耳の長い女の子だな？

すごい可愛さだ……結婚してくれないかな？

一目惚れして浮かれるアッシュを現実に引き戻したのは、ドラゴンの低いうなり声だった。

自分が動かなければ奇跡のようなこの出会いも終わる。

驚きで丸くなったアッシュの目が、いつもの空虚なまでに冷静な尖りを取り戻す。

精神も比例して冷たく鋭く尖っていく。

アッシュは下半身に力を込め、腰の剣を二本とも鞘から抜き、強く踏み込み、距離を詰める。

ドラゴンは女の方へ首を伸ばしていたため、比較的低い位置に首を下げていた。

だが低い位置とはいえ、その高さは五メートル前後の高さがある。

しかしアッシュにはその程度の高さなど障害とはならない。

ドラゴンは超常の生物であるが、アッシュはそれを主食にしているのだ。

今更特別な感情を持つほどの存在でもなかった。

「税はお前の命で払ってもらうことにしよう。――女の子がどれだけ貴重だと思っている⁉」

完全に私怨に近い動機でアッシュはドラゴンを斬ることに決めた。

首といっても横幅ですらアッシュの身長よりもずっとある。ましてや全身となると比べることすら難しいサイズ差である。

さらにドラゴンは剣も矢も弾く堅牢な鱗を持つ。中の肉も骨も硬い。

だからドラゴンはアッシュを一瞥してもそれ以上気にすることはなかった。

人間は所詮、自分の防御機能を越えられない矮小な生き物だ。越えたところで何もできやしない、という経験に基づいた驕りを全身にまとっていた。

アッシュ以外が相手なら、ドラゴンの態度はそれでよかったと言える。

強者が弱者を見下すのは至極当然であり、それこそが自然なのだから。

しかし、ドラゴンの予想に反し、アッシュの刃は水でも斬るかのようにするりと首を通過していく。

まず一太刀を入れ鱗と肉を断ち、身体を空中でひねって、もう片方の剣で同じ場所を斬りつけ、骨を探る。

空中で一回転する、軽やかな舞のような剣技だ。

遠心力を利用してそれを三度空中で繰り返し、ドラゴンの固い首の骨の繋ぎ目が離れた。

ドラゴンが事態を理解できたのは意識が途切れる寸前のこと。

斬撃を入れ終えたアッシュは、千切れかけたドラゴンの首を踏み台に屋敷の二階へ飛び移る。

そして唖然とした顔でベッドに座り込んでいた女を抱え、二階から飛び降りて廃墟の外へ駆け出した。

アッシュは生まれて初めて触れる女の子の柔らかな感触と軽さ、小ささにニヤけてしまう。

ドラゴンのことなどもう忘れてしまっていた。

――なんて柔らかい二の腕と足なんだ……！　一生触っていたい。

ふよふよとした柔らかさにニヤけ、本能のままに指で女をまさぐってしまう。

アッシュのニヤけ顔は他人から見れば不敵な笑みであると、本人だけが知らずに。

「Kuka sinä olet!?　――え、ええと人間の言葉では……あ、貴方はいったい何者ですか⁉
ド、ドラゴンがあんなに簡単に！　それと！　き、気安く触るのはやめてくださいっ！　い、いやらしい！」
大きな屋敷よりも巨大なドラゴンのあっけない死にざまにうろたえつつ、女は震える声でアッシュに尋ねた。

「俺はアッシュ。このラゼンフォルト領の領主だ」

領主と聞き、女は顔を青くする。

何しろ不法に侵入し滞在していたのだから、うしろめたさしかない。

その上、自分を持ち上げている男は何やら企(たくら)みのあるような表情をしている。

そしてなぜか二の腕と太ももが揉(も)まれている。

「と、とにかくっ！　降ろしていただけますかっ⁉」

一転、今度は赤面して女は暴れ始めた。

アッシュは女を地面に降ろし、一歩後ろに下がって距離を取る。

「す、すまん。――違うぞ⁉　触りたくて触ったのではなく、建物の崩壊(ほうかい)から助けようと思ってだな⁉　あとはその……俺にもわからんが、手が勝手に動いたんだ！」

「た、助けてくださったのは感謝していますから、今の件は不問にします……！」

パンパンと音を立てて服のホコリを払っている女をアッシュは凝視する。

全体的に動きやすそうな薄着で露出(ろしゅつ)も多い。

胸や尻(しり)は丸く大きいのに、服の上からわかるくらい、くびれた細い腰をしていた。

アッシュは女が腕を動かすたびに上下左右に揺れ動く大きな胸を猫じゃらしを前にした猫のように目で追い、彼女から漂う甘い果実のような匂(にお)いに全神経を集中した。

手と腕に残る柔らかな感触と生暖(なま)かな温度は生まれて初めてのもの。

女の身体は男なら誰でも欲情してしまうくらい性的魅力に溢(あふ)れていた。

「それで、君は？」

「どうせ耳で露見(ろけん)してしまっていますが、私は魔族です！　これ以上人間と馴(な)れ合うつもりなどありませんっ！」

キッと目つきを鋭くした女は、開き直ったように長い杖をアッシュに向ける。

――魔族ってなんだっけ？

人類の敵とかそんなやつだったような……よくわからん！

話ができるのだから、少なくとも魔物とは違うはずだ！

ただでさえ世の中についての知識が薄い上に、生まれて初めて遭遇した年頃の女の子に浮かれ切ったアッシュは考えるのを早々にやめた。

視線は遠慮なく女の肢体を這いずり回り、頭の中は完全に煩悩に満たされる。

――結婚！

いや、婚約！

いいや、彼女でもいい！

最低でも領民――友達にはなってほしい！

段々と求めるハードルが下がっていく。現実を見始めていた。

――エロいことがしたい！

どういう関係ならエロいことができるんだ⁉

頭の中をピンク色に染めながら、アッシュは真顔で女を見つめた。

アッシュ・ラゼンフォルトは【バカ】である。

大局的な視点は持たず、短期的にも間違いばかり。

しかし一人でする間違いとは違い、今回しでかす間違いはアッシュの未来を変えることになるのだと想像すらしていなかった。

世界すら変わる勘違いだということも——。

「私の名は、ユーリカ・エンドハウス！　この『絶望の地』を奪うためにやってきた、エルフの先触れにして貴方を殺す者です！　人の住まわぬこの地は、虐げられし我ら魔族にとっては希望の地！　貴方個人に怨みがあるわけではありませんが、むしろ恩すらありますが！　一族安寧のための礎になっていただきますっ！」

杖の先に光の球が膨らんでいく。

女——ユーリカが魔法で攻撃しようとしていた。

極度の緊張で慌てふためいた状態でもユーリカは目的を忘れず、正確に敵を見定めた。

色々と予定が狂ってしまったものの、アッシュを排除し、あとに残された人の住まわぬ、この広大な土地——ラゼンフォルト領を奪取するのがユーリカの計画だった。

先住者がおらず、しかも人間から忌み嫌われ避けられている土地は、居場所のない魔族の侵略者たちには都合がよかった。

誤算だったのは、エルフの仲間たちと合流してから寝込みを襲撃するはずだったアッシュと単独で遭遇してしまったこと。

正直、死を覚悟している状況だ。

ドラゴンをあっさり殺す者相手に勝てるわけがないとユーリカはわかっていた。

だが勝てなくても勝たないといけない状況にある。

もし仲間たちがアッシュと不意に遭遇すれば一族は絶滅する。

それだけは避けたかった。次代に繋がるなら喜んで命を捨てられるほどに決意している。

相打ちにできれば上々。そうできなくとも、アッシュの力を削げれば十分だ。

ユーリカがそんなことを考えながらアッシュに敵意を向けていると、命を狙われている当の本人からはずいぶんと間の抜けた返答があった。

「住むところがないのなら、この土地に住んでもいいぞ？」

「世迷言を！　私は一族の代表としてこの場にいるのです！」

「だったらその一族全員で住めばいい。見ての通り、土地は余りまくってる。家も空いている。好きなのを自由に使ってくれていいぞ。多少修理は必要だが、使えるのもまだたくさんあるはずだ。修復は手伝うぞ」

「――え？　わ、わかっているのですか？　私は魔族、つまるところ、人間である貴方の敵ですよ？　自らの懐にそんな危険極まりない者を招くと……？」

困惑の極みといった表情をその美しい顔に浮かべるユーリカは、杖を少し下げる。

アッシュからは全く敵意を感じなかった。

実際、アッシュの中にあったのは下心と生来の優しさだけ。

家がなくて困っている。自分の土地には家が余っている。だから貸そうと考えた。

しかもそれは領民を増やすことに直結する。魔族が敵だという前提がなければ迷う余地がない。

何よりアッシュの望みはハーレム建設である。

女の子が住んでくれるなら、自分の屋敷を渡してホームレス生活に突入してもいいとさえ思っていた。

無知ゆえの浅はかな選択——。

これが後の歴史を変える。何ともバカらしい話である。

「俺は君の敵じゃない。だから、君だって俺の敵じゃない」

——まずその敵ってのがよくわからんのだよな。

とにかく領民が増えるのはいいことだろう？

しかもそれがこんなにエロくて可愛い子とその家族。

ダメな理由がわからん……。

「——覚悟！」

ユーリカは少し悩んだ顔をしていたものの、アッシュの対応は不気味でしかなく、不安から攻撃することに決め、杖を振り下ろした。

ユーリカからすれば、アッシュを排除できれば万事（ばんじ）解決である。

あとは領主邸から離れた場所に腰を据（す）えて隠れ住めばいい。

人の流入がない場所なのでまず見つからないだろう。

元から管理されていないも同然の場所に新しい領主が来る可能性も低い。

価値がないと判断されているから放置されているのだ。でなければ理由をつけてほかの貴族がこの広大な土地を掠め取りにやってきているはず。

アッシュがいくら聞こえのいいことを言っていても、人間の徴税官などが来るようなことがあれば、すぐに通報される可能性が高いとユーリカは判断した。

人間の頭ほどの光球がアッシュめがけて音より速く飛んでいく。

まともに受ければ死は確実な魔法だ。

しかしアッシュは光球に手のひらを向けるだけで動きはしなかった。

アッシュの手のひらに近づくと、光球はまるで何もなかったかのように消え失せる。

弾いたのでも防御したのでもなく、ただ、消えた。

「私の魔法球が消えた……!?」

「――俺は全てをゼロにする。それがどんな魔法でも――」

魔法を打ち消した後、アッシュは襟元を正し最大限格好をつけ、口をぽかんと開けて呆然としたユーリカに手を差し伸べる。

――君とエロいことをしたい、なんて言ったら怒られるよな。

どういえばいいか……。

「俺と一緒にこの領地を発展させないか？　魔族だとか人間だとか、そんな細かいことを俺は気にしない。いや、こう言うべきか。――俺は君をずっと待っていた」

――できれば結婚して一緒に住んでくれないか。

種族が違っても可愛ければ全然いいよ！
君みたいな可愛い子にずっと会いたかったんだ！
そんな頭の悪いニュアンスでアッシュは発言する。
ただその発言は全く別の捉え方をされることになった。
アッシュの無駄に賢そうに整った見た目や空気。
頭が悪く語彙が少ないこと。
生来の口下手の上、わかったように会話を合わせてしまう癖。
鉄面皮ゆえの得体の知れなさ。
貴族として最低限知っているべき法律の無知。魔族が敵だという人間の常識の欠如。
何より、個体としての圧倒的な強さ。
それらはユーリカに多大な勘違いを起こさせることになる。

頭のいい者は思考の過程は間違えない。
間違えるとすれば、根本にある前提を間違える。
そして間違えた前提のままに思考を進めてしまう。
少なくともユーリカの場合はそうだった。
ユーリカはアッシュが【バカ】だと気づかなかった——。

――この男は何を考えているのだろう。

手を差し伸べてくるアッシュを黙って見つめ、ユーリカは困惑の中で思考を巡らせる。

――この手を取ってもいいのか。人間との共存などできるわけが……。

ユーリカ・エンドハウスは自らの知性を疑わない。

エルフは長命で、それに伴って知識や思索を深める時間が人間よりもずっと長いからだ。

ユーリカにしても可憐な見た目とは異なる長い時間を生きてきた。

だからこそ、アッシュの発言から納得のいく解を無意識に探してしまう。

エロいことがしたいだけという低俗すぎる本心など、一周回ってもわかるはずもなかった。

加えてユーリカには発想が飛躍する悪癖がある。

他人からは妄想と言われてしまう領域まで深く考えてしまうのだ。

自らの部族のため些細なリスクすら考慮する中で生じた思考の癖で、これまでは有用だったが、今回に限っては悪癖と言わざるを得ない。

「貴方はなぜ私たち魔族を匿うようなことを……？」

敵意も悪意も感じさせないアッシュの態度に、ユーリカも身体のこわばりを解いていく。

どうあれ自分ではアッシュを殺せない。それどころか傷つけることもできないと改めて判断した結果でもある。

自分の全力を見せてもアッシュの表情一つ変えられなかったのだから、致し方なかった。

ユーリカがアッシュに感じた印象は『超生物』という単刀直入なもの。

物理剣で、単独でドラゴンを打ち破るなんて身体能力は到底信じられない。

ドラゴンに限らず、多くの魔物は身体能力だけでは倒せないほど人間と力の差がある。

さらに魔物は人間が基本的には使えない魔法まで使うから、その差は著しい。

この世界では人間の貴族と魔族、魔物だけが魔法を使える。

つまり、人外しか使えない魔法を使えるからこその貴族であり、英雄なのだ。

そして魔法が使えるユーリカは、この世界において決して弱くない立ち位置にいる。

単騎でドラゴンを斃せるかと言われればもちろん無理だが、それでもこの世界では相対的に強者であると言えた。

だがアッシュの前では無力な一人の女に過ぎない。

魔法を奪われればその身体能力はせいぜい並の人間程度だからだ。

今、この場でユーリカの前に立つのは、原初の掟、弱肉強食の世界ならばおそらく最強と判断できる男。

ドラゴンにさえ絶望を与える、『絶望の地』の領主にふさわしい力を持つ男――。

こうなった以上、ユーリカが自分の命と同胞たちを守る方法は、アッシュの言うことを聞く以外なかった。

「――俺には昔から望みがあるんだ。それも大きな望みがな」

ニヤリと不敵な笑みを浮かべ、アッシュはユーリカの『なぜ魔族を匿うのか』の問いに答えた。

ユーリカから見えるアッシュの姿は理知的なものだ。

長身で、引き締まった筋肉に包まれた身体、深く物事を考えていそうな顔、落ち着いた態度と振る舞い。そういった要素が余計に理知的に見せる。

ドラゴンの死を見た直後で、ユーリカの心臓は大きく鼓動したまま。

片やアッシュはそれが日常のこととでも言うように、特に感想も述べずリアクションもしない余裕っぷりを見せていた。ユーリカの知る者たちとは隔絶した強さは、アッシュの言葉に必要以上の説得力を持たせていた。

「望み……それはどのような？　一人では叶えられないことなのですか……？」

言いながら、ユーリカの中に一つの可能性が思い浮かぶ。

いや、最初から感じていたことを言語化できたと言ったほうが正しい気がする。

人間の敵である魔族を領地に抱え込むリスクを考えると、その一つしか思い浮かばなかったのだ。


――この男は世界征服を目論んでいるのでは。

一度その可能性が浮かぶとそれらしい点がどんどん目につくようになってくる。

アッシュの鉄面皮には悪巧みが滲み、声色にはその大望――彼の能力の非常識さから、ユーリカが勝手にそう感じているだけ――が夢物語ではないとうかがわせる静けさがあった。

貴族とは賢者である。

この王国では貴族以外まともに教育を受けられない。

封建貴族が支配する王国では、学校制度など敷いているところは少ないのだ。

領民に知恵をつけさせれば支配体制が揺らぐ。それが教育しない理由である。

知識に天井が定められていない貴族である以上、アッシュも知識と知恵に溢れているはず。

だからアッシュがバカだとは、ユーリカは微塵も思わなかった。

「ああ。俺の望みは一人では叶えられない（エロいことは一人じゃ想像しかできないからな……）」

アッシュはそう言ったあと、片手で顔を隠して上を向く。

無意味に大物っぽく見える格好つけたポーズである。

さらに口元には抑えきれなかったニヤけ――エロ妄想の結果――が漏れる。

それがまた、ユーリカには不気味に見えた。

アッシュの回答と態度にユーリカは確信めいたものを得る。

――やはりこの男は。

――いえ、この御方は！

ユーリカがぶるりと身震いする。

全身がゾクゾクした。期待に胸が躍った。

エルフの一族どころか、全ての魔族が望む夢を実現しようとしている者が人間の中にいるとわかって歓喜に震えた。

できる限り平静を保とうとしても喉が震える。膝が笑う。腰を抜かしてしまいそうだった。

「──そ、その大望には私が必要なのですか？」

「もちろんだ（こんな子とエロいことがしたくて俺は生きてるんだからな。それにしてもなんてデカいおっぱいなんだ……喋るだけでプルプル揺れている……！）」

アッシュの鋭い視線がユーリカを射抜く。

見下ろされているユーリカには、自分が使えるかどうか値踏みされているように感じられた。

しかし現実は、バレないよう目を細め、ユーリカの深い谷間を盗み見ているだけのいやらしい視線だった。

──なぜこの領地には人間の領民がいないのか。入れようとさえしていないのか。

ユーリカが情報を収集した限りでは、ラゼンフォルト領は移民を呼びかけていなかった。

外から見れば人が来るのを拒んでいるのも同然だ。

実際にはアッシュがその手の知恵をろくに持っていないのと、金をかけて募集しても不毛の地に来る者はいないから結局、無駄なだけなのだが、間違った方向に思考し始めたユーリカには作為的なものに感じられる。

──まともな常識を持つ人間は邪魔でしかないからだ。

加速する思考は、アッシュの不可解な行動や言動にもっともらしい理由を作ってしまう。

現実には全て「バカだから何も考えていないだけ」で説明できることで、それが正しい。

しかしまさかそんなはずはないと、ユーリカは期待からその可能性を無意識に排除していた。

――やはりこの御方が目指しているのは世界征服。

ユーリカはユーリカで【賢いバカ】と呼ばれる人種であった。

知性があることとそれを扱う能力はまた別なことである。

「ですが私だけでなく当然ほかの者も必要ですよね？」

「……多いほうがいいだろう？　可能性や選択肢はたくさんあるに越したことはない（たくさんの女の子とイチャイチャしてみたい……それこそハーレムだろう！）」

アッシュは欲望のままに答える。だがユーリカの受け取り方は違う。

――ああ、私の運命はここに、この御方のそばにあるのだ。

全ては偶然ではなく必然。

私が廃屋で眠っていたことも、ドラゴンに襲われたのさえ、世界の大きな流れの一部であったのだ。

これが天命なのだ。生まれた意味なのだ――。

ごくり、と喉を鳴らし、ユーリカはようやくアッシュの手を取る。

そして膝をつき、深く頭を下げた。

エルフには生来の気位の高さがあるため、他人に頭を下げることはまずない。

まして相手が敵である人間であるならなおさらだ。

だがそのプライド以上に、胸の中いっぱいに熱い忠義心が満ちていた。

――この御方と一緒なら世界を変えられるかもしれない。

私は新たな世界の創造主を見つけたのだ。

「改めまして、私の名はユーリカ・エンドハウス。どうかお導きください」

「ああ。任せてくれ。（導く？　よくわからないが……道案内か？）」

アッシュが適当に返答していることなどわかるはずもなく、ユーリカはアッシュの手のひらに新世界を夢見た。

少しの沈黙の後、何かに呼ばれたかのように二人は空を仰(あお)ぐ。

夏の高い空に雲は一つもなく、どこまでも続くと感じられる蒼穹(そうきゅう)だけがあった。

青く澄(す)んだ空の下、全てが始まる。

賽(さい)は投げられた。

嚙(か)み合ってはいけない歯車が嚙み合い、世界が動き出す。

第二話

「領地内は事前に調査していましたが、中心部も想像以上に荒れきっていますね……」

「見慣れすぎててわからんな。これは荒れているのか？」

落ち着いて話すため、ひとまず屋敷に行こうと話がまとまって領地内を歩く。

二人の視界にあるのは雨風に晒され荒れ果てた家々と、自然に還りつつある街道だ。

要するに廃墟の街である。

――急に上向いてきたな、俺の人生！

道中、アッシュは浮かれ切っていた。

これまで一人で生きてきたのに、隣に女の子、それもとびっきり好みの女の子がいる。

だが真顔だ。表情筋が死んでいて表情が作れない。

「今後の予定は決めていらっしゃるのですか？」

世界征服に向けた具体的な計画が存在するはずだと思って、ユーリカは聞く。

力だけで征服できるほど世界は簡単にはできていないものだ。

そんなこともわからないのか、使えない奴め、とアッシュに怒られてしまうかもしれないが、
方向性だけでも聞いておきたいとユーリカは覚悟して聞くことにした。

「予定か。とりあえず屋敷に着いたら何か食べるのはどうだろう？　とっておきの肉があるんだ。いつ食べるか迷っていた。ちょうどいいから一緒に食べよう」

「い、いいえ、そういった目先の予定ではなく、このラゼンフォルト領を最終的にどのように発展させるかの予定ですね。あっ！　もちろん、お気持ちはありがたいですが！」

「そ、そうか。そっちか」

小首を傾げ困った顔をするユーリカを見て、アッシュは無性に恥ずかしくなって目を逸らす。

アッシュは明日より先の予定を考えたことがほぼなかった。

――てっきり腹が減っているのかと思ったが、違ったか……！

好かれたいが何をしてやればいいのかわからん。

俺なら美味いメシをもらえればすぐ嬉しくなるが、女の子はそうではないようだな……！

ひとまず合わせておくか……。

「まずは領民を増やそう。そして領地が自立できるような産業や農業を発展させたい。――王国一栄える領地にしたいんだ」

――豊かな土地なら女の子もたくさん住んでくれる。

そうなればそこで一番偉い俺は相当モテるのではないか⁉

アッシュは浅はか極まりない思考をしていた。

真顔で言ったアッシュの言葉を聞き、ユーリカは杖を強く握り、ゴクリと喉を鳴らした。

やはりアッシュは領地の独立を考えているととらえたのだ。

王国一栄えるというのはつまり、王の直轄領――首都をも越えるという宣言に他ならない。

世界征服の下地をここに整える気だ、とユーリカは改めて確信する。

――ユーリカが何やら険しい顔をしている。

王国一なんて無理に決まっていると思われているのだな。

まぁ実際無理だと思うが。

そこそこ栄えてくれればいいんだ、そこそこ。

――店が三軒もあるとかな！

アッシュはアッシュでスケールの小さい勘違いをしていた。

「アッシュ様は一体どうして……いえ、言い方を変えましょう。一体何が欲しいのですか？」

「俺の欲しいもの？」

――エロいことがしたい。だから妻や恋人が欲しい。

なんて言ったら嫌われるのはいくら頭の悪いアッシュでもわかるので、とりあえずはそれらしく答える。

「全ての領民が笑って楽しく暮らせる領地が欲しい。今はどこからも音がしないだろう？　俺のほかには誰もいないんだ」

「笑って暮らせる領地……それが魔族でもですか？」

「無論だ。人種が違うからといって、幸せに暮らしてはいけない道理などないだろう？」

た。

「――感服しました」

大きな瞳にじんわりと涙を浮かべ、今にも泣きそうな顔でユーリカはアッシュを見つめていた。

――俺は泣かせるようなことを言ってしまったのだろうか。

もしかして魔族的には笑って暮らすのは良くないことなのか？

確かに魔族という響きはなんだか悪そうだ。笑うのが良くないことである可能性は十分ある。

ユーリカの涙は、人類の敵である魔族までをも慮るアッシュの慈悲に対する感動からだ。

領主なら領民が幸せに暮らすことを望むのはあまりに当然すぎて、アッシュはその感動に気づけなかった。

「まず食料の安定が一番先だな。領民が増えても食べる物がないのでは……狩りだけに頼ると食べるものがない日も多くなる。ドラゴンは美味いが、少し硬くて食べるのも疲れる。何より飽きた」

求めるものを聞いたユーリカは、アッシュの正面に回りこみ、一度深呼吸して言い放つ。

緊張がユーリカの全身から溢れ出ているように見えた。

「アッシュ様、私と結婚いたしませんか？」

「は？」

長年、願望していたものが向こうからやってきて、さすがのアッシュも鉄面皮を保てなかった。

「一年与えていただければ食糧問題は私が責任をもって解決いたしますよ。我らエルフは森とともに生きる種族ですから、植物の知識は人間よりも豊富です。あの〝深淵の大穴〟のおかげか豊かな水源もありますから、時間をかければいくらでも土壌改善は可能だと以前から判断していました。人の管理がないから痩せた土壌になってしまっているのだと思います」

ラゼンフォルト領には、半径五十キロにも及ぶ巨大な縦穴がある。

ドリルで開けられたように正円で垂直の、不気味な暗黒の穴だ。

底がどれほど深いかはわからず、周囲の水源から滾々と湧き出る水が落下音もなく穴の底へと流れ込んでいる。

いつから存在するのかさえ、誰も知らない。

エルフたちはその大穴を〝深淵の大穴〟と呼んでいた。

深淵の底まで続くのではないかと思うほど、暗く深い穴だからだ。

「そんなことができるのか!?　――結婚だと!?」

思わず出たアッシュの大声にユーリカは少し怯えを見せるも、すぐに持ち直す。

相手にしているのは規格外の存在。

強大な力のそばにいるのだから、自分を最大限アピールしなければ共には歩けない。

「――言い遅れましたが、私は一部族にすぎませんがエルフの女王です。結婚を提案した理由は、これまでいがみ合っていた種族や集団が団結するのには、権力者たちの血の繋がりを作るのが手っ取り早いからです。他の魔族との今後も考えると、私たちの繋がりはいずれ大きな意味を持ってくるはず」

世界征服をするとして、おそらく今後様々な魔族が流入する。

その際にエルフが他種族より優位に立つには、いち早くアッシュとの信頼関係を築く必要がある。

ここで妻になることは必ず将来に繋がるはず。

ユーリカの理性はそう答えを出したが、本能もまた同じ結論、結婚を導き出していた。

絶対に死ぬと思った状況で助けられ、自分たちがその長い生涯をかけても手に入れられるか怪しい居場所と生きがいをあっさりとくれる。

その相手が異性なら惚れてしまうのは自然だった。

「結婚……」

──結婚？

結婚してくれるの？

こんな可愛い子が俺と？

え、じゃあエロいことできるのか⁉

おっぱい触らせてくれたり……⁉

ユーリカが長々と演説のように語っている言葉はアッシュの耳を通り過ぎていた。

生まれて初めて味わう高揚感で胸がいっぱいで、頭が真っ白になっていたからだ。

ただ顔は鬼気迫ったような鉄面皮である。反対に心中は嬉々としていた。

こういった細かなズレが勘違いをさらに加速させていく。

「そ、その……やはり私が結婚相手ではご不満でしょうか？」

「あ、ああ、不満などない。ただ少々驚いてな。――こうまで思い通りにいくとは……」

ククク、と不敵な笑い声がアッシュから零れ出る。

思い通りにいく、というのは、単純に結婚したかっただけのこと。

結婚の先には当然、アッシュが夢に見るほど求めている性行為が存在するからである。

しかしユーリカは、彼は魔族に対する政治戦略としての結婚を望んでいたのだと解釈する。

「ふ、ふつつかものですが、よろしくお願いいたしますっ！　必ずやご期待に応えてみせます！」

一度認識がズレ始めてしまうともう止まらない。

「俺のほうこそよろしく頼む。だが婚約じゃなくて結婚なのか？　普通は婚約して、その間に家同士の関係性やらを調整していくものだとどこかで聞いた。まぁ俺に家族はいないが」

「婚約文化はエルフにはありませんが、お望みなら婚約からでも構いませんよ？　ですがその……エルフは人と比べれば生殖能力が高くないのです。一個体が長く生存し、子供をたくさん作る必要がないので。子供ができるまで十年かかることも珍しくないですし、子供が成長するのにも時間がかかります。だ、だから婚約している期間がもったいないというか……」

もじもじした態度で口ごもり、視線を泳がせ、ユーリカは小さな声を出した。

言いたくない、という様子だ。

「いきなり結婚してどうするんだ？」

「Lastenteko……こ、子作りに励みます。——ち、違いますよっ⁉　快楽をむさぼるためではなく、純粋に生物として当然の行いです！」

真っ白な肌を胸元のあたりまで真っ赤に染め、ユーリカは言い訳するように語気を荒らげる。そして火照りを冷ますためにパタパタと自分の顔を手で扇いだ。

「——エルフはエロい種族だな……？」

「だ、だからっ！　——ま、まぁ長命な分、そういった方向にばかり時間を使う者も珍しくはないのですが！」

長く生きるものほど命の実感は得難い。

だから手軽に得られる生の実感として淫蕩に溺れる者は珍しくなかった。

パートナーを見つけひたすらに性交し続けたり、一日中自慰を繰り返すなど、一日の価値が人間よりも低い種族は時間を無駄に使いがちだ。

——エルフはエロい種族、か。

なんと、こんな見た目なのにエロいとか最高じゃないか。

「とりあえず理解はしたが、本当に俺でいいのか？　今さっき会ったばかりだし結婚は早い気もするぞ。もっとお互いを知ってからでも……」

——エロいことは今すぐにでもしたいが、ユーリカは俺でいいのだろうか。

ユーリカもすぐしたいのか？

アッシュはなぜユーリカが自分と結婚したいのか謎に思う。急展開に内心ビビってもいた。

「個人的な好みとしてもアッシュ様がいいです。何より〝強いこと〟が私の伴侶に求める最大の希望ですので。アッシュ様でダメなら誰も選べません」

顔の横に人差し指を立てユーリカは軽く頷いた。

種族や文化が違えば価値観も違う。

ユーリカが結婚相手に求めるのは強いオスであること。

顔がいい、経済力がある、はたまた話が面白いだとか、そういった俗っぽい価値観がないわけではないが、最優先事項ではない。

長命種であるエルフの子供も長く生きる以上、強くなければその長い生涯を悲しく過ごすことになってしまう。

無慈悲な世界で被害者にならないためにも、つがいは強くあらねばならないというのが基本思想に根付いていた。

そういう意味で、アッシュは人間でありながらユーリカの好みド真ん中にいる。

ドラゴンを倒せるような存在は魔族でさえそうそういないのだ。まして、余裕で倒すなどあり得ない。

「強いこと……オヤジも剣の修行だけは毎日必ずしておけと言っていた」

——そうか、モテるためだったのか！

今どき剣なんか練習しないで、その時間で金を稼ぐ方法を学ぶべきでは？　と小さい頃は思っていたが、そうか、あれはモテるためだったのか……！

さすがはオヤジ、俺の比じゃないくらい強かっただけはある！

アッシュは父の教えを完全に間違って認識した。

「どれだけ社会基盤が固まっても個の力は大事ですから。最終的にものを言うのはいつの時代も腕っぷしです！　いいお父君だったのですね。存在感はどうしても個人の能力によって生まれるものですもの」

バシ、と小さく右ストレートを宙に放ち、ユーリカは強くあるべきだと言う。

女の子らしい可愛げのある振る舞いにアッシュは身悶えしそうになる。だが真顔だ。

「もう少し長生きしてほしかったがな。確か俺が七歳の時、成人の儀を終えた直後に、オヤジは病気で死んでしまった」

「成人の儀？　七歳では人間の成人には早すぎませんか？」

「かもしれん。だがラゼンフォルトでは代々、ドラゴンを倒したその日から成人とされる。俺は七歳だから少し遅かったたな。オヤジは五歳で終えたと言っていた」

「その年齢でドラゴンを⁉　いえ、何歳でも正直信じられませんが！」

「慣れだ。俺には剣の才能がないらしいから、とにかく数をこなした。毎日オヤジに訓練で殺されかけていたな。そのオヤジが早くに死んでしまったから、領地の運営の仕方だとか、そういうものはあやふやなままだ。母も俺を産んですぐに死んでしまったらしいし」

アッシュは謙遜するタイプなのだなとユーリカは思い、才能がないという発言にはツッコまない。

「運営方法がわかっていても、この規模を一人では……無理でしょう。やはり領民を増やすのが急務ですね。そして各地を監督する人物を配置しなければ」

「ユーリカの一族が領民になってくれるなら安心だな。――下剋上されないよう立派にやらねば」

「女王である私がそのような不敬な真似はさせません。それに、彼女らはアッシュ様の思想に共感する者たちです」

ユーリカの言うアッシュの思想とは、世界征服を前提としているものだ。

「ほう。エルフたちは俺の望みを手伝ってくれるわけだな」

――エルフはみんなドスケベなんだな……！

アッシュの望みは毎晩酒池肉林のハーレムである。

お互いに話が食い違っていると彼らは全く気づかなかった。

「はい。必ずや」

――なんだ、人間の敵だなんてやっぱり嘘じゃないか。

ククク、とまたもや不敵にアッシュは笑う。

「俺も領地運営は実質初めてだから、頼ることも多いと思う。よろしく頼む」

「ええ、私のほうでも色々考えてみますね」

ユーリカはアッシュに領地運営のノウハウがないことには疑問を抱かなかった。

既存の方法を用いて領地運営をしていればアッシュの望み――世界征服は叶わないからだ。

まともな領民が王国への反逆に賛成しないからである。

普通の領民は独立も反逆も望みはしない。いればいるだけアッシュの計画の足を引っ張るリスクが増す。ならば最初から誰もいないほうが安全。

ユーリカから見れば、一般人の領民を集めようとしないアッシュのやり方は何ら不合理ではなかった。

生活が苦しくても、世界征服に賛同する者を見つけるまでアッシュは何も行動できなかったはずだとユーリカは考える。

口には出さないが、ユーリカはアッシュを尊敬し始めていた。

孤独で悲惨な生活をし、汚名を一身に受け止め、それでも夢に向かい耐えてきた男に見える。

さらにその夢はユーリカたち魔族の庇護まで範囲に入れている視野の広いもの。

楽しく笑って安全に暮らせる地。それは人間に虐げられた魔族たちが抱く共通の夢。

世界の誰もが侮蔑する魔族に優しくするため、アッシュはひたすら不利益を被ってきたのだとユーリカは感じた。

爵位も領地も何もかもを放り出してほかの土地に移り住むこともできただろうに、それをせず世界征服のため、魔族も含めたすべての生命のために刃を研ぎ続けてきた。

高潔な精神を持ち主でなければ、そのような損なことはできはしない――とユーリカは感涙しそうになる。

「こんな広大な領地の統治は経験がありませんが、これからは私もいます。頑張って理想の国作りをしていきましょう！」

　隣を歩くアッシュの手を取り、ユーリカは喜びに震える声で言った。

「国……？　あ、ああ。俺は何をすればいい？」

　――国？　小国くらいの面積はあるらしいから勘違いしてるのか？

　そうか、ここが王国の中だと知らないんだな。

　俺も領地の正確な範囲なんてわからないものな、とアッシュは一人納得する。

　アッシュに疑問を口に出せる素直さがあれば勘違いされていることにも気づけただろうが、その未来はやってこなかった。

「私と仲間たちが手足となりますので！　どんどんご命令ください！」

　自らが頂点に立つことを望むタイプではなく、頂点のそばにいて支えるのが好きなタイプもいる。

　ユーリカはまさしく後者であり、能力的にもそちらの方が向いていた。

「最初はエルフが得意な農業から考えていきましょうか。軌道に乗ったら農作物を現金や物品に換える仕組みを作りましょう。魔族相手でも平気な商人などがいればいいのですが……心当たりはあっても、こちらから接触はできないのですよね」

　単純に領地運営を考えるなら、領民たちに稼がせ税金を払ってもらい、領主はその税金を用いて領地をさらに発展させていくのが基本となる。

　細かく言うなら当然複雑なものであるが、要するに領民が豊かに生活できる体制を整えるのが領主の仕事のスタートラインだ。

とにもかくにも領民たちを稼がせねば、スタート段階からくじけていると言える。

「魔物がもう少し高く売れれば楽なんだが」

「……先ほどのドラゴンはどうするのです？　食べてしまうのですか？」

「売るぞ。腐りやすい部位は食べてしまうがな。だがせいぜい金貨三枚にしかならないだろう？　所詮は空飛ぶ大きなトカゲだ。輸送料が高くつくから……とあまりいい顔はされない」

現代日本でいえば、銅貨は一枚百円、銀貨は千円、金貨は一万円前後の価値を持つ。

アッシュの領地にいつも買い付けにくる商人は、ドラゴン一頭に金貨三枚の値しかつけなかった。つまり三万円だ。

アッシュからドラゴンの値段を聞いたユーリカは、怪訝な顔をして答えた。

「……それ、騙されていませんか？　ドラゴンは数が少ないですし、程度の差こそあれ、基本的には世界最強種です。鱗や牙が堅牢なので、武器や防具、装飾品など使い道もたくさんありますしね。私は人間の貨幣経済に詳しいわけではありませんが、一頭丸ごとなら金貨三千枚程度の価値は優に超えていると思います」

「え……？」

――俺が騙されていた、ということか？

商人のオヤジは『街の子供が遊びで殺すので有り余っている』と笑っていたのに？

街の子供はたくさんいいもの食べてるから俺みたいに飢えてるわけじゃないし、それくらい

余裕なんだろうなと思っていたのに⁉

ここにはドラゴンがたくさんいるから珍しさなんて全く感じないのに⁉

自分が騙されていたと気づかされ愕然としているアッシュに、ユーリカは追い討ちをかけるように質問してくる。

「その商人の名前はわかりますか？　敵――人間を知るため様々な調査をしておりましたから、もしかするとその人物を私も知っているかもしれません」

「アーノルド・クロイツェルという、ヒゲを生やした恰幅のいい男だ。三カ月に一度ほど来て、魔物と様々な生活物資を交換してくれる。おまけもたくさんしてくれるぞ」

「闇市場でも有名人ですね、その人は。何せ魔族相手でも平然と商売する危険な人物ですもの。私も一度会ったことがあります。先ほど申し上げた心当たりのある人物とは、まさにその人のことでした。どうやって定住地のない私たちの居場所を摑んでいるのやら。もっとも貨幣を持たない私たちの場合、物々交換ではありますがエルフの霊薬などを欲しがりますね」

公には取引できない物――奴隷や武器、麻薬などの禁制品を取り扱う市場、それが闇市場だ。

魔族のように出所を明示できない迫害対象との取引品も闇市場で扱われる。

アッシュが懇意にしているアーノルド・クロイツェルはその中でもとりわけ大物商人で、表の市場や貴族にも顔が利く。

クロイツェル商会は、世界の三分の一近い領土を誇るこの王国の中でも、裏の事業を合わせれば一番大きな規模の商会である。

銀行業を中心に、様々な市場にその名を轟かせる大商会だ。

自らの目利きの腕を頼りにするところは大商会の長となった今でも変わらず、大きな買い付けや商談にアーノルド・クロイツェル自身やってくるのが特徴で、売りだった。国内有数の金持ちが自らやってきてへりくだるので、皆悪い気はしないのだ。相手の優越感すらも商談の一要素として使う狡猾な男でもあった。

経済界という権謀術数渦巻く環境の中、一代で頭角を示した人物にとって、常識の欠片もない十八歳のひよっこであるアッシュはいいカモだった。

騙されているどころか、ちょっとしたおまけを置いて行ってくれるアーノルドをアッシュは良い人だと認識していたくらいである。

「そういうことですか……！」

「？」

何か納得した顔でユーリカはアッシュを見る。

その顔は騙されていた男を見る失望したものではなく、むしろ尊敬の念を強めたらしく、羨望に満ちた明るい表情だ。

「――恩を売ったわけですね？　確かに来るべき時を考えれば、闇市場に顔が利く商人にコネを作るのは有効な手です！　決起の際の武器や、荒事に長けた人材が手に入るかもしれませんから！　その時にこれまでの恩をまとめて返せと要求する……いざという時資金がなくても、そういった恩を売っておけばツケも利くかもしれませんし」

「そ、その通りだ。いつかまとめて返してもらう」

――どういうことだ？

決起？　武器？　何を言っている？

騙されてよかった、というわけか？

いやいや、よくないだろ！

あいつの金払いがもっとよければ、生活に苦労してないじゃないか！

ひとまずユーリカに合わせて返答したものの、もやもやした憤りがアッシュのうちで湧き上がっていた。

次に会ったとき問い詰めてやると決心する。

「次に来るのはそろそろのはずだ。生活物資が底をついた頃合いを見計らったように来るからな……！」

「これまで稼がせた分、しっかり協力させましょう！」

「もちろんだ。ユーリカの物も色々買わないといけないから、それも安くしてもらう」

「私の物は結構ですよ？　ある程度必要な物資は持って来ていますので」

「女の子は色々必要なんだろう？　それに嫁に色々買ってやりたいのは普通じゃないか？　そして何より、買わないとうちにはろくに物がないぞ。俺の使っている毛布でさえ穴が開いているありさまだ。浮浪者と言われても何も言い返せない」

「よ、嫁と言っても私たちは政略結婚ですしっ……！」

ユーリカは照れた。

白く柔らかそうな肌はうっすらと赤みがかり、口元はあわあわと落ち着かない。

美人が少女のように顔を崩すのを見ていると胸が熱くなり、アッシュは大声で叫びだしたい気分になる。だが真顔だ。

「と、とりあえず私たち自身の食糧問題を解決するため、この後いくつか作物を植えましょう。一週間もすれば実をつける品種を持ち込んでいますので、許可さえいただければすぐ取りかかります」

「もちろん構わないぞ。どんどんやろう！」

「はい！　一族の者がやってくればもっと効率よく開墾を進めることもできます！」

「それは楽しみだ」

ユーリカはこくりと頷く。

念願だった食糧問題の解決は遠くない未来に実現するとアッシュは胸躍らせていた。

ユーリカの仲間のエルフたちもやってきてくれれば、領地内に笑い声が響く日も近いだろう。

望外な幸福にアッシュは笑みを隠さない。他人から見れば不気味な顔だとは知らずに。

「改めてよろしく、ユーリカ。俺と一緒にこの領地を発展させてくれ」

「こちらこそよろしくお願い致します。微力ですが尽力させていただきます」

再び握手し、今度は二人して少し照れ、すぐに手を放す。

二度目の接触が異性であることを意識させた。

一週間もすれば憎(にく)き商人アーノルドがやってくる。

これまでのことを問い詰めて、不当に奪われていた金を取り戻し、食糧、ユーリカの服や当面の生活物資を買い、滞納しまくっている税金を清算する。

念願だった嫁まで来てくれて人生が上向いているのを感じていたアッシュだったが、結果だけを先に言えば、この先アーノルドがラゼンフォルト領にやってくることはなかった。

代わりに新たな出会いがやってくるのを、二人はまだ知らない。

第三話

「片付けは魔物狩りより疲れるな……」

湯船に浸かりながらアッシュは独り言ちた。

文字通りゴミ屋敷となっていた家を、ユーリカと二人で片付け掃除したあとの出来事である。

その後は屋敷の地下にある自慢の大浴場で休憩することにした。

風呂場は二、三十人が同時入浴できるサイズだが、現在はほとんど使っていない。

父親が生きていて、使用人が屋敷にいた時には使われていた記憶がぼんやりとある。

普段は外に自作した木製の小さな風呂を使っていた。

「女の子は綺麗好きらしいから、一番良いところを使ってもらわないと。というか俺が普段使ってる風呂場は汚いし、外だ……とてもじゃないが使わせられない」

声が浴場内に反響し、ぼんやり拡散して空しく自分に返ってくる。

用意に時間と手間がかかる、一人では持て余すなど様々な要因でこの浴場を使わなくなったのだが、一番の理由は寂しさを強く感じるから。

広大な領地に自分一人なのだと強制的に自覚させられる。

十年以上もの期間、年に一度の徴税官と三カ月に一度程度の商人以外、誰とも会っていないから、世界に自分一人なのかもしれないと考えてしまうことがたまにあった。

アッシュが深く物事を考えなくなったのは、そういった寂しい現実からの逃避でもある。

考え事をしていると落ち込んでしまうのだ。

独り言の癖(くせ)があるのも寂しさに起因(きいん)するもの。

だから――。

「――楽しいな、誰かと話すのは」

アッシュはバカである――。

しかし商人アーノルドが自分を騙(だま)していることに全く気づかなかったわけではない。

うっすらおかしいとは感じていた。

それでも何も言わず騙され続けていたのは、他人と話すのが騙される怒りを上回って楽しかったからだ。持ってくる物が刺激的だったからだ。

文句を言えばもう二度と来てもらえないかもしれない。

そんな消極的な理由から文句を言わなかったのだ。

だからアーノルドにそれほど強い怒りを覚えているわけでもなかった。

一人の時間が長すぎて、ありとあらゆる感情が縁遠(えんどお)い。

喜びも悲しみも怒りも、アッシュには本の中にしかないような遠い世界のことでしかない。

彼の中には、ただ虚無(きょむ)のような寂しさだけがあった。領地にある〝深淵(しんえん)の大穴〟と同じく、底の見えない真っ暗な寂しさだ。

そんなアッシュにとって、ユーリカとの遭遇は幸福極まりない出来事だった。

エロいことがしたい――。

そんなモチベーションの根元にあるのは、誰かと一緒にいたいという純粋な願望だ。

「誘惑に負けず、一番美味くなる時まで肉を熟成させておいてよかった。明日の食事は……ユーリカはドラゴンを食べるだろうか？」

ユーリカが風呂に入っている間に、外で炭火を起こして牛の塊肉を丸焼きにしようと考える。

調理方法は焼くか煮るしかない。味付けは大枚はたいて買ったコショウと塩のみ。

丸焼きだとそれなりに時間がかかるので、ユーリカが風呂に入っている間に仕上げてしまおうと湯船から上がり、出口へ向かう。

すると擦りガラスのドアの向こうに人影があることに気づく。

がらら、と引き戸を開けて入ってきたのは、伏し目がちに顔を赤らめたユーリカだった。

「な、なんで入ってくるんだ⁉」

「旦那様が入浴中なのですから、妻ならばお背中を流す必要があると思いまして……」

「俺は一人で身体を洗えるぞ⁉　子供じゃない！」

「そ、そういうことではなく……こ、この後がありますから。私も少し気持ちの準備が必要で……せめてお身体を見慣れておこうかと」

バスタオル一枚で恐る恐る入ってくるユーリカから目が離せない。

全身に巻きつけて入るものの、バスタオルは太ももの半分ほどまでしか隠せていない。

長い耳の先まで真っ赤で、俯いて顔を隠していた。

最もアッシュの目を引くのは巨乳以上と言えるふくらみだ。

片腕で押さえつけていてもこぼれてしまいそうなほどで、寄せているからバスタオルから覗く深い谷間がより強調される。

少し動くだけで水面のようにふよふよと上部が揺れていた。

豊かな胸から続く腹回りは細く、腰回りには柔らかそうな、豊満な丸みがある。

立っているだけで見惚れてしまうほど魅惑の曲線を描いていた。

「この後……？」

「結婚初日ですから、そ、その……初夜です」

段々と小さくなっていくユーリカの声を聞くと同時に、アッシュに現実感が戻る。

会った初日に結婚なんて話になり、まさかの初夜が訪れようとしていた。

「き、気まずいな……」

「は、はい……男性の身体を見るのは初めての経験で……」

「い、今まで一度もないのか？　そんなに綺麗なのに？」

「綺麗……ですか？　エルフですよ？」

「俺はユーリカが好きだ。種族がなんだろうが関係ない」

アッシュからは素直な言葉が出てくる。

性格はバカ正直だ。

理由を尋ねられれば語彙が少なく上手に答えることは難しいが、見た目だけでなくこの子がいいという不思議な感覚がある。

「そ、その私も……」

「と、とりあえず俺は出よう。夕飯を作らねばならないしな」

「わ、わかりました……」

ぎくしゃくした空気が流れる。

お互い相手の身体に興味津々なのに、触れるどころか見るのも恥ずかしい。

長生きして知識を蓄えているとはいえ、時間の感覚からして違うユーリカの精神年齢は少女の見た目と大差ない。

長らく生きてきた時間の大半は女王としての役割に費やされ、個人の情緒を養う時間は与えられなかった。

ここにいるのは思春期の男女、それも交際経験すら持たない童貞と処女でしかなかった。

いきなり盛り出せるほどの経験値はない。

しかし興味と恐怖は同じ重みを持っていた。が、その均衡が崩れてしまうまで、そう時間はかからない。

◆

この日は、月輪が明るく涼しい夜だった。

季節はようやく夏の気配がしはじめてきた頃、放射冷却の影響もあり、半袖でうろつくには少々冷える。

「すごいエロい身体だったな……」

そんな幻想的な夜空の下で肉を焼きながら、アッシュはユーリカの身体を夢想する。

ユーリカの身体はあまりに煽情的すぎた。

――いざ女の子を目の前にしても、どう誘えばセックスできるのかわからん。

世の男女はどうやってするんだ？

無理矢理押し倒すのは違うよな？

エロ本はいきなりしてるのが多いから参考にはできない。

嫌われてしまえば全てが水の泡になる。

夢見た恋人も領民も、何もかも手に入らなくなる。

アッシュはあくまで継続した関係性を望んでいた。

なので怖がらせるのは論外だ。

「向こうから誘ってくれればいいんだが……」

くだらなさを極めた悩みを必死に乗り越えようとしていると、玄関先から足音がする。

ユーリカが声をかけてきた。

「アッシュ様、こちらにいらしたのですね。何かお手伝いできることはありませんか？」

「いや、大丈夫だ。寒いから家の中にいていいぞ。焼けたら持っていく」

ユーリカはアッシュのパジャマと、寒い冬にたまに羽織る薄手のカーディガンを着ていた。

百九十センチを超えるアッシュの物であるから、袖や丈は余り、ズボンのほうはユーリカが手で摑んでいないとすぐにずり落ちてしまうくらい胴が緩い。

下着はつけていないらしく、乳首のあたりは寒さのせいで少し浮き上がっていた。

上下も自分の服ということもあり、アッシュは興奮してしまう。

ただ、そういった邪心とはまた別に感じるものがあった。

「？　どうかいたしましたか？」

「――綺麗だ、と思った」

ユーリカのうっすらと濡れている髪が夜風になびき、薄金色の髪が月光に輝いていた。

長い耳もあって、それはおとぎ話から出てきたような幻想的な光景だった。

邪心にまみれた心が洗われるようだ。

「き、綺麗ですか？　湯上がりなので髪もそのままで……見られるのは少し恥ずかしいです。アッシュ様もお綺麗ですよ。殿方の湯上がりはドキッとしてしまいますね」

「初めて言われた。男に綺麗と言うのはどうなのだろう……」

確かに少し変かもしれませんね、とユーリカは口元を隠して笑う。

そして岩に座っていたアッシュの隣にちょこんとしゃがみ込み、じっくりと焼いている肉を見つめる。

「ドラゴンも焼いているのだが……食べてみるか？」

「少し興味がありますね」

「俺はほとんど毎日食べているが、美味いとは思うぞ。この身体はドラゴンでできているようなものだ」

牛肉には遠く及ばないが、とアッシュは続ける。

「もしかするとそれが強さの秘密なのかもしれませんね。強い魔物の肉には魔力が満ちていると言いますから」

焚火（たきび）のぼんやりと揺れる火が照らすユーリカの横顔は美しく、心が酔う感覚にアッシュは襲（おそ）われる。

話をしていても内容が頭に入らない。会話が途切れる。

少し気まずい沈黙に水を差すように、パチパチと焚火が鳴り、火花が跳（と）んだ。

もっと燃え上がれと急（せ）かすような音で、二人はこの場に合った言葉を探す。

だがそんなに都合よく言葉は出てこない。

真っ黒な夜を照らす炎が二人の体表面を温める。

炎から離れていても身体の内側から焼かれるようだった。

そしてその炎は下腹部に暗い熱を呼び起こす。

明るくはないのに、どんな熱よりも高い温度の暗いねっとりとした熱だ。

身体の表面と内側の熱が同じくらい高まって釣り合いがとれると、アッシュの身体は情動に任せて動き出す。

自然に手が伸び、ユーリカの頬を掌で包むようにし、顔を向けさせる。

そしてそのまま自分も顔を近づけ、アッシュは衝動的にキスをしてしまった。

ユーリカは驚いて一瞬真顔になった。

「えっ」

「あっ……――す、すまない、なんてことをしたんだ、俺は！　殴ってくれ！　剣も使うか⁉」

――怖がらせたくなかったのに、結局怖がらせてしまったじゃないか！

もう終わりだ、おしまいだ！

俺は一生童貞だ！

「い、いえ、か、構いません……――もう夫婦ですしっ！」

唇を指で触り、真っ赤に照れた顔をし、ユーリカは気にしていないように明るく振る舞う。

性欲の匂いがあまりしないキスで、どこか冗談っぽい空気も二人の間にはあったからだ。

――それにしても、信じられないほど柔らかかった。

アッシュは反芻するように何度もユーリカの唇の感触を思い出す。

ふわりと反発する感触が悩ましいほどに心地よかった。

夜風で冷えていた唇の表面がユーリカの温度になってしまっているのもまた不可思議な気持ちにさせる。

何より、近づいてわかるユーリカの体温や匂いが体の芯を熱くしていた。

自分と同じ石鹸(せっけん)の香りのほか、ユーリカ自身の香りが混じる匂いだ。

事態を飲み込むのに時間がかかり、キスをした現実を二人とも受け止め切れていなかった。

やがて気まずく、重く、逃げ出したい空気に変わっていく。

「は、初めてしました、接吻(せっぷん)……」

「俺もだ」

「その割には手馴(てな)れている気がしましたが……？　自然に唇を奪われてしまいました」

「十年以上ぶりに会った女の子がユーリカなんだ。オヤジが生きていた頃に一度しか社交パーティに参加したことがないし、この土地には老人ばかりだった。……慣れているわけがないだろう？」

「でしたら天然の女たらしなのかもしれませんね？」

ユーリカはくすくす笑い、冗談です、とはにかんだ。

照れはすれどもユーリカが怒っている様子はない。

それどころか少し喜んでいるようにも見えたが、自分に都合のいい思い込みだろうとアッシュはすぐに考えを改めた。

乙女(おとめ)の貞操(ていそう)をいきなり汚すなど、ひっぱたかれてもしょうがない状況だったはず。

実際、アッシュは責任を取るため死を覚悟していた。

「そ、そろそろ肉も焼けそうだ。冷えるから中で食べよう」

アッシュは逃げるように立ち上がり、屋敷の玄関に指を向けた。

隙間風が多い屋敷の中も大差ないと言えばないが、直接夜風にさらされるよりは多少はマシだろう。

しかしユーリカの反応はアッシュの予想と違った。

「私はここがいいです。――初めてこんなに静かに夜空を見ています。ずっと隠れ潜んでいましたから、こんな穏やかに空を眺めたことなどありませんでした。なので……もう少し眺めていたいのです。新しい日々の始まりを、この目に焼き付けておきたいなと」

月に視線を向け、ユーリカは切なさのこもる声で言った。

魔族と蔑まれ、人間に見つかれば仲間を殺され失っていく生活。

何ら与えられるものはなく、失っていくだけの日常。

昼も夜も敵を警戒し、熟睡することさえ満足にできない。

土地も尊厳も命すら奪われるのが魔族に生まれた者の常だ。

だから、空など見ている余裕はこれまでの人生になかった。

地面だけを見て、かろうじて歩き続けるので精いっぱいだった。

アッシュはユーリカのこれまでの人生を知らないし、知識もなく想像すらできない。

しかしそんなアッシュだからこそ同情も忖度もなく言えることもある。

バカは短所ばかりではない。何も考えないからリスクも気にしないのだ。

「これからは隠れる必要はない。――誰が来ようとも、何が起ころうとも俺が守るからな」

アッシュがそう告げると、ユーリカは目を丸くし、次いで泣きそうな顔で笑う。

誰かが守ってくれるなんて考えたこともなかったと、自分が頑張らねばと気を張り続けていたと、ユーリカは今更ながら気づいた。

張り詰めた心が緩み、気が抜ける。すると自然と笑みがこぼれた。

「な、何か変なことを言っただろうか？」

「いいえ。──初めての接吻がアッシュ様でよかった、と心から思っただけです」

意味深な笑みが少し不安だったが、アッシュの肩の力も抜ける。

ユーリカが外でいいならと、その辺にあった岩を持ってきて腰かけ、自分が使っていた岩にユーリカを座らせる。

「ならここで食べようか。空を見ながら」

「はい。それにしても上等なお肉ですね……脂？　がこんなにあるものは初めて見ます」

「ああ。ドラゴンと牛一頭を交換したんだ。実はつい先日が十八歳の誕生日でな。アーノルドが自分への誕生日に色々買わないかとやってきたんだ。ちょうどいい時にユーリカが来てくれてよかった」

アッシュが秘蔵していたのは俗にいう霜降り肉である。

ほかの部位はだいたい干し肉にしてしまっていた。

牛の価格はドラゴン一頭相当──つまり三千万だ。ぼったくられているにもほどがあった。

「そんな貴重な物を私にまで？」

「……ユーリカが空を見なかったように、俺はオヤジが死んでから誰かと食事したことがない。

食事は誰かと一緒にしたほうが美味いそうだ。だったら、これが正解だろう？」

「……これからの食事はもっともっと美味しくなりますよ。私が一緒にいますから」

二人は夜空の下で会話しながら食事をした。

出会った当初と違い、お互いを意識して会話はぎこちない。

恋を経験したことのない彼らにとって、異性とは魔物よりもずっと未知の生物であり、本能が求める憧れの存在でもある。

裸を見せ合ってしまいキスまでしてしまったから、名ばかり夫婦だった関係性が完全に男女のものになってしまっていた。

初々しい空気でお互いを探り合う。

好きになった相手の好きなことや嫌いなこと、何でもいいから知りたく思う。

他人が聞けばどうでもいいと思いそうな質問をし合って、その答えに笑って、やがて質問することがなくなり気まずくなって、喋らず見つめ合うだけの時間が増えていく。

名も知らぬ感情ゆえ言葉にできずとも、二人は心のどこかで同じものを感じていた。

焚火によって生じる長い影のように、この肉体の衝動からは逃れられない。

おぼろげながらも確信めいたものが二人の中にあった。

◆

屋敷に戻り、そろそろ寝ようということになった。

考えて見れば今日一日だけで色々なことがあった。

体力バカな自分ならともかく、華奢(きゃしゃ)なユーリカには酷(ひど)く疲れた一日だっただろうとアッシュは察する。

ドラゴンに襲われ、謎の人間と結婚することになり、家の片付けまでさせられているのだ。

しっかりと休める環境を用意してやらねばならない。

常識もなく頭も悪いが、アッシュは優しさにおいては強迫観念に近いものを持っていた。

父の教えが心の奥底に根付いていたからだ。

はぐれ者ゆえに子供の頃の認識がアップデートされていない。

十八という歳(とし)の割には、根が純粋で穢(けが)れていなかった。

「ユーリカは二階の寝室を使ってくれ。一応ベッドは作ったばかりで比較的新しいし、シーツも先ほど取り替えた。まぁそれもあまり良い物ではないが」

「それではアッシュ様はどこで眠るのですか？」

「居間のソファを使う。いきなり一緒に寝るのはユーリカも抵抗があるだろう。実際さっきは了承(りょうしょう)も取らずキスしてしまったしな……やっぱり二、三回斬(き)るか？」

「斬りませんよ⁉　い、一緒のベッドでいいのではありませんか？　その、夜風で冷えたでしょうし、二人のほうが暖かいですよ」

「そうは言ってもだな……」

──自分を抑えられる自信がない！

今はビビッていても、横に寝ていればさっきのキスのようにユーリカの了承を得ずに襲ってしまいそうだ！

ただでさえ俺はエロいことがしたくて生きてるんだからな……！

などという本心はやはり言えず、口ごもることしかできない。

するとユーリカは近寄ってきて、俯きながらアッシュの袖を摑む。

身長差があるため表情はうかがえなかった。

「一緒でいい、ではなく、い、一緒がいいです」

「そ、それは……」

言葉と一緒に、上目遣い（うわめづか）いのユーリカの濡れた視線がアッシュを射抜（いぬ）く。

──もしかしてセックスしたいのか⁉

そういえばしきりに初夜のことについて話していた！

「──さ、寒いですしねっ！　そ、そう、寒いので！」

「だ、だろうな！」

さすがにまだセックスまでいくことはないだろうと思いながら、アッシュは二階の寝室までユーリカを案内する。

階段を一段一段上がる音が、何かのカウントダウンに思えた。

第四話

――ど、どうしてこんなにむらむらと……！

ラゼンフォルト家には似つかわしくないサイズのベッドで、ユーリカは目を閉じたまま身体の疼きに悶えていた。

ベッドはアッシュが自作したものである。適当に作っていたら大きくなったので、クイーンとキングサイズの中間だ。

人一人分の距離を開けて隣に眠るのは、主人であるアッシュ。

寝ようと話して共にベッドに入り、ユーリカはかれこれ一時間ほど寝たフリを続けていた。

部屋は冷えているのに、身体が熱く寝苦しい。とても寝付ける気がしなかった。

先ほどあたっていた焚火が燃え場所を体内に移してしまっているような気さえした。

エルフの長い耳は飾りではなく、それ相応の聴覚を有している。

寝息に混じって、記憶に残るアッシュの声が耳の底に滞留して、やけにねっとりと頭の中に落ちていく。

ユーリカの中には性欲が渦巻いていた。

こんなにも性欲に支配されたのはユーリカの長い人生でも初めてのことで、戸惑う精神と疼く肉体で釣り合いが取れない。

目を閉じて視界が閉ざされているからこそ音と匂いに過敏に反応し、自然と心拍が高くなっていった。

頭の中では先ほどのキスが何度も何度も繰り返され、思い出すたびにちくりと切なく心臓付近が痛む。

「はっ……んっ……」

呼吸が乱れて恥ずかしい声が混じってしまう。

穏やかな寝息を偽装したいのに、疼く身体がそれを許そうとしない。

発情しろ、発情しろ、もっとオスに媚びろと本能が呼びかけてくる。

下腹部――子宮のあたりがずっしりと重い感覚に支配される。

自分の身体がどうしようもないほどにメスなのだとわからされた。

知性に自信があっても、所詮自分は動物の一種に過ぎないのだと思い知らされた。

相手がいなかったからまだ理性のようなものを保てていただけだった。

――アッシュ様の身体。

子宮の重みが呼び起こすのは、風呂場で見たアッシュのたくましい身体のことだった。

高い身長の身体全てが贅肉のない筋肉に覆われ、オスの強さを主張しまくっている。

特に思い出してしまうのは股間から生えていた巨根だ。

二十センチ近くはあるであろう長さに、片手では握りこめない太さのモノが、ユーリカを見てそそり立っていた。

しかもカリの部分は大きく禍々しく開いていて、反り方がすさまじかった。

適当に動くだけでも膣肉をいじめ抜いて、膣内全ての性感帯を楽々と蹂躙するだろうとユーリカは確信していた。

大きな血管を浮かべた一見グロテスクなそれは、見ただけでわかるほど硬かった。

最初こそ痛くても、慣れてしまえばきっとアッシュとの性交に夢中になってしまうだろう。

——何より、あの優しさ。

誰かに優しくされるなんて、初めてだった。

同族だって女王としての役割だけを私に望む。

私が誰かに優しくすることはあっても、されることなんてなかった。

——女王なんて言っても、集団の中で私は結局一人なのだ。どこか部外者なのだ。

ユーリカがラゼンフォルト領に一人でやってきたのは、種族維持のためには単独行動がもっともリスクが少ないからだ。

たとえ自分が死んだとしても、種族は維持できる。

女王自ら乗り込むことになった理由は、単なる数字の問題だった。

特権などなく、危険な面倒事を押しつけられるのが力なき王の現実である。

代わりはいくらでもいるのだ。

アッシュとユーリカは本質的なところで似た者同士だった。

物理的に孤独だった男と、集団の中で精神的に孤独だった者。

持たぬ者同士が惹かれ合うのは、種族どうこうは別として当然だと言えた。

お互いの脆く柔らかいところをよく知っているのだから。

『──誰が来ようとも、何が起ころうとも俺が守るからな』

アッシュの言葉を思い出すだけで少しニヤけてしまう。

アッシュの夢について行くと決めて良かった。

ドラゴンを単独で屠るほど圧倒的な暴力を秘めているのに、その暴力性は自分にだけは向かない。それどころか自分を守るために使ってくれると言う。

凄まじい優越感が湧き上がってくる。

「rakkaus……（好き……）」

好き、と人間の言葉で言うのが恥ずかしい。

エルフの言葉なら、もし聞かれていても言い訳できる。

発情してしまっていてもユーリカの心根には乙女がいた。

──そしてあの涼やかな視線。

あんな目線で甘い言葉を浴びせられ、濡れない女なんているのでしょうか……。

視線を思い出すだけで、じゅわりと身体の奥からヌルついた熱い液が染み出てくる。

陰毛の生えないツルツルな大陰唇の筋に沿って、下着が恥ずかしい淫液で汚れてしまっているのが自覚できた。

薄ピンク色の秘裂はぬらぬらと淫らに濡れてしまっているだろう。

天然のパイパンなのはユーリカの密かなコンプレックスだ。

今まで一本も陰毛が生えたことはない。

身体つきは同族と比べても艶めかしく育ったのに、肝心なところだけ子供のようではないかと、見るたび触るたびに恥じ入る。

人間と比べれば長く生きているユーリカだが、これまで男に接したことはあまりない。

エルフは男女比で言えば圧倒的に女の方が多いのだ。

その少ない男の中に性的に興味を惹かれるような者はいなかった。いるのは老人と子供だけ。

なので半ば趣味や日課に近い自慰の対象は、自分で妄想する理想の男だ。

今やその妄想の顔はアッシュのものにすげ替わり――元はぼんやりしていた――ユーリカの妄想の中で甘い言葉を囁いていた。

「んっ……」

無意識に股間に手が伸びてしまい、パジャマの中に手を入れる。

下着の上から割れ目をなぞり、こそばゆさにも似た快感を得てしまう。

小ぶりなクリトリスは分厚い大陰唇に隠されていたが、ぷっくり膨らんでしまって刺激を求めるようにひくひく痙攣していた。

性感を味わうためだけの器官が存在する時点で自分が淫らな存在に思える。

大陰唇ごとこねくり回すようにクリトリスを刺激すると、もう止まれそうになかった。

火照り(ほて)の冷まし方を自慰しか知らない身体だ。

何度も絶頂して疲れて眠る。そんな日々を過ごしてきた。

——アッシュ様の隣でなんてことを……でも、気持ちいい。

起きて……いませんよね？　寝始めてからもう一時間ほど経(た)っていますし……。

声さえ我慢(がまん)すればきっと見つからないはず。

でも、アッシュ様に求められたい。

もっと好きになってもらいたい。愛してほしい。

全身の細胞がアッシュを求めているのに気づき、ユーリカはさらに恥ずかしくなった。

子宮が体内でうごめき、アッシュに種(たね)を注いでほしいと懇願(こんがん)して下りてくる。

痙攣するように収縮(しゅうしゅく)と膨張(ぼうちょう)を小刻(こきざ)みに繰り返す子宮は、アッシュの精液を注ぎ込んでもらうためにぽっかりと恥じらいもなく口を開けてしまっているだろう。

「rakkaus……（好き……）」

ちらりと視線をアッシュに向け、その横顔をじっと見ながらもう一度好意を告げる。

胸の奥がきゅんと締めつけられ、無性(むしょう)に切なく感じられた。

もう一度キスをしたく思う。

なんてことない接触であるはずなのに、心の奥底で通じ合ったような不思議な感覚になったのをよく覚えていた。

——こんな短時間でこんなに惚(ほ)れさせられてしまうなんて。

出会って一日も経っていないのに子作りがしたい。

アッシュ様の子種（こだね）をこれでもかと子宮に注がれたい。

もしかして私はとてつもない淫乱（いんらん）なのでしょうか⁉

ユーリカは自分の中にこれほどまでに強い熱情があることに驚く。

「んんんっ……！」

眠るアッシュの横顔を見ていると身体の熱がさらに上がる。

快楽を求め動く指が、ユーリカの意識とは無関係に乱雑に加速した。

羞恥（しゅうち）もみっともなさも感じているが、それでも興奮（こうふん）が強く勝（まさ）った。

見つかれば人生が終わってしまうかもしれない。

そう思っても性欲が勝ってしまう。

こらえきれずに下着の中に手を入れ、右手の人差し指と薬指で大陰唇を開き、中指を直接膣口にこすりあてる。

膣口からは前例がないほど愛液がこぼれ出ていて、開いている大陰唇が愛液で滑（ぬめ）り、元の形状に戻ろうと抵抗を見せていた。

ふにふに、ふわふわとした大陰唇の肉は女体（にょたい）にしか存在しない柔らかさを明確に示していた。

こぼれる愛液を掬（すく）い上げクリトリスまで持ってきて、周囲を囲うようにくるくると撫（な）でまわす。

指の腹で弾（はじ）くようにクリトリスを撫で、その強い刺激が痺（しび）れるような感覚に変わっていく。

声を我慢して少しの間いじってから、キツい膣口に中指一本を指先からゆっくりねじ込み、第二関節まで入れる。

「んんん……♡」

普段はクリトリスで一度イってから指を入れるが、今日は一刻も早く膣内に欲しいという衝動が強かった。

膣肉がきゅうきゅう中指を締めつけているのがわかる。

にゅるにゅるとヒダが絡みつく。オスに射精を促すよう奥へ引きずり込む動きだ。

まるで膣内すべてが舌のように指を舐めしゃぶっていた。

膣肉を指で触り、撫で、この中に入ったアッシュは喜んでくれるだろうかと妄想に浸る。

――私の身体はアッシュ様に気に入られるのでしょうか。

ちゃんと気持ちよくたくさんの子種を注いでもらえるのでしょうか。

指をくにくに動かすと、膣内から全身へと痺れるような快感が波及し、そんな自分の身体を滑稽に思う。

本当に欲しいのはこんな細い貧弱な指ではないのに、勘違いして悦んで吸いついている。

でも、自分の指でもたまらなく気持ちよく感じた。

「――あっ！♡　あっ！♡」

中指を軽く曲げて、少し出っ張ったコブのような場所――Ｇスポットをカリカリと指の腹でひっかくように動かす。

ざらついたでっぱりを持ち上げてやると、それがスイッチだったように連鎖して全身が動く。

隣にアッシュが寝ているのに、甲高い嬌声が漏れ始めてしまった。

左手で口を塞ぎ、声を抑えるが、興奮した鼻息は荒く不規則に大きくなっていく。

くちゅくちゅとわざと音を鳴らし、膣を拡げるように上下左右に指を動かす。

見られたくない。だが見られたい。

浅ましく快楽を求めるような者であると知られたいはずがないのに、本当の自分はこういう淫らな性分を抱えた存在なのだと知られたい。

二律背反の感情が胸中にあった。

そのうち指一本では我慢できなくなり、中指だけでなく薬指まで一緒に挿入していく。

掌を押しつけクリトリスの周囲全体を圧迫しながら、届く限界まで指をねじ込み膣内を乱雑にかき回す。

「ふっ、ふっ……！♡　んあっ！　あっ、あっ、あああぁぁ……！♡」

声が勝手に漏れ出て、足の指が勝手にうねうねと動き出す。

呼吸が上手くできない。性感が全身を支配する。

しばらくユーリカは肉欲のままに指を動かしていた。

膣内をさらに広げるように二本の指を交互に上下させてみたり、少し力を入れて膣壁をこすりあげる。

指より太いものを求め、指より硬いものを求め。

やがて呼吸が苦しくなり口を手で押さえていることができなくなって、絶頂間近の浮遊感から逃れようと左手はシーツを思い切り摑み、右手は性器を激しくまさぐる。

解放された口からは泣き声に近い喘ぎが零れ、もはや声を我慢しようとする発想さえ消え失せていた。

――イ、イきそうっ……！♡

いくらなんでも、初めて会った人の横で絶頂してしまうのはまずいという自覚はあった。しかし指は止められないし、いつも以上に快楽は強く抗えそうにない。

両足をぴんと伸ばし、足の甲とスネが一直線になっていく。

だんだんと腰が浮き、掛布団を持ち上げ、腰を突き上げるような体勢になってしまう。

性器を見せつけるような、いやらしく浅ましい動きで、腰をヘコヘコと上下させる。

高まる快感に比例するように指の動きは激しくなり、ぐちゃぐちゃと、愛液の絡む音が掛布団の外にも聞こえる音量に高まっていき、喘ぎ声ももはや叫んでいる時と大差ないものになっていた。

「ア、アッシュ様っ、好き、あっ、イ、イくっ、イくっ！♡」

ぎゅうっとシーツを握りしめ、両足とその指に思いきり力を入れる。

本性を知ってほしい気持ちが勝り、零れた言葉はエルフ語ではなく、アッシュに通じる人間の言語だった。

その直後、ユーリカは腰を突き上げ全身を小刻みに痙攣させると一転、力なくベッドに落ちた。

◆

──な、なにが起きている⁉


アッシュは事態が理解できず、あまり良くない頭をフル稼働させながら寝たふりをしていた。

ユーリカと同様にアッシュも緊張で眠れなかったのだ。

布団の中の二人の間の空気が妙に生暖かく、その慣れない感覚にずっと戸惑っていたためだ。

真横に異性の体温がある状況に童貞が緊張しないはずがない。

隣のユーリカは何か苦しそうに声を発し、布団の中でガサゴソと動いている。

寝室にはカーテンの隙間から漏れる月明かり以外の光源がなく、アッシュにはユーリカの様子が正確に把握できない。

病気か何かか、とも思ったが、それにしては少し様子がおかしい気がした。

「あっ！♡　あっ！♡」

ユーリカが切なげに嬌声をあげる。

──この声を聞いていると無性にムラムラする！

動物の鳴き声のような甲高い喘ぎがアッシュの耳を揺らすと、全身に波及して身震いしてしまう。

メスがオスを誘う声だとまでは気づかない。

発情して火照っているのに相手がいないと泣き喚いているも同然の声だ。

その求愛の声にアッシュは勃起してしまっていた。

気づけばアッシュの身体はしっかり反応する。

鍛えた筋肉たちは心臓の補助ポンプになって、力強く血流を高め勃起を揺るぎないものにする。

耳からユーリカの煽情的な喘ぎと、性器から流れ出る愛液が掻き混ぜられるくちょくちょという音が侵入してくる。

鼻はユーリカの汗の甘い体臭と愛液の匂いを嗅ぎ、メスのフェロモンを感じ取る。

肌は隣から放たれる熱を感じていた。

全身の感覚器官がユーリカ一人に過剰に集中していた。

「ア、アッシュ様っ、好き、あっ、イ、イくっ、イくっ！♡」

名を呼ばれて驚いたアッシュは、思わずユーリカのほうを向く。

ユーリカは、びくん、と全身を弓なりにこわばらせ、震えていた。

果てきったユーリカはベッドに沈むように落ち、両目を閉じたまま上気した顔をしていた。

顔や首は汗ばみ、金色の髪が汗で顔に貼りついて、艶めかしさを醸し出す。

目視できそうなほど熱い息を口から吐き、大きな胸をさらに膨らませ、上下させていた。

風呂に入ってからは下着をつけていないようで、呼吸に合わせて胸が柔らかさをアピールするように縦横無尽（じゅうおうむじん）に動き回っていた。

どうしていいのかわからず、アッシュはじっとユーリカの火照った顔を見続ける。

数分して荒い息が収まり、肌の赤身が薄れたのち、ユーリカも唐突（とうとつ）にアッシュを見た。

目が合った瞬間の気まずさでお互い一瞬、硬直する。

「――！　も、もしかして見ておいででしたか……⁉」

「あ、ああ……」

せっかく薄くなった顔の赤みが一瞬で最高潮に達し、ユーリカは布団を頭からかぶり、中に潜ってしまう。

そのままシンとした空気がしばらく寝室に満ちる。

音がしない空間に二人の心音や呼吸音が大きく響いていた。

――あ、あれはまさか女のオナニーだったのか⁉

ユーリカが俺で⁉

女の性欲に触れて高鳴った心臓は今にも身体の外に飛び出していきそうだ。

そっと布団の中のアッシュの右手に何かが触れる。

手の甲を撫でているのがユーリカの指先だとわかると、一拍（いっぱく）置いて電流が走るような感覚に襲われた。

布団の中をユーリカが這（は）いずってきているのはわかっていた。

そのうえでアッシュは恐る恐る布団をめくる。

絶頂したばかりなのと布団の中の熱気で火照った顔のユーリカが、アッシュのすぐ隣にいた。

苦しそうに息を吐いて、甘い色香（いろか）を漂わせて――。

「領民を簡単に増やす方法、知っていますか……？」

這い寄り枕元まで上がってきて、アッシュの耳元でユーリカは言葉を一つ一つ丁寧（ていねい）に囁く。

「私と子作りしましょう……？　手っ取り早く領民が増えます……」

ユーリカは右足を巻きつけるようにアッシュの太ももに絡め、胸を腕に押しつけてくる。

細い指がアッシュの膨らんだ陰茎（いんけい）を撫でて刺激する。

初めて他人に触られた感覚はすさまじく、自慰でする射精と大差ない快感で腰が浮く。

飢えた生殖器が二つあった。

その飢餓（きが）感を満たす方法を、二人は知っている。

双方がやりたがっている状況で交尾を拒（こば）む生き物はいない。

アッシュは起き上がり、枕元にあったランプに火を灯（とも）す。

ぼんやりとした明かりが寝室を照らすと、言葉を放つ覚悟が決まる。

「――と、途中で嫌だと言っても、俺はもう止められないぞ。いいのか？」

「は、はい、その……私も疼いて疼いて、アッシュ様が欲しくて頭が変になりそうで……！」

ユーリカが浮かべていたのは、こらえきれないといった表情だった。

すっかり発情しきった身体と、性を貪（むさぼ）っている姿を見られてしまった恥ずかしさから自暴自棄（じぼうじき）的になったユーリカはアッシュに縋（すが）りつく。

それにアッシュ相手なら何をされてもいいと思う気持ちもあった。

百年以上待ち望んでいた理想の交尾相手が目の前にいるのだ。

「本当にいいんだな」

「アッシュ様なら」

一呼吸置いて、アッシュはユーリカを仰向けにし、開いた両足の間に入って覆いかぶさる。邪魔な布団は足で後方に蹴っ飛ばし宙を舞わせた。

はち切れそうな全身の興奮をお互いにもう抑えられない。

憧れ続けた女体が輪郭を持ち、熱を持ち、感触を持って目の前にいる。

ずっとずっと、他人の温度に触れてみたかった。

捕食する肉食獣のようにユーリカの唇を奪い、身体を密着させてまさぐり始める。

綺麗な作法があるのだろうとは思ったが、そんなことを考えている余裕は双方にない。

全身全てが生殖器であると言わんばかりに擦りつけ合う。そのたびに爆発的な快楽が生まれアッシュを悦ばせた。

舌をねじ込んでするキスはどんな甘味よりも甘く、唾液はどんな飲み物よりも美味に感じられる。

最初怯えて硬かったユーリカの舌は徐々に弛緩し、やがて向こうからも絡めてくるようになる。

歯茎の裏を舐めて舐められて、初めての感覚にお互いの全身が身震いし、身体を性交に最適化していく。

「はぁっ……♡　はぁっ……♡　接吻だけなのに、腰が砕けたように力が入りません……♡」

呼吸が苦しくなるほどの時間キスを続け、ユーリカの呼吸限界が見えたときに口を離す。

酸欠に近づけば近づくほど脳は快楽だけを選び取ってほかの感覚を薄れさせる。

アッシュとユーリカとを繋ぐ唾液の糸は月明かりを受け、銀色に輝いていた。

パジャマを引き裂くような荒さでボタンを外し、大きな右胸を露出させ、揉みしだく。

薄ピンク色の乳首と乳輪がなんとも艶めかしく、アッシュの理性は完全に吹き飛んだ。

「あっ♡」

ぐにゅりと柔らかい胸の感触で、刺激していないのに射精しそうになる。

自分の指の形にいとも簡単に凹む胸に、すさまじい征服感を覚えた。

ほっそりした肩を撫で触り、鎖骨のくぼみに少し溜まった汗の塩辛さを味わい、また胸に戻る。

──どこを触っても温かく、柔らかく、甘い。汗の塩辛さまでなぜか甘く感じる。

パジャマに覆われた部位がついに腕だけになり、ユーリカの肢体があらわになる。

体重をかけないよう少し身体を浮かせて馬乗りになったアッシュは、両手で両方の胸を掴み、寄せて谷間を作った。

大きな乳房が作る深い谷間が柔らかさをより強調し、アッシュはさらに興奮を強める。

ふよふよと逃げ回る胸を、おもちゃを手にした子供のように夢中でいじくり回す。

「あっ、そ、そんなに触られると恥ずかしいです……おっぱい、お好きなんですね？　んっ♡」

薄ピンク色の乳輪と乳首が掌の中で膨み引っかかるのを感じ取り、上体を倒して吸いつく。

少し硬いグミのような乳首を舌で転がし、赤子のように吸いついて呼吸を荒くした。

乳首を吸っていると短い吐息（といき）と喘ぎでユーリカが反応する。

「大好きだ。見るのも触るのも初めてだが……」

息を荒くし途切れ途切れにアッシュが答えると、ユーリカは乳首に吸いつくアッシュの頭を胸に押しつけるように抱きしめる。

そしてアッシュの背中に手を移動させ、探りながら肩甲骨（けんこうこつ）を摑む。

華奢（きゃしゃ）な自分の身体とアッシュの身体の違いを確かめているようだった。

興奮の中に静かな安心を覚え、不思議な気分のままアッシュはしばらく乳首に吸いついていた。

ひんやりと冷たい胸がアッシュの体温とユーリカの内側からの熱で汗ばみ、谷間に顔をうずめていると息苦しい。だが苦しく思っても顔に触れる胸の柔らかさから逃れられない。

下乳からほんのり香る汗の匂いさえ媚薬（びやく）と同じ作用をもたらしていた。

荒々しく欲望を発露（はつろ）させていたアッシュは、やがてユーリカの下半身に手を伸ばしていく。

女性器に触れるのは少しだけ緊張したが、求める本能はそれ以上に強い。

下腹の柔らかい膨らみを通過し、パンツの中に手を入れ、さらに下のほうに触れる。

──陰毛が生えていない。大人には生えていると思っていた。

俺は生えてないのが好きなんだよな……！

それにしても、なんて柔らかい身体だ……！

微細な毛の感触も毛穴の感触さえもなく、滑らかに指が割れ目まで導かれる。

改めて思い返すと、ユーリカは全身の産毛すらあまり生えていない。

中指が割れ目の筋に触れると少し粘着質な液体で濡れていた。

先ほどの余韻で染み出ていた愛液だ。

それが何なのかアッシュにはわからなかったが、大陰唇の蕩けるような柔らかさに興奮し何度も指を往復させる。

その柔らかさはふわふわのオムレツにでも触っているかのようで、自分のイチモツが包まれた時を想像し、亀頭はあっという間に我慢汁まみれになった。

優しくゆっくりユーリカの肉体を開花させていく作業は、アッシュの性欲も花開かせていく。

「んっ……あっ！♡　ああっ……♡　こ、声が勝手に……き、聞かないでくださいっ！」

「綺麗な声だ。もっと聞かせてほしい」

「ああっ！♡」

アッシュはユーリカの下半身に触りながら首筋に吸いつき、キスマークを付けた。

そうしたい本能がどこかにあった。

小さな赤い刻印をつけただけで自分の物にしたような気分になった。

何があろうと絶対に手放したくない。

誰に教えられたわけでもなく身体全体を使って愛撫する。

この時、アッシュの胸中にあったのは純粋な愛情で、性交する以上ユーリカにも気持ちよくなってほしいという感情だった。

行為そのものは知っていても前戯の仕方は知らなかった。しかし、献身的な動きは初めてにしては十分な快楽をユーリカに与えていた。

初めて同士のセックスがスマートにいくと思っていなかったユーリカは、意外にもしっかり愛撫されることに驚き、嬉しく思う。何より気持ちいい。

自分本位で行われることなく、相手を慮ってくれる。

魔族の保護を含め他人のために行動できる人物像と合致する。

勘違いは愛情や肉体の快楽でさらに加速する。

こわばっていた身体が精神の緩和と比例してほぐれていった。

そしてこわばりが抜けるのに比例して身体が感度を強める。

「アッシュ様、私はやはり貴方が好きですっ……」

「俺もだ」

「んんん……♡」

——こう触ると気持ちいいのか？

アッシュの愛撫にユーリカは悦んでいるように見えた。

膣口がひくひくと動いているのを感じ取り、指先を当てる。

中指の先が触れると、膣口が反射的に吸いついてきた。

唇の裏側のようなつるりとした感触の入り口奥には、鳥の皮に触れたようなざらざらがある。

少しだけ挿入した指先がこりこりしたコブについた細かなヒダにまとわりつかれ、心地よく扱かれた。

——こんな場所に挿れて我慢できるわけがない！

すぐに出てしまうのは恥ずかしいと本で見たが、これでは……！

指で膣内の感触を確かめていると、アッシュの股間がびくびくと反応していた。

自分にもその感触と煮えたぎった温度を味わわせろと主張しているのだ。

指をゆっくり狭い膣内に入れていくと、愛液でねっとり濡れた膣肉が大歓迎してくる。

にゅるにゅると、内部に細いミミズでもたくさん飼っているのかと思うほど複雑な動きだ。

「ん……♡　んっ♡」

しばらく指先で感触を堪能していると、ユーリカの表情が真顔にも似た真剣味を見せ始める。

ユーリカの足がまっすぐに伸び、筋肉に力が入っているのがわかった。

快楽に没頭し自然と顔がこわばっただけだが、アッシュは痛がらせてしまったかもと心配した。

「い、痛いか？」

「い、いいえ、あの……んっ！♡　き、きもちよくて、あっ！♡」

「よかった。ここが気持ちいいのか？」

「さ、先ほどから弱いところを……そ、そこっ！♡　あっ、ああっ！♡」

出っ張っているからと気になって触っていたのだが、そこがたまたまGスポットで、ユーリカが日頃自己開発している強い性感帯だった。

指を一本増やして二本で挟んでいじっていると、びくんと身体を跳ねさせてユーリカの表情はどんどん険しくなっていく。

アッシュの指先ほどもない大きさの性感帯がユーリカの全身に快楽を染み渡らせていた。

愛液を吸い込んだパンツは重く、愛液に濡れた手の甲がひんやりしてきてアッシュの手から熱を奪う。

ユーリカはアッシュの手が動かないよう、太ももで挟んで止める。

足先はピンとまっすぐになりつつあった。

自慰での絶頂しか知らぬユーリカの癖だ。

「も、もう大丈夫ですよ……──」

息も絶え絶えのユーリカは控えめな声を出し、アッシュの頬に軽く触れる。

「──嫌だったか？　だとしたら申し訳ない……」

「そ、そうではなく、ん……♡　じゅ、準備はできていますのでっ──い、入れてください！　私もう我慢が……！♡　イ、イってしまいそうで……♡」

言い終えてユーリカは両手で顔を隠す。

あやうくアッシュの指でイキそうになってしまったユーリカは、異性との交わりで達する最初の絶頂はどうしても生殖器同士でしたいと思っていた。

この土壇場でも挿入を懇願するのは恥ずかしい。

だが太い指二本でほぐされた膣はすっかり受け入れ態勢を整えていた。

膣内がうねり騒いでいるのが自分でわかってしまうほどだ。

アッシュは着ていた服を脱ぎ全裸になる。

その間にユーリカもパジャマを脱いで、目の前にパンツ一枚になって横たわる。

両腕は胸の横に開いて置き、顔はアッシュから多少視線を逸らして右側に。

アッシュは穴が開くほどユーリカの肢体を凝視していたが、あらん限りの性欲をむき出しにしたアッシュの性器をユーリカは直視できなかった。

パンツを脱がそうと手を伸ばすと、ユーリカは自ら腰を少し上げてサポートしてくれる。

そしてアッシュはユーリカの両足をＭ字に開く。抵抗は一切なかった。

あらわになった割れ目は愛液の輝きでくっきりと形を見せていた。

大陰唇が開き、小さく薄いピンク色の小陰唇が確認できる。膣口付近の小陰唇は赤く充血し、その淫らな色合いのグラデーションはアッシュの視覚を大いに楽しませる。

指によってほぐされた膣口は割れ目の奥でアッシュを待ち受けていた。

最初は正常位。誰に教えられたわけでもなく、自然にそうなった。

体格差が大きく、身体の厚みが違うせいで挿入しようにも少し難しく、アッシュが戸惑って

いると、ユーリカが恥ずかしそうに腰の下に枕を入れた。

「い、挿れるのはここでいいのか……？」

膣口はなんとなくわかるが、サイズの関係で本当に合っているのかアッシュは迷う。

穴と見れば無理矢理ねじ込むほど蛮族的な感性は持ち合わせていなかった。

「はっ、あ、あの、も、もう少し下です……――んあっ⁉♡」

「うっ⁉」

膣口付近に亀頭をこすりつけていたアッシュは、覚悟していなかった快感に一瞬頭をショートさせた。

前のめりに体重をかけていたせいで、しっかりと膣口にピントが合った瞬間に少し入ってしまった。

「んうっ、は、はぁっ……」

太い亀頭が身体の中を押し広げる苦しさで、ユーリカは全力疾走でもしたかのように呼吸を乱し、身をよじらせた。

つねられたような鋭い痛みが内側から湧き上がった。

「う、動くと出てしまいそうだ」

膣口はキツく、入ってしまったカリの部分から上がねじ切られてしまいそうだった。

そんなものにシゴかれていれば童貞なんてあっという間に射精してしまう。

ただでさえ興奮は絶頂間近。女体を見ただけで射精できそうなくらい耐性もない。

少しの間、アッシュは入り口から動けないでいた。

「こ、こちらも少し止まってくださると助かりますっ……！　く、苦しくてっ……」

「い、痛むのか？」

「た、多少は……ですが、初めては痛いくらいが忘れなくてちょうどいいかとっ……！　うっ、はぁ……！」

初めての種類の異物に興味津々で、膣肉は亀頭を舐るように、勝手に擦る。

アッシュもユーリカも動いていないのに、膣肉だけが本来与えられた役割、オスを気持ちよく射精させるために動いていた。

裏筋を擦りつけている部分は細かなヒダが密集していて、ざりざりと快感が襲ってくる。

足腰に力が入り、肛門が意志に関係なくヒクつき、陰茎は痙攣するように上下に動く。

動いていないのにこれだけ気持ちいいのなら、動き出せばものの十秒と持たず射精してしまいそうだった。

「んっ、はうっ……す、少し慣れてきましたっ……！　う、動いても大丈夫ですっ！」

「そ、そんな意気込まれてもだな……！」

決心した顔でユーリカは言うが、痛みや苦しみに耐えると言っているも同然なせいでアッシュはかえって委縮した。

しかし快楽の誘惑には勝てず、勃起はちっとも緩まず、腰は少しずつ前に進み始める。

「おおお……な、なんだこれは！」

ふわふわの膣肉をかき分ける初めての感触にアッシュは感無量だった。

ユーリカを気遣う気持ちが快感に塗りつぶされ、腰が前に出てしまう。

「あ、あああ……お、奥に向かって……うっ、んんっ、い、痛い……」

ぷつりと糸が弾けるような感触が亀頭にあった。

奥のほうに少し残っていた処女膜を破ってしまったのだ。

「血が出て……!?」

「うっ……も、問題ありませんから！　そ、そのままお願いします！」

アッシュの顔を両手で摑み、ほんのり涙を浮かべたユーリカは少し語気を強めて言った。

痛みがあっても受け入れてくれるユーリカがとてつもなく愛おしく、アッシュは身体を折ってキスをした。

現段階でも締まりが強いのに、キスに合わせてさらに締まりが強くなる。

反面、ずぶずぶと飲み込まれていく。

全部が入るかどうかのところで、こつんと亀頭の先が奥に当たった。

「奥にっ……！♡　太くてっ……あっ、か、硬いですっ……！♡」

「ユーリカの中は柔らかくて……う、動かしてるのか？」

「わ、私の意志ではなく……か、勝手に動いてしまっているようでっ！　――せ、接吻をもう一度してほしいです……♡」

下半身を繋げ、口を繋げ、できる範囲全てを密着させ、再びお互いの身体をまさぐり合う。

ユーリカの乱れた鼻息が顔の凹凸に触れて生暖かいくすぐったさを感じる。

「す、すまない、俺はもう……」

腰が抜けそうな快感にアッシュは身悶える。

奥にたどり着いた時点ですでに射精寸前だった。

びくびく震えた陰茎は痺れを伴い、膣肉に触れているだけで感じたこともない快楽に包まれる。

「お、お好きなようにっ……た、ただ一つお願いがっ、ん、あっ！♡」

気合いでなんとかしてきた人生だが、早漏だけは気合いではどうにもならない。

「お、お願い？」

「しゃ、射精は一番奥にしていただけると……い、今当たっているところだと思いますっ……♡　んむっ……！♡」

ユーリカの懇願でアッシュの背筋に電流が走った。

ただでさえ抑えきれなくなりつつあったメスを孕ませたいオスの本能が強く刺激され、アッシュは身体を起こしてさらに膣奥にねじ込むように腰を突き出した。

ユーリカの子宮を自分だけのものにしたいという衝動で無意識に腰を動かす。

「あっ、あっ⁉♡」

拙いなりに腰を前後し、尻に力を入れて射精をこらえる。

結合部はアッシュの形に広がり、竿にはユーリカから染み出た愛液がまとわりつく。

ぬらぬらと輝く自分の陰茎と赤い結合部がいやらしく、自分が性交しているのだと実感させてくれた。

――まだ、もう少し我慢してから出したい……！

陰茎は射精寸前のため最高に感度が高い。

まるで射精のように我慢汁がぴゅっぴゅと飛び出て、うっすら白濁液（はくだくえき）が混じり始める。

射精間際（まぎわ）の最も気持ちいいピストンをやめたくないアッシュは、射精までに一回でも多く快楽を味わうため腰をさらに加速させた。

ふわふわした膣内があまりに気持ちよくて、身体の神経全てが下半身に集中する。

口元まで気にすることができず、間抜（まぬ）けに口が開き、よだれがユーリカの谷間に落ちていった。

鍛えた自慢の心肺は快楽により制御（せいぎょ）を半分失い、呼吸が乱れてしまう。

「ふっ、ひぁっ、んっ！♡　――あっ、あああっ！♡　わ、私、もう気持ちよくなってっ……！♡」

敏感な肉ヒダを引っ掻き回され、ユーリカにもじんわりと快楽が昇り詰めてくる。

内部からの圧迫感こそ苦しいが、ゴリゴリ膣内をほじくり回されるのは心地よかった。

長らくオスを求めていた膣は痛みよりあっさり快感を選び取ってしまう。

「あうっ……！♡　げ、幻滅（げんめつ）しないでっ、く、くださいっ……！」

「幻滅？　な、なぜ……うっ」

我慢しつつ腰を動かしていると、ユーリカが喘ぎながら顔を隠して言う。

絶頂間近で判断力も薄く、しかも眼前には胸を揺らし喘ぐユーリカがいるからアッシュはその言っている意味がわからない。

「は、初めてで感じるなどっ、淑女では……！　あっ、あんっ！♡　で、ですが勝手に声がっ！♡」

「もっと聞きたい。俺はその声を聞いていると……ううっ！　こ、興奮しすぎて出てしまいそうだ！」

ユーリカの喘ぎに呼応して腰が加速する。

知らぬ間にユーリカの腰を持ち上げ、尻を揉みながら動物さながらにピストン運動をしていた。

入り口付近まで戻して、また奥を突いて。反り返った陰茎がGスポットをゴリゴリ擦る。

「それに俺はユーリカの気持ちがわからない。だからどこが気持ちいいのか、痛いのか、言ってくれないとわからない……！　俺はもっと君のことが知りたいんだ……！」

腰の動きを止めて言ったアッシュの言葉にほんの少し逡巡を見せたユーリカは、目線を横に逸らし、再び目線をアッシュに合わせる。

表情は完全に性交を受け入れて蕩けていた。

「お、おま●こが全部気持ちいいですっ……♡　アッシュ様のおちんぽで気持ちよくされてます……♡　――い、以前見た本にこういうっ、あっ、セリフがっ、ああ、ああっ！♡」

ユーリカの淫語で下半身が爆発するような感覚に襲われた。

がくがくと足が震え、腰が制御不能になる。

身体全てが種付けのためだけに存在しているも同然になった。

「ううっ、ううっ！」

「あっ、あっ!?♡　は、激しっ、うっ、ふ、ふぁっ！♡　きもちぃっ、あああっ！♡　おま●この奥っ、奥ぅっ……！♡　ぃぃぃ入り口からっ、あっ、奥まで一気にぃっ!?♡」

アッシュはだんだんと前のめりになって、ユーリカの両足の膝裏を両腕で引っ掛け持ち上げていく。

ユーリカの尻は宙に浮き、アッシュに蹂躙されるがままになった。

関節を固定して自由に動かないようにし、一心不乱に腰を杭打ちでもするように前後する。

「こ、今度はっ、お、奥ばかりそんなっ！♡　あ、あっ……！♡　こ、こんな感覚知らなっ……！♡」

アッシュの背中に必死でしがみついたユーリカは、その柔らかい爪をアッシュの背中に立てる。

爪が与える軽い痛みすらアッシュには快楽にしか思えない。

全神経が性的快楽に集中していた。

「ああっ……！♡　は、初めてなのに……イ、イッてしまいそうですっ！♡」

「お、俺ももう出てしまう！」

「だ、出してくださいっ！　いっぱい、いっぱいくださいっ！♡　――イ、イくっ……！♡

えっ、イ、イくっ⁉♡」

初めての性交なのに昇り詰める絶頂感に恐怖を覚えたのか、ユーリカは全身を絡みつけてアッシュをさらに興奮させた。

さらにより深く、より根元まで。

少しでも妊娠の確率が高くなるように、ユーリカの子宮口を無遠慮に突っつく。

お互いの生殖器の一番重要な部分を擦りつけ合い、オスの存在を強くアピールした。

ぐつぐつと煮えたぎる精液が尿道(にょうどう)いっぱいになった頃、ついに限界がやってくる。

「ぐっ！」

びゅっ！　びゅるるるるっ！

栓(せん)になっていた硬い精液が飛び出て子宮口を叩(たた)くと、それに続き溜まっていた精液が我こそが妊娠させるのだとばかりに激しく大量に飛び出ていった。

興奮と激しい運動で酸欠気味の脳みそが精液同様に真っ白に染まる。

視界は火花が躍(おど)るようにチカチカと輝いていた。

呼吸の仕方もわからず、不規則に大きく吸って吐いて、膨らむ肺と腹筋が体の中に納まっていた精液を下半身と連動して押し出した。

生まれて初めての性交、それもオスに生まれた者が得られる最上級の快楽である膣内射精。

性別のある動物ならどれでも持っている種付けする本能が満たされる。

かれこれ二十秒ほど勢いは衰(おとろ)えず、びゅるびゅると射精は続き、やがて意識が現実に戻ってくる。

強すぎる絶頂感から現実へと帰ってきたとき、この夜が永遠に続けばいいのにとアッシュは強く思った。

「あっ、あっ、ああっ……♡　い、いつまでもイった感覚が続いて……♡　せ、性交での絶頂とはこんなに……！♡　な、膣内でびくびくと……！♡」

ベッドに落ちた二人は繫がったまま抱き合って過ごした。

自慰では得られない強く深い絶頂感から離れたくなかった。

深い孤独感を二人ならば克服できる。そんな精神的な快楽も肉体と同様に強く感じた。

初めて同士のぎこちなく拙い性交だったが、二人の満足感は大きい。

ちっとも萎えることのない陰茎は絶頂したてのユーリカに締めつけられていた。

イったばかりの膣肉はひくひくと震え、小刻みにアッシュを扱き、尿道に残った精液まで絞る。

射精直後でも睾丸はフル活動し、新たな精子を山ほど量産していた。

「もっと、もっとしたい」

「私もです……痛みなんてすっかり消えてしまいました……♡」

耳元で聞こえる息も絶え絶えなユーリカの言葉が耳から背筋を通り、股間に向かう。

アッシュは無意識に再び腰を前後し始める。そして昇り詰める快感にまた己を溶かしていった。

愛液と精液の混じる白濁液がユーリカから零れ落ちていく。

挿れたまま何度も何度も射精を繰り返し、常(つね)にユーリカの体内に新鮮な出し立ての精液が留まるように身体は動く。

結局六回ほど連続でして初めてユーリカの膣内からアッシュは出たが、ごぼごぼと零れた自分の精液にまた興奮して再び挿入する。

そしてまた抜かずに何度も射精した。

まだまだ夜は始まったばかり。

一度や二度で収まるほど二人の欲望は小さくなかった。

◆

「腰がまだ揺れているような……」

「俺も足の付け根でユーリカの肉が暴れているような感触がある」

アッシュはユーリカを腕枕(うでまくら)し、ピロートークに興(きよう)じていた。

完全に日が昇り、時刻は朝六時頃。

ニワトリの代わりにドラゴンの叫び声が遠くに響いていた。

その声にユーリカが怯(おび)えると、アッシュが抱きしめて落ち着かせる。

半日近い時間ずっと、二人は交尾の悦びに耽(ふけ)ってしまっていた。

回数は十回を優に超えたあたりから数えていない。

ユーリカが痛がったのは最初の一度だけで、次からは絶頂が絶頂を呼び何度も果て、何度も何度も求められた。

「眠いような、まだしていたいような、少し不思議な気分です。今もずっと絶頂の余韻が……

──あっ、アッシュ様の子種がまた垂れて……」

ごぽ、とユーリカの膣内から大量に注ぎ込まれた精液が漏れ出てくる。

薄い毛布の下でユーリカは股間にタオルを当てていた。

何回したかもわからないのに、まだ恥じらい、隠そうとするその行為にアッシュはムラつきを覚えた。

そして甘えるようにユーリカの胸に顔を埋める。

「こんなに気持ちいいのなら、何百人でも子供を作りたくなる」

「わ、私はそんな何百人も無理ですよっ⁉　せいぜい生涯で二、三人しかっ！」

ベッドの上は二人の汗や様々な分泌物でびっしょり濡れている。

とても寝られる環境ではない。

絶頂の余韻と眠気が混じるまどろんだ意識で、二人は中身のない話をしていた。

「──ですが私以外にもアッシュ様にはたくさんの妻が欲しいですね。お子は多い方がいいです。悲しいことですけれど、病気などで死んでしまう子もいるでしょうから」

「──ユーリカは一夫多妻に賛成なのか？」

「抵抗はありませんね。エルフは男が少ないため、基本一夫多妻制ですから。一族の王であった私の父も十人の妻がいました。実のところ、私の部族は腹違いの姉妹が多いのですよ。私は女王といってもただ一番目の妻の子供というだけでして。アッシュ様にしてもたくさんの子供は必要だと思います。家名の存続のためにも」

「貴族社会でも一夫多妻は普通らしいが……にしても少しおおらかすぎる気はするぞ?」

血を残していくのも仕事のうちであるから、貴族に生まれれば一夫多妻は珍しくない。妻のほかに妾を持っている貴族はいくらでもいる。

最も恐ろしいのは家名を継ぐ者がいなくなり、家が消滅することだからだ。性的に弱いことは貴族社会ではむしろ恥として扱われる。

とはいえアッシュのラゼンフォルト家に代表されるような貧乏貴族は、金がないため妾など持つことはない。生活に余裕がないからだ。

「欲を言えば私だけと言いたいところですが、現実的なところ、私の一族が来たらアッシュ様は相当求められるでしょう。文化的にも状況的にも当然です。今の一族は長老と子供しか男がおりませんから。エルフはエルフでかなり絶滅寸前なのですよね。はぁ……」

アッシュとの性交を簡単に受け入れたのはそういった種族的理由もあった。

とはいえ、実際はそれを言い訳に肉欲に溺れたかったからである。

アッシュ自身とその思考に惚れたのだ。

「そういえば、一つ言い忘れていたことがあった」

「どうしました？」

「愛している。結婚してくれてありがとう。こういうのは最初に言うべきだった」

「――じ、事後のこういうときに言われるとその……深く刺さりますね。私も愛していますよ」

腕の上をごろんと転がり、真っ赤になったユーリカはごまかすようにアッシュの頰にキスをする。

身体を起こしアッシュはユーリカをさらに抱き寄せた。

「風呂に入って片づけてから寝ようか。俺は汗を流したら寝ずに鍛錬に行くが、ユーリカはそのまま寝てくれていい」

「ま、まだそんな動ける体力が!?　私はさすがに少し休ませていただきたいですね……！」

「多少疲れはしたが、気持ちいいほうが遙かに勝っていたからな。むしろいつもより身体が軽くて元気だ」

「……私は腰が抜けて起き上がれませんのに」

起き上がろうとするもユーリカはすぐ倒れこんでしまう。

あまりに力の入らない自分の身体にユーリカは乾いた笑いを見せた。

「よければ抱きかかえて降りてもいいか？　俺のせいだからな」

「よ、よいのですか？　――そ、そういうのは少し憧れますね？」

大柄なアッシュからすればユーリカの身体は軽くて小さい。

すっとお姫様抱っこで持ち上げ、二人とも全裸のまま風呂場へ向かう。

行為中でないときは恥ずかしいのか、ユーリカは胸や局部をしっかり隠し照(て)れた顔をしていた。

そんないじらしさに再び性欲が芽生(めば)える。

むくむくと膨らみ始める自分の分身に少し呆(あき)れるが、もう衝動に抗うつもりはない。

再び風呂場で盛り出すまでそう時間はかからなかった。

領地の開拓(かいたく)も大事だが、領民を増やすほうに二人は注力していた。

第五話

「……誰だ？」

「……おはようございます」

早朝、アッシュが屋敷を出ると、見たことのない女の子が玄関前にいた。

ちょうどノックしようとしていたタイミングでアッシュが出てきてしまったようで、女の子はタイミングが乱されて少々バツの悪そうな顔をした。

玄関前にいた少女の身長はユーリカよりずっと低く、百五十センチ半ば。

アッシュの身長だと撫でやすい場所に頭があり、自信溢れる態度がその愛らしい容姿を彩っていた。

年齢は十五歳前後。

幼さの残る顔つきから、アッシュは直感的にそう思った。

自分の見た目と年齢との比較であり、正確なところは当然わからない。

困ったアッシュはひとまず湧いた疑問をぶつけることにした。

「——迷子か？」

「わたし迷子になる歳に見えるっ？」

早くもアッシュ独特のノリにテンポを乱され、少女の自信ありげな顔はあっさり崩れる。

「あ、ああ、すまない。見知らぬ顔だったものだからな」

――押しが強い！　俺はこういう強気な人は苦手なんだ。勝てる気がしない！

コミュ障のアッシュはまず喋ることが苦手だ。

さらに押しが強く、真っ当に話す者――つまりは大人が苦手だ。

少女からはそういった大人の空気が感じられる。アッシュは早くも委縮気味だった。

「まぁいいけど……子供かってよく言われるし」

理解はしたが納得してはいない顔で少女は言った。

少女の髪は水色寄りの青髪で、肩より少し上の長さ。

前髪の左側に少し長めの三つ編みを作っていた。

服装は白に青の差し色、そして金色の刺繍が入った服で、ヒラヒラとした振袖のように布地を大量に余らせている。

どう見ても、体格に見合わないサイズの服だった。

手の部分は袖に覆われ完全に見えず、ファッションとしてはともかく、手を使う作業には向いていない。

上半身の布地部分だけが下半身に比べかなり多いのだ。

さらに足は底の厚いブーツのようなものを履いていて、長時間歩くのは無理っぽい。

百五十センチ半ばほどの身長だが、ブーツを脱げばきっと百五十センチもないだろう。

そんな愛らしさを感じさせる容姿とは異なり、少女は非常に自信満々な表情で、腰に袖の余った両手を置いていた。

──新しい徴税官か？　にしては若すぎるか。

少女は何者なのか。考えてもアッシュにはわからなかった。

少女はアッシュへの怪訝感をジト目で表現し、お互いに見つめ合う形になる。

「な、なによ」

高い場所から見下ろすアッシュの鋭い眼圧にたじろいだ少女は、少し視線を流した。

大人相手だと簡単に委縮する精神なのに、見た目だけは誰もが目を逸らしてしまうほどの迫力を持つのがアッシュという男だ。

──美少女だ。それもエロい……いや、もう女の子は全員エロいし可愛い気がしてきた。

少女の胸は身長差もあってユーリカと比べると物理的には小さいが、確かな膨らみは備えている。

ダボついた服で隠されたその胸のサイズをアッシュの観察眼は見抜く。

貧乳ではない。むしろ平均と比べるなら少々大きいほうだろう。

──ぜひとも領民にしたい。

もしかして志願者として来てくれたのかも!?

期待しつつ、アッシュはさらに少女を見続ける。

「め、めっちゃ見るじゃん……」

アッシュの遠慮ない視線に少女は困惑した。

少女が自信があるのは胸より足のようで、わずか数センチ巻き上げるだけで股間が見えてしまうほど短い丈のタイトスカートを穿いていた。

その下にはニーソックスを穿いており、ガーターベルトが見える。

――上半身分しか布がなかったのだろうか。

バカげたことを真剣に考えながらもアッシュの視姦は続く。

股間部分は少し凹んでいて、その下にあるであろう場所をどうしても想像してしまう。

太ももと股間の間の肌色が目に眩しい。

細身ながらもパンパンに張った太ももは、若々しいみずみずしさで輝く。

しっかり締まった尻は弾力に溢れ、ぷりぷりとしているのが斜めに見ただけでわかる。

後ろから見れば形もしっかり確認できるだろう。

――エロい。

長々観察して出てきたのはその一言。やはりアッシュはバカだった。

「改めまして、わたしはジュゼ。しがない商人です。朝早くに申し訳ありません。――はじめましてだね？　ラゼンフォルト卿」

仰々しく長い袖を振り回し、右腕を胸の前に当てて、女の子――ジュゼは儀礼的に頭を下げた。

言動と口調、そして振る舞いはあまりリンクしておらず、不遜な態度が見え隠れする。

まず、敬語を使う様子さえあまりない。

少し生意気だなとは思ったが指摘はしなかった。

むしろこれはこれでいいと思ったし、態度より少女の容姿のほうがアッシュにはインパクトが大きかった。

「はじめまして。……なぜここに？」

「そりゃもちろん、商売よっ！　じゃないと商人は来ないでしょっ！」

ジュゼは礼の体勢からスムーズに両手を広げ、身体を大きく見せるようにして得意げに言い放つ。

彼女の後ろには十台もの四頭立て大型馬車があった。

運転してきた御者たちは一列に並び、かしこまってアッシュに頭を下げる。全員がしっかりとした服装の年輩の男で、腰に帯剣していた。

「商売と言われてもな……俺には金がないし、俺が物を買う人間は決めている」

もし物資が満載されているのだとしたら宝の山だろうが、アッシュは残念そうに眺めるだけ。

買おうにも金がないからだ。

だから次の買い物は商人アーノルド・クロイツェルの弱みを元手に彼から行うつもりだった。

アッシュの答えに、ジュゼはシニカルな笑みを浮かべて応える。

ふと、どこかで見た顔と重なった気がした。

そしてその答えがわかったとき、少女が侮られないためにある大商人の顔を真似ていたのだと気づく。

「それはわたしのパ――お父様かな？」

「父親……？」

「アーノルド・クロイツェル。知ってるでしょ？　わたしの名前、ジュゼ・クロイツェル」

実質的に王国一の商会の長、アーノルド・クロイツェル。

ジュゼはその男の娘だった。

しかしアーノルドはかなりの巨漢であり、顔にはひげを蓄えているため、目の前の少女とどうしても顔のイメージが繋がらなかった。

「は……？　あ、あのオヤジ、こんな可愛い娘がいたのか!?　全く似ていない！」

アッシュはジュゼの小さな両肩を摑み、キスする寸前くらいまで顔を寄せ言う。

突然の「可愛い」との言に、皮肉めかしたジュゼの顔が年相応に崩れ、赤くなっていく。

アッシュは素直に思ったことを言っただけだが、年若い娘には言われ慣れていない言葉だった。

まして父親が権力者なので、そんな失礼にも思われる言動を直球でする者はいない。

普通はもっと感情を抑え、社交辞令的に言うものだ。

ジュゼはアッシュを軽く振り払いながら、一歩後退し、再び商人の顔を作る。

「か、可愛いって……私はお母様似だから。娘だけじゃないよ。息子もいる。わたしたちは十五人兄妹なの。父親以外は血の繋がらない兄妹だけど。――お父様はもうここには来ない。これからはわたしがこの地域を管轄するわ」

「なっ……！　俺はこれまで不当に奪われた分をアーノルドから取り返すつもりだったんだぞ⁉」

アッシュは我が物顔でユーリカの言ったことをジュゼに語る。

するとジュゼは一瞬驚いた顔をし、すぐにまた皮肉めいた表情に戻った。

「なんだ、騙されてたの気づいてるんだ。思ってたほどバカじゃないのね？」

「当たり前だ。俺はバカじゃない。あれは……高度な策略だ！」

ただ騙されていただけとは認めない。それは小さな見栄だった。

「──なら単刀直入に言うわ。わたしはここに金儲けをしに来た。そして、わたしの金儲けはあなたのためにもなる」

「……？」

「話は変わるけど、実はね、お父様は重い病気でもう先が長くないんだって。そして後継者はまだ決まってない。で、お父様が死ぬまでに一番稼いだ兄妹が商会の頭目を継ぐことに決まったの」

大げさに身振り手振りを交えつつ、ジュゼは肉親の病気をさほど悲しむ様子もなく話を続ける。

「ほう……あのオヤジ、この前に会った時は元気そうに見えたが……残念だな」

「ま、贅沢病ってやつね。見た通りものすごい太ってるし、歳ももう六十過ぎだもの。病気自体はそう珍しい話じゃないわ。長生きなくらいよ」

「それにしても冷静だな。実の親が長くないと聞けば悲しむものじゃないか？」

――薄情だ。正直なところそう思ったが、いくらアッシュでもその言葉を軽々に使うべきではないと判断し、冷静と言い換えた。

「うーん……その辺は普通の家じゃないから。兄妹の数も多いし、何より全員忙しいからね。それにお父様はこう言ったわ。『ワシの死でいくら稼げるのか考えろ』って。感傷に浸ってる暇があったらワシの死を利用して稼げってね」

どこか得意げにジュゼは言う。

貴族とはいえ、一般家庭のように一つ屋根の下で家族と暮らしてきたアッシュにはピンと来ない話だった。

「跡目争いにはお父様が握ってた商圏もそれぞれ一つ使うことが許されたわ。でも、わたしは末っ子で、選べる場所がなかったのよ。――だけど……お父様はわたしにだけここを教えてくれたの。だからきっとここには他にはない何かがある。聞いたのはラゼンフォルト卿、あなたのことだけだけど」

「俺が言うのもなんだが、ここで金稼ぎができるとは思えん。物を売る相手もいないからな？採れる物もない」

変な方向で誇らしげにアッシュは胸を張った。

「それがそうでもないのよ。誰も注目していないからこそその金儲けがあるわ！」

ひらめいたとばかりにジュゼは笑顔になるも、すぐに元の気だるさを慌てて装う。

アッシュ相手だと主導権を握りにくいと、ジュゼは歯がゆい気分だった。

「その者の話を鵜呑みにしてはいけません！」

アッシュがジュゼの言う金儲けは何かと考えていると、杖をついてユーリカがよろよろとやってくる。

昨夜にアッシュとの激しい交わりで痛めた腰を気遣う様子だが、戦闘準備を整えていた。

「エルフ⁉　なんで魔族が⁉」

ぎゃ！　と短く叫び、ジュゼは飛ぶように後ろに下がる。

これまで真顔でかしこまっていた御者たちも、人類の敵——ユーリカの登場に驚き、剣を構える。

「俺の妻だ。結婚は先週したばかりだが」

「どういうこと⁉　魔族の部分さらっと流しすぎなんですけどっ⁉」

声を張り上げ、ジュゼはアッシュとユーリカを交互に見る。

しばらくあたふたした後、ジュゼは大きくため息をつき、乱れた前髪を整えつつ言った。

「い、色々言いたいことはあるけど、今は一つだけ。……わかってる？　魔族を匿ってると知れたら、ましてや結婚なんてしたら、爵位の剝奪、領地の返上だけでなく、罪人として処刑されるわよ？」

「そうなのか？　そんなの聞いたことがないが……？」

「言うまでもないからよ！　常識でしょ！　王国だけじゃなく、世界中どこだってそうよ！法律以前の問題だわ！」

今度は取り繕うことはせず、息を荒らげジュゼはうなだれた。

アッシュは呆れた顔のジュゼからユーリカに顔を向け直す。

「法律はともかく、俺はユーリカと結婚した。――それが悪だと言うなら、俺は国とでも戦うさ。間違えているのは国や世界だろう」

「アッシュ様……」

誰もいない場所でたっぷり愛し合った二人の間には、他人から見ると少々恥ずかしい甘い空気があった。よろめくユーリカを抱きかかえ、公衆の面前でキスでも始めそうな感じになる。

ジュゼは居場所がないような、いたたまれなさを感じていた。

他人の色恋を見せつけられてどうすればいいのか。

そのため、あからさまに不信感を抱いた眼をしていたジュゼだが、魔族であっても今は惚気る女でしかないと無理矢理呑み込み、肩の力を抜く。

「とりあえずご結婚おめでとうございます、とだけ言っておくわ。ラゼンフォルト卿――呼び方、もう、あんたでいい？　なんか色々バカらしくなっちゃった」

「呼び方は何でもいいぞ。卿ってのも呼ばれ慣れてない。初めて言われた」

「実は、わたしの言ってる金儲けってのは〝ある預かりもの〟の倉庫業なの。だからこの『絶望の地』の土地や家屋を貸してほしいわけ。で、それにはあんたの――」

アッシュの顔に向けて、ジュゼはピシっと人差し指を向ける。

ジュゼの言うことはやはりピンと来ない。

しかしユーリカは「まさか」と何か気づいたような反応を示した。

アッシュはそれを機敏に感じ取り、一つの結論に至る。

「よくわからないが、土地も家も好きに使ってくれて構わない。俺にできることはぜひ協力させてもらおう。――あとはユーリカに任せてもいいか？」

「わ、私が判断するのですか⁉　交渉になるかわかりませんよ⁉」

「いや、俺はユーリカを信頼している。俺とこの領地の不利になるような判断はしないはずだ。あとで話をまとめて教えてくれ」

「で、ですが……」

――なんだっけ、こういうときに使う言葉……細かいことは気にするなみたいなやつ。

アッシュはジュゼの言っている倉庫業の意味がよくわからなかったし、聞いてもきっとわからないだろうと確信していた。

その点、ユーリカは何か勘づいている顔をしている。

この流れで話を始めると自分だけ恥ずかしい思いをするのは必至。

何しろ魔族であるユーリカよりも自分のほうが常識知らずだと、アッシュはここ最近でさすがに気づいてしまっていた。

だったら難しい話はユーリカに任せて、自分は日課のトレーニングをしていたほうが有意義だと考える。

　要するに、逃げることを選んだ。

　そこでようやく、探していた言葉を思い出す。

「──俗事は任せる」

「……！」

　格好つけるために適当に選んでみたアッシュの言葉。

　深い意味はない。

　覚えたての難しい言葉を使いたがる現代の中学生とアッシュの感性は全く同じだ。

　しかしユーリカの捉え方は違う。

　世界征服という大きな目的の前に、商人の話など些事にもほどがある──。

　その程度のことはユーリカで処理しろ、盟主の手を煩わせず、その手腕を見せてみろと言われたに等しかった。

　ユーリカはアッシュに頭を下げ、痛む腰を気遣うことなく膝をつく。

「このユーリカ・エンドハウス、必ずやご期待に応えましょう」

「──いや、わたしはあんたに直接説明したいんだけど⁉　というか何その態度！　王なの⁉　王様なの⁉　わたしの存在は俗事呼ばわりっ⁉」

　ジュゼは飛び跳ねながら、話の中心であったはずの自分が蚊帳の外にある現状にツッコミを入れる。

ジュゼが騒ぐも、ユーリカは反応せず頭を下げ続ける。

アッシュもいそいそと逃げ出そうとする。

ジュゼはその間無視されていたも同然だった。

人間と大差ないサイズの巨大な岩を背負いどこかへ行こうとするアッシュを見ていると、大商人を模した顔つきをジュゼはもう維持できなかった。

巨岩を背負って走っていくアッシュの姿を眺めつつ、ユーリカはジュゼと二人で話し始める。

ユーリカは不遜な態度のジュゼに妖しく微笑みつつ、種族の違いにうっすら覚える生理的な嫌悪を表には出さないよう注意した。

近親種であり、長らく敵として認識してきた人間にはどうしても嫌悪感を覚える。

アッシュに会う前までならまず間違いなく人間のジュゼへの対応は敵愾心に満ちたものだったろうが、今のユーリカには地位がある。

魔族も人間も区別しない王の意志を自分の嫌悪だけで曲げたりはしない。

王であるアッシュの妻の地位と、将来の宰相としての地位への自覚がユーリカの精神の奥深くに早くも根差していた。

「何あいつ……ほかの人間はわたしが商売の話をしてくれるってなったら、土下座して縋りついてくるくらいなのに」

「あの御方の器はただの金儲けなどには収まりませんよ。もっと大きな望みのために動いていますから。あの鍛錬もそのためのもの」

アッシュの背中にあるのは巨岩などではなく、常人なら考えもしない大望なのだとユーリカは信じて疑わない。

しかしジュゼは疑問しかない顔をする。

「お父様に聞いてる感じだと、ただのバカだと思ったんだけど……？　ま、まぁ確かに大物っぽい空気はあった気はする。わたしのこと俗事とか言うし。俗事とかっ！　初対面で失礼すぎじゃないっ⁉　もう帰っちゃうわよっ⁉」

「ところで……——貴女、このラゼンフォルト領で犯罪を犯そうとしていますね？」

笑みを冷酷な表情に変え、ユーリカはジュゼを見据えた。

一瞬たじろいだジュゼだが、すぐに同じように冷たく見返す。

睨み合いの攻防を最初に崩したのはジュゼのほうだった。

ふう、とため息をつき、口角を軽く持ち上げ、片手をひらひらさせながら話し始める。

商売において修羅場慣れしているジュゼは動じない。交渉事ならば。人間関係はまた別の話だ。

「質問に答えるなら、答えはその通り。わたしはここで犯罪を行うつもりよ」

ジュゼは不敵に笑ってみせる。これから犯罪者になるというのに、その態度は堂々たるものだった。

「――と言っても、あんたの想像の通り、殺人みたいな血生臭い犯罪じゃない。正直、商人ならみんなやってる。見つかっても財産を没収されるくらいで、実はそんな大事にはならないし。損するだけ」

「密輸とその品の保管……ですね？　預かりものという単語と、『絶望の地』を強調したことでピンときました。取引のお相手は帝国でしょうか？　でもまあ犯罪というなら、人類の法に照らせば私の存在がまず犯罪です。その程度のことで責める気は起きませんね」

　ふふふ、とユーリカは緊張を緩めて笑ってみせる。

　ジュゼもまた緊張を解いた。

「帝国からの密輸は……帝国は大歓迎してくれるから、運び出すのは簡単なんだけどね？　大変なのは一応バレないようにやらなきゃならない王国での輸送と、物理的に足がつきやすい保管。今回のは特にね」

　王国は世界の三分の一を占める大国だが、表向きには鎖国状態にある。

　理由は単純に王国内で何不自由なく自給自足ができているからだ。

　農業に向いた広大な肥えた大地に、安定した気候、豊富な地下資源を有する土地を領土としているのが主な要因である。

　鎖国しているので他国との取引については密輸扱いだ。

　しかしここ十年で急激に発展した帝国製品は、王国人から見ても魅力的だった。

鎖国で停滞した王国にはない、発想や技術に優れた帝国製品を欲しがる貴族も多く、実質的には黙認状態であり、今や王城にすら帝国製品がある始末だ。

法がそんな風に形骸化してしまっている状況下であれば、金に目ざとい商人たちは多少のリスクくらい喜んで冒す。

「それで安い保管場所探しに誰もいないこの『絶望の地』に来たってわけ。犯罪ついでに勝手に小屋でも建てて……ってのも考えたけど、領主がどんなやつか見てみたくて挨拶に来たの。で、あんたに会った。だから全部言った」

ジュゼはあっけらかんに笑いながら言う。鈴のように軽い笑い声だ。

アッシュが魔族である自分を匿っているほうが密輸より重罪だからか、とユーリカは納得する。

たとえアッシュが密輸を通報したところで、捕まって重い刑罰を受けるのはアッシュのほうだ。ジュゼにはお咎めなどないに等しい。

敵を知るためユーリカは世界のことをある程度把握していた。

王国に次ぐ国のこともちろん知っている。

帝国。

アッシュが貴族として所属する王国と同規模、世界の三分の一を領土とする超大国である。

王国とは海を挟んで隣の大陸に存在する。

王国と最も違う点は、帝国は超侵略国家であること。毎年どころか毎月毎週のように各地で戦争を起こし、隣の大陸の小国を次々併合している。

しかし五百年の歴史を持つ王国と比べれば、まだまだ新興国であった。

その歴史はせいぜい百年未満しかない。

技術的に大きく発展を遂げ始めたのも、ここ十年前後の話だ。

だが無駄を排除した合理性と能力主義を掲げていることもあって、この時代で最高の先進国家に成長した。

ユーリカが王国を選んだのは、国の隅々までしっかりと支配の手を伸ばしている帝国では隠れ潜むことができないと判断したからだ。

その点、王国は地方領主によってそれぞれの地域が管理されているので、場所によっては管理がザルである。

ラゼンフォルト領に至ってはザルどころか大穴と言っていいほど管理がなされていない。

「……ここなら見つかることはないでしょうね。私も一カ月ほど様々な場所を見て回りましたが、かなり昔の廃村が点々としているだけでした。貴女のような人間の出入りがあるこの領主邸付近を除けば、限りなく安全な隠し場所です」

ユーリカの印象は領地全体が一つの巨大な廃墟のようなもの。

「ところで、貴女が持ってきたのは、王国に流入させてはいけないような品物ですね？」

——食べ物などの消耗品なら通常の流通に紛れ込ませてしまえばいい。

わざわざこんな場所までやってくるということは、その存在さえ知られてはいけないものだ。

武器などの危険な物であるはずとユーリカはジュゼの行動から予測した。

それも、帝国の超速侵攻を支える最新鋭兵器だろう。

限られた情報から的確に推測しながら会話するユーリカに、ジュゼは満足そうな顔を見せる。

相手がアッシュであればいちいち質問してしまって会話にはならなかっただろう。

ユーリカに任せるというアッシュの選択は結果的には正解であった。

「貴女の従者以外は誰もいないとはいえ、この先の話は表でするべきではないのでは？　それに、御客人を外に立たせておくとアッシュ様に怒られてしまいます」

「まぁ、もてなしに期待はしてないから、適当でいいよ、適当で。文化も違うだろうし」

建て付けが悪く歪んだ扉を開け、ユーリカは右手でジュゼの入場を促す。

――魔王の居城へようこそ。もう逃がしませんよ。

ユーリカは不穏な胸中を見せぬよう表情を笑顔に保つ。

この二人の女の邂逅が、アッシュを望まぬ道へと導いていく。

結果だけで言うなら、アッシュは恥ずかしい思いをしようとも同席すべきだった。

恥を忍んでそうしていれば、世界征服という勘違いに王国一の商会を巻き込まずに済んだのだから――。

第六話

　ひとまずジュゼをリビングに招いたユーリカは、ハーブティを出して軽くもてなす。

　残念ながら、気の利いたお茶受けはアッシュの屋敷には存在しない。

「ん、美味しい……なにこのお茶？　はじめて飲む味。どこかの高級品？」

「いいえ？　裏庭に生えていた雑草です」

「ぶっ！　な、なんてもの飲ませるのよっ⁉」

「健康に害はありませんし、エルフは好んで飲みますよ？　雑草と言っても、しっかり選んだものを三種類掛け合わせています」

「えー……でも雑草、えー……」

　やはり怪訝な顔をするジュゼだが、味がいいならいいと諦めたのか黙ってまた飲み始める。

　原材料がタダならこれは儲かるかもしれないとブツブツ呟いていた。

「ところで、貴女はエルフ……というより魔族に対して忌避感はないのですか？　正直なところ、そのお茶も口にするとは思っていませんでした。普通、毒を警戒するでしょう？　言っておきますが、エルフは薬も毒も、熟練者ですよ？」

「うーん、わたしも正直に言うけど、偏見はないわけじゃないよ。でもさ、あんた……ユーリカだっけ？　が、今のわたしに毒を盛るメリットある？」

「例えば単純に人間への恨みなどではいかがです？」

「まず、人間への恨みが強いならあのバ――ラゼンフォルト卿と結婚しないでしょ」

　バカと言いかけて軽く焦り、ジュゼは言い直す。

「今会ったばっかりだから、あんたが何がしたいのかまではわからないけど、ここに住んでまともに生活しようとしてるのは空気でわかる。だから恨みより利益優先の状態。それに〝例えば〟って言葉を選ぶ時点で、恨みとは違うわよね？」

　カップを置き、ジュゼはニヤリと口元に笑みを浮かべる。ユーリカも笑顔で返した。

　カップをソーサーに置いた音が、女同士の論戦開始のゴングとなった。

「ならば荷物の強奪は？」

「強奪は短絡的すぎるから考えにくいかな。あんたたち長命種の魔族は、人間と違ってちょっとの判断ミスが何百年も尾を引くでしょ？　だから深く先まで考えてからしか行動しないと聞いたことがあるわ。それなら、わたしから荷物を奪ったら必ず何らかの報復があると考えるはず」

　外の連中は護衛も兼ねてるし、とジュゼは付け加える。

「ええ、まぁ。長命種の長所であり短所ですね。思考の段階でリスクに怯え、行動できない場合も非常に多いです」

　ユーリカは笑顔をやめて真顔で答えた。

ジュゼの洞察力を少し危険だと思って、笑顔を保てなくなったのだ。

顔こそ可愛らしいが、ジュゼの中には老練な商人がいるように感じた。天性のものなのか、それとも環境が育んだものなのか。

有能で勇敢な人物が来てくれるのは嬉しいが、その才覚が敵対するほうに向くのは避けたい。

「戦力的に人間の数に敵わないとわかっているから、普段は隠れ潜んでいる。自分たちの分をわきまえている以上、そんな短絡的な理由で争いは選ばない。それになにより、今後確実に利益になるであろうわたし相手よ？」

自信満々にジュゼは片腕を広げる。

「以上、わたしがこのハーブティを口にした理由。——これ本当に美味しいわね。あとでその雑草と配合比率、淹れ方を教えてね。やっぱり売れると思うわ。バカ貴族相手に高値で吹っかけてやろっと。珍味には目がないからね、連中」

淡々とした口調でジュゼは語る。

そして、「大枚はたいたのが雑草だって知ったら、貴族連中どんな顔するかしら」と笑いながらカップを口に運ぶ。

無条件の信頼ではなく、合理と利益を踏まえた、妥当性の高い推測の上で判断したのだという旨の発言に、ユーリカは恐れを覚える反面、感心もしていた。

単なる小娘かと思っていた。しかしなるほど、親が大商人なのは伊達ではない。

魔族への偏見は持ちつつも、そこで思考停止せずに、この場で最も利益に繋がる答えを導き出す胆力を持っている。

しかも相手が自分より確実に強い魔族だというのに。

こういった打算で動く者は、少なくとも利害がある間は種族に拘わらず信用できる可能性が高い。

ユーリカが過去にジュゼの父と取引したのもそういった理由からだ。

「人間の子供なのに聡明ですね？」

「──わたし、子供じゃないんだけど。今年で十九歳よ。よく言われるから気にしないけど。気・に・し・な・い・けどっ！」

気にしない、と言いつつも唇を突き出し、ジュゼは明らかに不満げだった。

「アッシュ様より年上……なのですか⁉　それにしてはその……」

──小さい。

「だ・か・ら！　悪かったわね、小さくてっ！　でもほら、そこそこ胸もあるのよ⁉　帝国製のたっかい豊胸薬飲んでるんだからっ！　毎日三回欠かさずっ！」

ぐい、と胸を張って見せつけてくるので、ユーリカは自分の胸元に視線を落とす。

ジュゼも体格からすれば大きい方だが、相手が悪すぎた。

「は、はぁ……」

「──っ！　あんたからすればないも同然って言いたいの⁉」

「いえ、そういうことでは。──そろそろ本題に入りませんか？」

「長生きのくせに急かすわね……まぁわたしもそろそろ本題に入りたいけどっ！　――べ、別に話題を変えたいわけじゃないわよ!?」

なんとなく長い付き合いになりそうだなと、ユーリカは笑みの下で感じていた。

ジュゼは籠絡させる価値がある。

差し迫った後継者問題に追われている現況ならば、これから必要になる様々な物の入手も金次第では容易だろう。

だったら、最終的な目論見を話しておくべきだ。

隠し事をしてもジュゼは自分たちの行動や欲しがる物から違和感を覚え、やがて結論に行き着く。

変に勘繰られて見当違いな答えを導き出されるよりも、正直に言ったほうがいいと思った。

「――私たちは、このラゼンフォルト領を橋頭保に世界征服を狙っています。人間も魔族も関係なく幸せに生きられる、そんな世界のために」

「――は？」

ジュゼは信じられないといった顔をした。

――まぁ、予想通りの反応ですが。

荒唐無稽な話なのはユーリカ自身よくわかっている。

魔族視点で見ても常識知らずな話だ。

これまでユーリカ自身が何度も考えてできなかったことなのだから。

世界どころか、自分たちの住む場所さえ手に入れられなかったのだから。

「先ほどアッシュ様は言ったでしょう？　私との結婚の是非を貴女に聞かれ、『悪だと言うなら俺は国とでも戦う』と。あの御方はこの地に魔族を集め、世界に反旗を翻すつもりなのです」

「……いやいや。そんなこと考えてないでしょ。絶対あんたの思い違いよ」

ないない、とジュゼは乾いた半笑いで嘲笑した。

「いいえ。私の一族もこちらに住まわせてもらえるようです。その時点で国に、いえ……人間という種に牙を剥く行為。アッシュ様は国法など全く気にしておりませんし、場合によっては世界のほうを変えさせるお覚悟です」

「だ、だってあいつバカよ⁉　絶対バカだと思う！　多分何も考えてないだけ！　カッコつけただけよ！　あんたの顔が綺麗なもんだから、きっと一族みんな美形だと思って鼻の下伸ばしただけよっ！」

ジュゼが立ち上がり、バカげていると鼻で笑う。

事実、アッシュは格好つけただけであった。

初対面の人間の内面を見抜く術において、ジュゼはユーリカよりも優れていた。

「アッシュ様は聡明な方です。思考の規模が大きすぎて、凡人では理解できないだけ。時代はいつも先駆者を理解しないものです」

「そ、それならわたしはもう手を引く！　リスクが利益を上回ったわ！　今はまだ王国に逆らうメリットがないの！　ま、まぁ禁制品は扱っちゃってるけどっ！」

逃げるように玄関に向かおうとするジュゼの後ろ姿に、ユーリカは少し大きな声をかけて引き止める。

アッシュに対する認識の前提こそ間違っているが、ユーリカも基本的には賢いほうだ。

第三者の立ち位置にいればジュゼと同じように笑うだろう。

そんなユーリカだからこそ、ジュゼを説得できる自信があった。

「ジュゼ。貴女はここに何をしに来ました？　利益を上げに来たのでしょう？　私たちは最大限協力します。貴女の父も欲しがったエルフの霊薬をはじめとして、様々な秘法を惜しみなく提供しましょう。人間社会では貴族などに需要が高いと聞きました」

「た、確かにそれ独占できたら万々歳だけど……それだけじゃ商人を納得させるのには不十分よ。あんたたちに協力するってことは、わたしまで直接反逆者になるってことだもの。現状、この『絶望の地』にそこまでのメリットは見込めないわ」

腕を組み、ジュゼは振り返って玄関に背をつけた。

とりあえず引き留めることには成功したと思い、ユーリカはさらに攻める。

「――ここでなら、ありとあらゆる利権を一から作っていけますよ？　無限に稼げるかもしれない潜在性がこの土地にあることはわかっているでしょう」

利権という単語にジュゼはぴくりと反応する。

ラゼンフォルト領にはまだ何一つ商売が存在しない。

売る相手も買う相手もいないからである。

ライバルのいない現段階なら独占体制を整えるのは簡単だ。

先に仕込んでおきさえすれば、増える領民はジュゼの商売の枠組みに勝手に組み込まれていく。

生活基盤をジュゼが握る形になれば、半永久的に収益を上げ続けることができる。

特に開拓初期は必要物資が多いため、まとめて一気に利益が上がる公算が高い。

領民を一気に増やす方策さえあれば、最終的には兄妹で一番稼げる可能性があるのだ。

そしてそれは、一つの国を興すのに似る。

つまりジュゼを稼がせることはアッシュの利益にもなるとユーリカは考えた。

面積だけなら王都よりもずっと大きいラゼンフォルト領が十全に整備され、人――魔族を容認する者――が溢れかえれば……とジュゼも考えはする。

単なる倉庫にしておくにはあまりにもったいない。

農業一つとっても、この無駄に広大な地を利用できるなら、王国の生産率に大きく影響を与えるだろう。

何より、ジュゼにとっても世界征服は魅力的だった。

金の出所の支配者になれば、商会という一単位に執着する必要がなくなる。

もし自分が跡取りになれなかったとしても、世界を征服すれば最悪全てをリセットできるのだから。

「う、うーん……確かに利権は魅力的なのよね。長い目で見れば、真面目に商売する気しなくなるくらい儲かる可能性がある。というか何もしなくても稼げるようになる」

身体をぐねぐね曲げて、うなりながらジュゼは悩む。

実のところ、ジュゼは自分が後継者争いに勝てるとは思っていなかった。

真っ当な商売では兄弟たちの背中には追いつけない。時間がかかりすぎる。しかも正攻法で頑張ったところで、資本とコネで勝る兄たちのほうが絶対に稼ぐ。

あと一押しだ、とユーリカは逸る気持ちを抑えて押していく。

「さらに魔族は人間が思うより金持ちが多いです。しかも魔族は人間など信じませんから、魔族の住まうこの土地で認知される商人となれば、独占状態で取引ができますよ」

「社会に入れないのにお金を持ってるわけないでしょ？　まぁ独占してる知識とか技術に値段が付くのはわかるけどね」

「いえ、確かに貨幣こそ持ち合わせていませんが、人間社会で価値のある物はたくさん持っています。確かに知識もその一つですね」

ユーリカは一本、指を上げる。次いで、二本目を上げた。

「例えば、魔族の多くは宝飾品に身を包んで生きています。なぜだかわかりますか？　定住できない以上、財産は身に着けるほかないからです。また権威を示す目的もありますので、高価な品物を。――私のこれもその一つ」

じゃらりとネックレスを外し、ユーリカはジュゼに手渡す。

「これは……！」

「天然石のネックレスです。人間社会ではかなりの高値が付くと貴女の父上から聞いたことがあります」

「このサイズでこの純度……混ざりものもなくて澄んでるし、破格ね。これなら金貨一万枚の価値は余裕であると思う」

どこからか取り出したルーペを使い、ジュゼはネックレスを吟味する。

ジュゼの査定は一億円。競りにかければもっと値が付く可能性も高い。

売ってくれるのだと思いジュゼは妥当な金額の算定に頭を働かせるが、ユーリカの答えは違う。

「――差し上げます。私がお母さまから受け継いだ宝ですが……一族の命運と天秤にかければあまりに安い」

――お母さま、お許しください。一族のため、今が一番の使い時です。

ユーリカにとっては、思い出や歴史などを加味すれば値段以上の価値がある。

だが今が使い時だとユーリカは覚悟した。

アッシュに資産と呼べるものがない以上、自分の身を切るしかない。

「これをあげるから外と繋ぐ商人になれってこと……？」

「ええ。今後増えていくであろう領民たちの食糧、農機具や生活物資、建築資材、家畜……足りない物はいくらでもあります。どうしても外とこの地を繋ぐ手が必要なのですよ。魔族相手に商売をしてくれる人間を探すのは大変です。貴女なら、利益さえ提示すれば叶うでしょう？　これはその手付金替わりです」

ユーリカはジュゼが快諾、もしくは前向きに反応すると思っていた。

しかしジュゼの表情は怒り。顔のサイズに比べて大きな丸い目を鋭く尖らせていた。

「──あんまり舐めんじゃないわよ。金になれば誰にでも尻尾を振るとでも思ってるわけ？」

ジュゼはユーリカを睨みつけ、ネックレスをユーリカに押し戻す。

「わたしはジュゼ・クロイツェル！　王国一の商人の血を継ぐ者！　そのわたしがタダで施しを受けるわけないじゃない！」

バン、と机を平手で叩き、ジュゼは宣言するように大声を出す。

「そんな嫌々な顔じゃなく、満面の笑みをもらうことに誇りを持っているの！　違法だろうが何だろうが、わたしにとって一番大事なのは顧客満足度！　あんたがどうしても払いたいって言うまで、そんなものは受け取らないわ！」

「そ、それでは……？」

知らず知らずユーリカはジュゼのプライドを強く刺激していた。

「──あんたに預けとくわよ！　上等じゃない、世界征服くらいなんぼのもんよ！　どっちみち、わたしがこの世界で一番の金持ちになるんだからね！　考えてみたら最初の目的と大して変わらないわ！」

「ジュゼ……！　ありがとうございます！」

ふん、とそっぽを向き、我に返ったジュゼは顔を赤くする。

売り言葉に買い言葉で協力を約束してしまった。

取引相手は自分で選ぶ。そのための鑑定眼を持っている自信もジュゼにはある。

リスクを恐れて利と機を逃すなど愚の骨頂だ、という父の教えをジュゼは思い出した。

王国最大級の商会であるクロイツェル商会、その一翼を担う者が仲間になる。

孤立していたラゼンフォルト領が流通の網に入り世界と繋がる。

軍事における最重要要素の一つ、兵站の管理者が仲間になった。

アッシュも知らぬうちに、アッシュの世界征服の下地が整い始める。

ジュゼは「世界征服を目的とする男」とアッシュを認識し、関わり始めてしまった。

第七話

「ふむ、まとまったのか」

「ええ。ジュゼは私たちの後ろ盾になってくれるようです」

汗まみれのアッシュがトレーニングついでに井戸で水を汲んで戻ってきたあと、リビングで我が物顔でくつろぐジュゼと改めて挨拶する。

「と言っても、代金次第よ。わたしに利益があれば喜んで協力するし、そうじゃないならしない。他の地域で真っ当に稼ぐ選択肢だってあるんだから。――最初に言っておくけど、わたしにツケは利かないわよ？」

ビシッとアッシュを指差し、ジュゼは釘を刺す。

ツケってなんだろうと、アッシュは何もわからないまま堂々と頷いた。

「わたしが求めるのは筆頭商人としての扱い。あんたたちの買い物――領地での商売は全てわたしを通してって意味ね」

「構わんぞ。どのみち俺はジュゼ以外の者から何か買うつもりはない」

――アーノルドが来ないなら、他に知っている商人がいない。

この娘なら今まで通りの物は手に入るだろう。

それにどうせなら可愛い子から物を買いたい。

ジュゼの独占で特に損をする気がしなかった。

複数の商人が領地に出入りする状況がアッシュには想像できないからだ。

ユーリカが咎めないなら、きっと問題はないのだろうと人任せに判断する。

全ての商人がジュゼが率いるクロイツェルグループの管理下にあるという恐ろしい独占状態になるのだが、アッシュはわかっていないし、ユーリカは商人たちの意思が各々の利益で分散されるよりは、世界征服という目的を知っているジュゼに統括されたほうが良いと判断していた。ユーリカ自身は金銭に関心がない。

「これ、あとで書面にしてもらうからね？　全ての商人はわたしを通して商売して、さらに利益の一部を差し出すようにって内容のものよ？　要するにわたしの商会を作るの。この領地の店全部にわたしの名前をつけてやるわっ！」

要するに、現代のフランチャイズの構造である。

「構わん！」

威風堂々としたアッシュにジュゼは少したじろいだ。

お前の謀くらい看破している、そのうえで掌握してやるという態度だったからだ。

「うーん……ま、まぁ控えめにはするけど。あんたの徴収する税金も考えると商人に旨みがなさすぎるから」

「俺が差し出せるものは全てくれてやる。代わりにジュゼ、君が俺に差し出せるものは全てもらう」

ソファに座るジュゼに近づき、その小さな顎を軽く摑んで上を向かせる。

――やっぱり可愛いな。嫁に来てほしい。

ジュゼの喉がごくりと動き、口元をあわあわさせ、照れと怯えが混じった表情に変わる。

アッシュは下心から顔をよく観察したかっただけだったが、ジュゼからすれば上下関係をわからせようとしているようにも捉えられる行為だ。

ジュゼから見たアッシュは、やはり威圧感の塊だった。一言で言うと怖い。

「き、気安く触らないでっ……！」

「ああ、すまないな」

少し恐れつつ、ジュゼはアッシュから距離を取る。

真顔に近い表情からも声色からも真意が見えず、不利になるはずの条件をあっさり飲む底の知れない不気味さがジュゼに逃げる道を選ばせた。

欲が見えない人間をどう扱っていいのか、ジュゼにはわからない。

誰しもに欲があって、そこを突いていくのが商売の、人間関係の基本だとジュゼは認識している。

本当を言えば筆頭にしてほしいというのは拒否されるのが前提の言葉であって、ジュゼはそこから妥協案を話すつもりだった。

あっさり全てを飲まれてしまうと逆にどうしたらいいのかわからない。

世界征服に対しての疑問は持ちつつも、この男ならばもしかすると本気かもと思わせる非常識さがアッシュにはある。

無論深く考えていなかっただけだが、ジュゼには不可解さがトゲとなって残った。

「あ、あんたと話してるとペース崩れるわ。——この土地で何か作物とか売れる物ってある？特産品って言えばわかるかしら？」

「ドラゴンを一頭どうだ？　さっき仕留めたものだ」

「ドラゴン……!?　ちょ、ちょっと見せてよ、それ！　金貨三千は出すわ！」

言い淀みながらもジュゼは提案した。

ドラゴンの市場価格は優に一億を越える。捌き方と個体のサイズや状態次第でその倍すら届きうる。

しかし輸送にかかるコスト、そもそも売れないリスクを踏まえれば、買取金額は金貨三千枚が妥当なラインだった。

商売はお互いが笑顔になってこそ。それがジュゼのスタイルで、公平な取引が信条だ。

「……君の父親は俺から金貨三枚で買っていたぞ。三千じゃない、三枚だ」

片手で顔を隠して左右に頭を振り、アッシュは騙されていたことを再確認する。

自分の愚かさを嘆きたくなるが表には出さない。

「さすがはお父様……っていくらなんでもひどすぎない!?　あんたもよく売ったわね!?」

「ユーリカに言われるまで、俺はドラゴンがそんなに高いとは知らなかった。この土地にはドラゴンなど山ほどいるしな。俺の主食と言ってもいいくらいいるんだぞ」

　井戸から樽に汲んできた水をコップで掬い一気に飲み、蜘蛛の巣がなくなった天井の隅を満足げに眺めながら、アッシュは言う。

「え、何それ。ドラゴンよ？　伝説の魔物の一角！　探してもしなければ一生に一回遭遇すればいいほうなのに……いや、遭遇は悪いことだけど!?」

「いえ……この地にはたくさんいるのです。私たちエルフが〝深淵の大穴〟と呼ぶ場所に向かってやってくるようで」

「えぇぇ……わたしここに住みたくなくなったんだけど！　カラスやスズメ感覚でドラゴンに出くわす場所に住めるわけないでしょ!?」

　ジュゼはソファから立ち、ハンドバッグから出した物を再び詰めていく。

　さっさと逃げますとでも言いたそうな振る舞いだ。

「俺がいる。別に恐れる必要はないぞ。うるさいだけだ。目覚ましにはちょうどいいが」

「恐れるから！　あんたにドラゴンが倒せるのっ!?　拾った死骸じゃないわけ!?」

「二人に聞きたい。——普通、ドラゴンくらい倒せるものなのではないのか？」

　アッシュが安値をつけられても疑問視しなかった理由である。

　高いと言われても、アッシュにとってドラゴンはありふれた生き物で、倒すのも苦労しない。

　そんな生き物の死骸が高く売れる意味がわからなかった。

　アッシュの認識としては巨大な食べ物である。文字通り朝飯前だった。

「無理無理。ドラゴンの襲来で滅びた村や街なんて山ほどあるのよ？　対抗できる手段がなさすぎるし、たとえ倒せても損害が大きすぎるの。だから市場価格が高いのよ」

　ユーリカに視線を向けると、ジュゼと同じ認識らしく頷いてみせた。

　──ただのデカいトカゲなのにな。

　しかし話の流れ的には俺のほうが非常識なんだな、と納得し、話を戻す。

「俺は一人で倒せるぞ。そこの剣があれば。まぁ剣は何でもいいんだが」

「──あんた本当に人間？　でも倒してるなら……信じるほかないわね」

　信じはしたが納得はしていないとまたもや顔で表現しつつ、ジュゼは再びソファに深く腰かけた。

「さっきちらっと言っていたが、ここに住んでくれるのか？」

「倉庫業を謳うからには管理するのは当たり前だし、わたしには拠点がないから。まぁ別に誰かに管理を頼んでもいいんだけど、今後を考えると別に拠点として使ってもいいかなって。宿でも見つからない限り、たいてい馬車で生活してるのよ」

「金のある浮浪者か……」

「言い方！　ま、まぁ実態はそうかも。だからあとで使えそうな家を探して当面の倉庫代わりに借りるわ。ちゃんと賃料は払うから」

　少し顔を赤らめて、ジュゼは自分の生活実態を認める。

　可愛いなと思いつつ、アッシュはまた水を飲みながら答えた。

「タダで構わんが？」

「はー……あんた、その考え方はやめた方がいいわよ。無料奉仕は美徳でも何でもない。『タダであげたんだからタダでくれ』が連鎖して、最終的に不満でいっぱいになるの。いい顔したいならオマケしておけばいいのよ」

　無料の風潮が蔓延すると、最終的に全員が生産性なく奉仕し合うだけになっていく。

　そこには衰退しかなく、ジュゼ自らが関わると決めたこの領地で起きてほしくない事態だった。

「商売ってのはお互いに得をするってのが大前提なのよ。どっちか、じゃなくね。片方しか得をしない取引は、いつか必ず歪みや負の感情を生む。例えば、タダで家を借りたら借りる側の立ち位置は弱くなる。極論、あんたの意思次第でいつでも追い出されるじゃない。だってタダなんだから。対価を払ってないんだから、借り手の権利が保障されないの。そんな場所に定住してくれる領民なんていないわよ」

　それは困る、とアッシュは真面目に聞き入った。

　単なる善意からの発言で特に深く考えていたわけではないが、自分の行動が他人に影響するのだということをアッシュは今更理解する。

「お金さえ払っていれば金額分の権利は保障される。今後領民を増やすなら、どんなに少なくてもいいからお金は取るべき。お金は物のやり取りのためだけにあるわけじゃない。どんな他人とも公平に繋いでくれる道具なのよ。金の切れ目は縁の切れ目って言うでしょ？　逆もまた然りよ。お金が繋ぐ縁もあるの」

証拠の契約書も用意すること、とジュゼは付け加え、ソファの背もたれに身を預ける。

商人らしい観点の指摘にユーリカは感心し、アッシュは何が何やらという気分だった。

「ならば一軒につき銅貨一枚で貸そう」

「なら十軒くらい借りるわ。勝手に補修してもいい？　物が物だから、雨漏りとかは困るのよね」

「もちろんだ」

長い袖から、すっと手を伸ばしてくるジュゼと、アッシュは握手した。

――小さく柔らかい手だ。

やはりジュゼも嫁にしたいな……。

もう少し大きくなってからのほうがいいか？

俺よりずっとたくさん物事を考えているが、それでも子供だからな。

難しい話はしっくりこない。しかしエロスに関してだけは大真面目だ。

「あのさ、あんたたちはまず最初に何が欲しい？」

「何が、とは？」

アッシュが聞き返すと、ジュゼは呆れ顔になる。

先読みして話してくれるユーリカと違いすぎた。

やはりバカなのではないかとジュゼは疑う。

「色々あるでしょ。わたしも仕入れは適当にはしないから、ある程度決めてもらわないと。食料は当然として農機具とかも。エルフが住む場所を考えたら建築資材も職人も必要だわ。廃屋ばっかりだもん。……この屋敷もわたし基準だとぶっちゃけ廃屋だけど」

キョロキョロ見回してジュゼは苦笑いしながら言った。

屋敷全体が少し斜めになっており、壁板には隙間が目立つ箇所も少なくない、あばら家だった。

「そうだな……食べ物も道具もどちらも欲しい。俺の目的はこの地を世界一、栄えさせることだ。だから食料や生活物資も必要だ。手っ取り早く領民も欲しいものだが。――領民が売り買いできるものではないと知っているぞ？　俺はバカじゃない」

格好つけてわかっている素振りでアッシュは言う。

「――どんなのでもいいの？」

「俺は肉が好きだ。特に牛肉が好きだな。年に一度しか食べられない」

「いやいや、領民のほう。今はあんたの食の好みは聞いてないでしょ、明らかに。バカなの？」

アッシュは嘲笑うジュゼを見据え、ソファに押しつけるように彼女の両肩を摑んで前後に揺すった。

「領民が買えるのか⁉」

「ど、奴隷売買は法律で禁止されているけど、帝国では合法だし、王国にしたたって現実には口減らしの棄民がいるから！　だいたいは商人のツテで色々な地域に売られてるのよ！　人材派遣名目で暗黙の了解！　人手が足りてない地域もあるから！」

アッシュの両手を何とか引きはがし、息を整えて苦い顔をしながらジュゼは続ける。

「——正直、わたしはあんまり奴隷って好きじゃないけどね。奴隷の側は自分の人生を売り払うわけで、当然多くは不幸になるから。命ってのは最後の資産だけど、使い道は自分の意志だけで決めるべき。両方が得をする取引っていう、わたしのポリシーに合わないのよ」

「……ジュゼのツテで奴隷は手に入るのか？　求める条件は『この領地で幸せに生きられること』だけだ。俺は領民を不幸にする気はない。それなら両者得なのではないか？」

「何その条件。それならまぁ……ポリシーには反しないけど。能力や年齢、性別の指定は？お貴族様が大好きな性奴隷に限るとかじゃないわよね？」

ジュゼは顔を赤らめてそっぽを向きながら、性奴隷のくだりは小声で言った。

「特にこだわりはないが……性奴隷？　それはどういったものだ？　奴隷とは買われた人間のことだよな？」

「ど、奴隷はそれで合ってる。性奴隷は、わ、わたしに言わせるんじゃないわよ……そ、そういうことするためだけの奴隷よ。農業とか仕事じゃなく」

「そういうこととは？」

「だ、だから！　その……男女のあれこれというか……そ、その……」

歯切れの悪いジュゼにアッシュはしびれを切らす。

「俺は察しが悪い。はっきり言ってくれると助かる」

「性処理よ！　性欲を満たすための奴隷！　言わせないでよ、こんなの！」

「す、すまない。そんな奴隷もいるのだな」

——興味がある。とてもある。凄まじいほどある。

俺はエロいことには無尽蔵に興味がある。そのために領地を発展させたいくらいある。

しかし……これはユーリカの前で言えばひどいことになる気がする。

いくら一夫多妻を認めていても、買ってまでしたいというのはきっと許されないだろう。

アッシュがちらりとユーリカを見ると複雑な顔をしていた。

自分の推測は正解だったとアッシュは自分で自分を褒めた。

しかしユーリカが気にしていたのは性奴隷についてではなかったとすぐに知る。

「もしかして【呪い付き】もいるのですか？」

「いるわね。どんなのでもいいの？　って聞いたのはそういう意味。可哀想だけど、いつ魔物みたいになるかわからないし、みんな避けるわ。色々な商人のところに勝手に寄って来るんだけど……運送も大変だし、生きてるだけでお金がかかるから、最後はそこからも追い出される」

「色々尋ねてすまない。【呪い付き】とはなんだ？」

ユーリカもジュゼもあまり答えたくなさそうな態度になる。

だが聞かないことにはアッシュは先に進めない。

「【呪い付き】とは、魔法の制御ができない人間たちのことです。醜悪な見た目も相まって、まるで呪いのようだというのでこの呼び名が付いています。一応は普通の人間ですが、全身に魔力の染み出た青いアザがあるのですよ。――人間にも魔族にも馴染めない、第二の差別対象者たちです」

この世界で魔法を使えるのは貴族の血を受け継ぐ者だけ。

だがしかし、血が薄くなっていくと魔法の才能も薄らいでいくのが普通である。

それでも中には才能を色濃く受け継いでしまう者もいる。

天才とも言えるが、問題なのは、持って生まれた魔力を制御できなければ、その魔力は毒素同然だということ。

【呪い付き】は潜在的に高いスペックを持ちながらも、その獰猛な力の制御ができない。

意思に関係なく、感情が高ぶると魔法を誤発動させてしまうのだ。

必然的に、知性を持つ魔物同然に差別される。

わからないものは、自分と違うものはそう簡単に受け入れられはしない。

「彼らは不幸な存在よ。盗賊団や犯罪者を捕まえてみるとね、高確率で【呪い付き】が混じってる。生まれた時は平気だったけど、成長するに伴って魔法の才能があることがわかった連中ね。――そういう連中はさ、誰からも与えられなかった分、誰かから奪わないと生きていけないのよ」

胸糞悪い、とでも言いたげな顔で、ジュゼは足を組んで深くため息を吐いた。

「──ドラゴン一頭の代金で何人買える？」

「同情心で買うべきじゃないわよ？　キリがないわ。この国に貴族の血を継ぐ者がどれくらいいて、その子供がどれくらいいるのか知ってるの？　五百年も続いてる国なんだから、もはや数なんてわからないくらいいるのよ？」

「──俺は全ての魔力をゼロにできる。その呪いとやらが魔力由来ならば、消し去ることができるはずだ」

「……何が言いたいの？」

ジュゼの疑問には答えず、アッシュはユーリカに手のひらを向けた。

「ユーリカ。なんでもいい。俺に魔法を。──全力で来い」

「ちょ、ちょっと待ってよっ！　ここで戦う気⁉　夫婦喧嘩がアグレッシブすぎるわっ！　しかも結婚一週間！　どんな家庭崩壊の仕方よっ⁉」

「俺は説明が得意じゃない。──見ればわかる」

「かしこまりました」

アッシュに軽く頭を下げたあと、ユーリカは手のひらに魔法球を作る。

空気が手のひらに吸い込まれるのがわかったジュゼは、急いでソファの陰に隠れた。

「ジュゼ。安心して見ていろ」

「だ、だって、ユーリカ本気じゃないっ⁉　わたしは魔法なんて使えないのよっ⁉　巻き込まれたら即死する自信があるわっ！」

「無論、本気です。でなければ貴女はアッシュ様の力を理解できないでしょう？」

間髪入れずにユーリカの魔法球がアッシュに飛んでくる。

部屋に置いてある小物が空気の振動でガタガタと揺れ、床に落ちていった。

「ぎゃっ⁉」

ぺたんと床に尻もちをつき、まるで地震でも起きたような衝撃の後、ジュゼが見たのは、その魔法球がアッシュに近づいただけで跡形もなく消滅する瞬間だった。

「ほ、本当に消えた……⁉」

「この力こそ、私がアッシュ様に希望を見出した理由の一つ。アッシュ様の前では人間も魔族も等しく無力。強大な魔力を持つドラゴンでさえ、ただの空飛ぶトカゲにしてしまう力です。

――確かに、アッシュ様ならば【呪い付き】を無力化……治せるかもしれません」

「だとしたら人助けにもなるし、領民が欲しいあんたたちにも都合がいい……」

風圧で乱れた前髪を直しつつ、ジュゼはソファに座り直す。

ジュゼが何か深く考え込んでいるのをアッシュは感じ取った。

「ええ。それに……」

人に忌み嫌われ居場所なく生きてきた【呪い付き】からすれば、そのアザを消し去ってくれるアッシュは紛れもない救世主だ。

しかも自らの領地で受け入れ、幸せになれるよう補助してくれるという。

そのアッシュが世界に反旗を翻そうというなら、彼らは喜んで協力するだろう。

元より自分たちを受け入れなかった世界なのだ。

産み落としておいて、自分たちを見捨てた世界なのだ。

恨みこそあれ、惜しむものなど何もない――。

ユーリカが口にしなかったことをジュゼも考えていた。

【呪い付き】をラゼンフォルト領に集めることはそう難しくない。

噂を広めればこぞってやってくるだろう。

アッシュの掲げる篝火は、彼らにはあまりに眩しいから。

「――俺はこの領地が笑い声でいっぱいになればいいと思う。領主とはそれを実現するのが仕事だとオヤジに教わった。俺の力が何かの役に立つのなら、おそらくここが使いどころだろう。だからジュゼ、ドラゴンの代金は彼らを買い上げるのに遣ってほしい。もちろんジュゼの儲けは取って構わないぞ」

父のしてくれた話のほとんどは憶えていない。

ただいくつかは憶えていて、心の奥底に刻まれている。

領民のために生き、領民のために死ね――。

まとめて言えばそのような領主論なのだが、小さな頃のアッシュには大きな影響を与えた。

――領民が増えれば一人二人くらいは俺に惚れてくれるかもしれないしな！

だが浅はかな考えが根底にある。とはいえ、いつになく真面目に考えてもいた。

「ちょっとツテをたどってみる。――きっと、それはいい金儲けね。わたし、そういうのは好きよ。全ての商売は、誰かを幸せにするためにあるべき」

ジュゼはアッシュの前で初めて柔らかく笑う。

可愛らしいその笑顔は、ジュゼの本心を明確に示していた。

「だから同じ禁制品でも麻薬だとかは扱わない。今回だって、倉庫って名目じゃなかったら『あんなもの』断ったわ。あんたの領主論と、わたしの商売論は似てる。ちゃんと買い上げてくるわよ。――ラゼンフォルト領筆頭商人、ジュゼ・クロイツェルの名にかけて」

ジュゼはアッシュに手を差し出す。

黙ってアッシュはその手を取った。

領民を増やすことが可能であれば、ジュゼの望みにも近づく。

ここで協力することは少なくとも損には繋がらない。

そう判断したジュゼはアッシュに手を貸すことに決めた。

個人的なポリシーにも合う。ジュゼの金儲けには義理も人情もあるのだ。

◆

「――じゃあわたしは一旦王都に戻って色々用意するわね。来月には戻れると思う」

話が一段落し、ジュゼは御者に協力させ、ドラゴンを複数台の馬車に分割して運び入れた。

御者たちはアッシュにもユーリカにも不信感を見せていたが、主人であるジュゼが判断した結果が取引開始ならば口を挟むことはしない。

「結構長いな……明日とかにはならないのか」

「ならないわよ!?　ここ遠いし、仕入れの時間も必要だから！」

王都からラゼンフォルト領の領主邸までは、馬車でも二週間以上かかる。

ジュゼは屈強な馬を多数所持しているので、ほかの商人と比べればまだフットワークは軽いほうだが、それでも遠い。

道中に交換用の馬宿もない地域なので、どうしても休憩を重ねていくことになる。

ジュゼは今後を考え、勝手に中継地点を作ってしまおうと考えていた。

「それと今回持ってきた物は全部置いていくわ。食料や生活物資なんかはそのまま倉庫料から引いて売ってあげる。総額だと金貨百五十枚……うーん、今回は百枚に負けてあげるわっ！　あ、そだ、あんたの分の倉庫料は金貨五千枚ね。賃料とはまた別に払ってあげる。破格よ、破格。わたしの報酬の半分もあるんだから！」

——そんなにお金をくれるなんて！

可愛いのに優しくて……最高だな！

アッシュは初めて聞く大金に大喜びしていた。

しかし実のところ、ジュゼは密輸品の保管料の半額を払うことによってアッシュを密輸の共犯者にしていた。

ユーリカは理由なく大金をくれる者などいるわけがないと考え、結論として共犯にしたのだと理解した。

　しかしアッシュに伝えはしない。王国に逆らうどころか王国を征服しようとしている男が、その程度の微罪に怯(おび)えるはずがないからだ。気づいていて気にしていないのだろうと勘違(かんちが)いしていた。

　どこからか取り出した品目確認の書類をユーリカに渡し、ジュゼは伸びをする。

「今後の仕入れの代金はあんたに払う分から引いていくけどそれでいい？　現金はわたしの預かりってことで。さすがに八千枚も金貨持ってくるのは大変だわ。その輸送コストも当分は無駄だし。王国もさっさと帝国みたいな紙幣(しへい)制に変えてほしいものね」

「ここに金があっても意味がないからそれでいい。――ところで、俺もこれで金持ちの仲間入りなんだろうか？」

　倉庫料とジュゼに売るドラゴンの代金で、アッシュは現代日本であれば八千万円相当を持っていることになる。

　野生児同然で、一日の生活費が百円に満たなかったアッシュからすると、もはや想像すら難しい金額だ。

　欲しいものを色々考えるが、あまりに金とかけ離れた生活をしていたため、必要物資以外は何も思い浮かばない。

　だが金があればモテるかもしれないとアッシュは考えていた。

　――俺が金持ちならジュゼも嫁(とつ)いでくれるのでは？

これだけあれば国一番の金持ちかもしれないからな！

そんな甘い考えは一瞬で打ち消される。

「一般人ならともかく、貴族なら貧乏でしょ。というか、これから領地開発するなら全く足りてない。維持すらできないわよ？　そんな端金じゃや。領民を増やしたって、これだけ何もない場所なら、しばらくはあんたがお金出して生活させてあげないといけないんだし」

ジュゼは、マジ？　と言いたげな呆れた顔をしていた。

ズバッと貧乏人呼ばわりされ、少し悲しい。

考えてみればジュゼは大金持ちだとアッシュは今更気づく。

日本円にして八千万円相当の大金を何の感慨もなく差し出すことができるのだ。

当然、もっと多く稼いでいるからポンと出せる。

その程度の金になびくような安い女ではなかった。

そもそもジュゼの立ち位置は、財閥の系列会社複数の社長といったところである。

個人の総資産は日本円にして百億円を優に超えてから把握しきれていないほどだし、億の金を「端数」と言い切れるほどの金持ちだ。

なのでアッシュに興味があった今回はともかく、こうした行商じみたこともまずしない。

「大きく稼ぎたいと思うなら、他人に自分の仕事の手伝いをさせて拡大していかないと無理よ。あんたが今考えるべきは領地の発展。みんなが裕福になればあんたも金持ちになるわ。それくらい簡単に考えておけばいいの。具体的な策を考えるのはわたしたちの仕事」

――目的は最初から変わらないわけか。

領民を増やし領地を発展させ、自分だけのハーレムを手に入れる。

その通りだと、絶妙に嚙み合っていないにも拘わらず返事をし、アッシュはシャツを脱いでいく。

「ちょ、ちょっと！　あんたなんで脱いでるのよ⁉」

話がまとまったと思ったアッシュは上も下も脱ぎ始めた。あっという間にパンツ一枚だ。

ジュゼは異常事態に声を張り上げる。

ユーリカは自分を抱いた身体を誇らしげに見ていた。

「――着替えだが？　汗だくのままでいるよりはいいだろう。水くらい浴びないと汚いからな」

「そ、それはそうだけど、いきなり脱がないで！」

「俺の領地で俺の家なのに……」

ぎゃー！　と叫んで、片手で目を覆いながらも、ジュゼはアッシュの身体を赤い顔でじっと見ていた。

指の隙間がありすぎて顔を隠しきれていなかった。

「そんなに珍しいか？　俺の身体をジロジロ見て」

筋肉に覆われた肌は汗で輝き、その彫刻のような造形の見事さをさらに強調する。

一朝一夕ではこうはならないだろうとジュゼは心臓を高鳴らせた。

アッシュの顔と身体にはギャップがある。

クールな男が脱いでみせると思った以上に鍛えている。そんなギャップがジュゼのツボだった。

「あ、あんた、すごい身体してるわね。服着てるとわからないけど……強いのも納得だわ」

「毎日鍛えているからな。俺の財産はこの身体とユーリカくらいなものだ。──前者は誰にも奪われないし、後者は誰にも奪わせない」

「アッシュ様……」

半裸でユーリカのそばに寄り、繊細な金髪を指先でそっと触れる。

先ほどの魔法の風圧で髪が少しハネてしまっているのがアッシュはずっと気になっていた。

「ひ、人前でそういう空気にならないでよ……と、とっとと着替えてきて！」

「ああ。──顔が赤いぞ？　熱があるなら、棚によく効く薬草がある」

「い、いいから！」

──ジュゼは感情表現豊かな子だな。

俺も見習うべきだろう。どうすればいいのかはわからんが……。

アッシュは真顔で半裸のまま二階に上がっていく。

着替えを取ってきて、外で水浴びをするつもりだった。

──難しいことはわからんが、発展の兆しが見えてきた。

領民、当面の食料、農機具を手に入れる算段がついたことにアッシュは喜ぶ。

たった二人との出会いなのに、世界が大きく広がったような感覚がアッシュの胸中にあった。

何度も夢見た笑顔溢れる領地。

その、彼の望む笑顔はハーレム建設という欲望にまみれたものではあった。

ただ、領民が幸せであってほしいという感情だけは確かなもの。

しかしユーリカからは、世界征服のための兵站、兵力、そして絶対的な御旗がこの地に整い始めたように感じられた。

第八話

「はぁー……エルフってのはなんでみんな美形なわけ？　化粧とかバカらしくなるわ」

ジュゼが呆れ半分、驚き半分で言う。

ジュゼの初来訪から半年が過ぎていた。

取引を始めてから、ジュゼは毎月のようにやってきている。そして一日か二日アッシュの屋敷に泊まり、また王都に戻っていくという流れが定番化している。

王都からの道中には替えの馬が用意された馬宿が多数建造され、休みなく移動を続けられるようになったため、ジュゼが到着するまでの時間は一週間ほどに短縮された。

そして今朝、エルフの集団がやってきた。

待てど暮らせどユーリカから連絡がなかったため、しびれを切らし確認しに来たのだ。

エルフたちはアッシュの存命とジュゼの存在に非常に驚いていたが、ユーリカが経緯を説明し、ひとまず話し合いをすることになった。

「ジュゼも可愛いぞ？　とても可愛いと思う」

アッシュの軽口にジュゼは恥ずかしそうに顔を赤らめ、照れ隠しで強気な態度を取る。

たびたび同じようなことを言ってアッシュはジュゼを困らせていたが、彼女の反応はまんざらでもない様子だった。

「あ、あんたは……気軽にそういうこと言って……」

「本当にそう思っている。ジュゼは可愛い。しかも俺の知らないことをたくさん知っているし、商人としてもすごいじゃないか」

「お父様ほどじゃないわ。実際、お父様の権力ありきだもの」

ジュゼが少し沈んだ顔になったのを疑問に思いつつ、アッシュはさらに思っていたことを言う。

「親の力だけではないだろう。ジュゼはすごい商人だ。ユーリカもよく褒めている。俺の親がアーノルドだとしても、同じことができる気はしないな。三日で破産する自信があるぞ」

そう言いながら、アッシュはジュゼの目をまっすぐ見る。

慰めようと適当に言ったわけではなく、本心からの発言だった。

ジュゼは少し俯いて、「……ありがと」と声を小さく漏らす。

アッシュには見えなかったが、その表情は完全に真っ赤で、それでいて泣きそうな顔だった。

「それにしても、エルフは本当に美人しかいない」

アッシュがエルフを見てジュゼと同様の感想を述べると、顔を上げたジュゼがムッとした顔をした。

ジュゼが何に怒っているのかはよくわからないまま、頭を下げておく。

そこにユーリカがやってきてアッシュの隣に立って言った。

「エルフは人間から見れば平均的に容姿が優れているのかもしれませんね。私からすれば見慣れたものですが」

と、謙虚な口ぶりながらも少し誇らしげにユーリカは言う。

「それに、男がほとんどいないではないか」

――これは本当にハーレムが作れそうだ。

この子たちはみんなエロいんだもんな……！

美形しかいないエルフたちを見てアッシュは心をたぎらせ拳を握りこむ。

アッシュは勘違いしていた。

彼女たちは皆、アッシュの望みに協力してくれる。

つまりハーレムメンバーになってくれるという勘違いだ。

エルフの一族は五十人ほどいたが、その内に男は二人しかいない。

一人はボロ切れのような老人で、もう一人は子供。

男たちは人や魔物との戦闘により生存率がかなり低く、働き盛りの年代はいない。

女のエルフは大半がユーリカよりも少し年上のようで、皆、色気を放つ妖艶な見た目をしていた。

エルフの見た目はだいたい二十代前半から半ばの者が多いが、ユーリカは十代後半から二十代前半といった感じだ。

居心地悪そうな態度でエルフたちは寄り添い合うようにして、屋敷の前に立ちすくむ。

アッシュもジュゼも人間なので、ユーリカが安心だと言っても不信感は拭えないのだ。

「皆、安心してくれ。俺とこのジュゼは味方だ。君たちにはこの領地を発展させる手伝いをしてほしい。俺が対価として差し出すものは、君たちの身の安全と自由だ」

アッシュがさらに続けようとすると、ジュゼが食い気味に遮った。

長々と演説を続ければ、せっかく用意した〝とっておき〟の効力が落ちてしまうからだ。

せっかくユーリカと練習した演説であったから、本当はもっと長くやりたかったが、ジュゼの思惑に気づいたアッシュは口を閉ざす。

「衣食住の保証はするし、このわたし、ジュゼ・クロイツェルが責任をもって好待遇を約束するわ。……ラゼンフォルト卿のお金で。だからガンガン稼いでガンガン贅沢なさい。――ということで、まずはお近づきの印に食事会よっ！」

鉄は熱いうちに打て。それと同じく、食事は暖かいうちにすべき。冷めた食事を出せば歓迎ムードが薄れてしまう。場合によっては敵意にすら見えるだろう。だからジュゼは演説を遮った。

屋敷の裏、畑のそばの簡易的に整備した場所に、大きな長いテーブルと大量の椅子が並べてあった。

朽ちた家に残されていた家具を集めたものである。

本当はもっとしっかり用意したかったが、エルフの到着が唐突だったため、準備は不十分だ。

ジュゼが連れ歩くシェフの作った豪勢な料理がずらりと食卓に並ぶも、エルフたちは毒を警戒して一切口をつけない。

女王のユーリカに協力させ、もしくは脅迫し、エルフを一網打尽にしようとしているのだと皆が考える。毒のエキスパートであるユーリカが協力しているのなら、死の直前まで毒には気づかない。

心の奥底に根付いた「人間は敵」という思想は簡単には消えないのだ。

しかし——。

「みんな食べないのか？　早く食べないと俺が食べてしまうぞ」

「これあんたのために用意したんじゃないからね!?　領主なら少しは遠慮しなさいよっ!?」

バクバクガツガツとアッシュは並べられた料理を食べる。

食べたことも見たこともない美食にアッシュは大喜びだった。

「これもそれも美味いぞ！　何を食べても美味い！　みんなも食え！」

「ご馳走しがいのない男ね、ホント……もうちょっと気の利いたこと言えないの？」

ジュゼが呆れて笑ってしまうくらい、アッシュには美味い以外の語彙がなかったが、これ以上ないほど美味しそうに食べる姿に、エルフの一人が不意にごくりと喉を鳴らす。

その喉音が連鎖し、ついに全員が料理のほうを凝視する。いや、目が離せなくなった。

アッシュ同様、エルフたちも満足な食生活には縁遠い。

慢性的な空腹感は家族よりも近しい存在だ。

「さぁみんな。私たちも食べましょう」

ユーリカが笑顔で口をつけると、一同は一斉にがっつき始めた。

ものの三十分もしないうちに食卓の上は空の皿だけになる。

◆

「すさまじいわね、エルフの農作業……」

「まず耕すわけではないんだな……俺はとりあえず耕してみる派だ。上手くいく気がする」

「……もうちょっと考えてから行動したら？　行動しないよりはいいけど」

アッシュとジュゼは、ユーリカが率いるエルフたちの農耕を見て感嘆の声を漏らした。

彼女たちがまずやっていたのは、枯れた土壌に栄養となる霊薬を振りかけること。

水気なくヒビ割れた土地は、見る見るうちに生えた雑草によって緑色に変わっていく。

一般的な肥料を使うのが馬鹿らしくなる効果だった。

満腹になったエルフたちは自分たちの仕事が農作業だと知り、すぐ作業を始めた。

奪われない、捨てなくていい農地を開墾するのは彼女たちにとっても気分がいいものだ。

転々としなくていいのなら秘術も惜しみなく使う。

「もちろんこの後に耕しますよ。ですが先に栄養を与えないと効果が薄いですから。ちなみに、こうやって少し雑草が出てくる頃合いが耕すのに適した状態です」

アッシュが見ているのに気づいて、小走りで駆け寄ってきたユーリカが言う。

表情は満面の笑みで、親に褒めてほしい時の子供のような顔だった。

「素晴らしい！　あとは人数さえ集めれば今後の食糧問題は解決だ！」

「はい！　来年にはこの地は多種多様な実りで溢れるでしょう！」

ご満悦なアッシュはユーリカの頭を執拗に撫でた。

エルフたちはユーリカがこれまで見せたことのない女の顔をしているのを見て心底驚いた顔をする。気を張り詰めた顔以外、同族にさえこれまで見せたことがなかったのだ。

「わたしとしては、ずっと食料を買ってくれるほうが儲かるけどねっ！」

「ジュゼの持ってくる物は美味いものしかない。だからこれからも買うぞ。ところでジュゼ、彼女たちの寝床は問題ないのか？　俺はひたすら物を運んだだけで、建設にはろくに協力できなかったが」

「エルフたちがいきなり来たからまだ外装は完成してないけど、まぁ住めるには住める。全員個室よ。狭いけど人口の多い王都によくある集合住宅ね。一階の共用部には台所もあるし、外に一カ所だけど大きいお風呂もしっかりあるわ。水に困らなくていいわよね、ここ」

「俺も屋敷を建て直したい。かなり先になりそうだが。――今回の建設費用やみんなの食料費ですっからかんになってしまった」

「初期投資だから仕方ないわ。これだけの人手が一気に領民になってくれるんだから、長い日で見れば全然安いものよ」

屋敷のすぐ下の街は徐々に再建され、その一角にエルフのための簡易アパートが三棟ほど建設された。

エルフは五十人いるとユーリカに聞かされていたのだが、家を一軒一軒建設していくと間に合わない可能性もあるため、ひとまず集合住宅が作られたのだ。

長く居住するには不向きな、簡易で粗雑な建物だが、本来長い時間のかかる設計や材料選びにいわばテンプレートが存在するため、短い期間で建設可能なのだ。

廃墟になっていた古い家屋は解体され、使える材木などはジュゼの雇った百人近い職人たちにより作り替えられた。彼らもまた移住希望者だ。

住居の確保や備品、人件費にかかった金額はすさまじく、アッシュの持っていた金貨は残り千枚に満たない。

ジュゼの手腕でかなり安く抑えられてはいたのだが、八千枚では領地を発展させるところまではいかなかった。

——領民が増えてくれたのは嬉しいが、このままでは破産だ。

いくらエルフでも農作物の収穫までには時間がかかるはず。

「だがしかし……ククク……この地が世界一栄える日も近い」

「え、あんた……ホントの本気だったの？　ユーリカの勘違いじゃなく？」

ジュゼはアッシュの独り言に反応する。

エルフたちもまた、その長い耳由来の聴力でアッシュの声を聞いてしまった。そう、聞いてしまった。

アッシュの独り言の音量は通常の人間のそれと異なり、よく通る少し大きめな声である。

普通に喋る音量で独り言を言うのはアッシュの悪癖だ。

もちろんアッシュは何か熟慮して発言したわけではなく、浅いスケールで呟いただけ。

基準となるものがないせいで、王国一、世界一、くらいしか言葉が思いつかなかったのだ。

頻繁に出入りしているジュゼの子飼いの者も含めれば二百人前後が領地にいる。

たったそれだけで大きな物事を成し遂げた気分だった。

「――ほんとに世界征服したいの？」

震えた声でジュゼがアッシュに尋ねる。

「？」

――世界征服？……制服か！

メイドの服だとかそういうのだよな。

確かにあれはエロい……ほかにもエロい制服はあるし。

エルフたちは皆、エロい格好をしているが、これも制服のようなものなんだろうか。

世界中全員がこんなエロい格好してたら最高だな……！

「――制服はいいだろう？　大好きなんだ。命を懸けてもいいくらいにな」

「へ、へぇ……本気だったんだ……」

「俺はいつでも本気だぞ」

ジュゼが侵略のほうの世界征服について言っているとは微塵も思わず、アッシュはこれまた

適当に返した。

ユーリカにジュゼ、領内で力を持つ二人の女は完全に認識を間違えた。

エルフたちもまた同様に勘違いし始めた。

中心にいながら、アッシュは事態を理解していない部外者だった。

◆

外を照らすのが月明かりだけになった二十時頃、ラゼンフォルト領の一部は賑(にぎ)わいを見せていた。

「皆さん、私たちの最終目標を述べます」

エルフ用のアパートの一階、ホールになっている場所の中心でユーリカは妖(あや)しく微笑(ほほえ)んだ。

アッシュの前では一人の女でも、エルフたちの前では女王であるため威厳(いげん)がある。

一階は食事などをするホール状の共用フロアで、集会場の機能も備えていた。

まさにこういった時のためにユーリカが希望して設けられたものだ。

エルフたちの他にいるのは人間のジュゼのみ。

人類の敵であるエルフ相手だが、ジュゼはその程度のことでは尻込(しりご)みしない度胸(どきょう)がある。

いざという時は叫べばアッシュが来るだろうという信頼もあった。

「アッシュ様を盟主に、魔国ラゼンフォルトを建国します。人魔が入り混じる楽園となるでしょう。そして、世界を奪います」

静かな声でユーリカが言うと、エルフたちがどよめく。

一部から、昼間アッシュが世界征服をしたいと言っていたとの声が上がる。

「……信用できるのか？　使い捨ての道具にされるのではないか？」

ちらりとジュゼを見ながら、この場にいる唯一の男、エルフの長老が発言する。

肩書的には女王であるユーリカが一番上だが、知識が多い長老が実質的なエルフの指導者だ。

長老があえて言わなかった、信用できるのかの主語は「人間」である。

長く生きているだけに人間への不信感は誰より強い。

人間は搾取する側である。そんな偏見が事実を伴ってエルフにはあった。

「アッシュ様をご覧になられたでしょう？　あの御方が我らに向ける視線を。差別的な視線でしたか？　それとも憐れむものでしたか？　違ったはずです。どこまでも対等なものだったでしょう？」

「それでも人間は人間を無意識に我らエルフより上に置くものじゃ。お主を妻にしておっても、お主だけが例外かもしれぬではないか？」

そうだそうだと、いくつかの声が長老に続く。

まだ当初の予定の通りアッシュを殺して領地を奪うことも選択肢にはある。昼間、農作業に従事したのだって、別にアッシュのためではなく、自らの部族の将来を鑑みてのことだ。

アッシュを殺せばこの地で穏便に生きていくことはできるかもしれない。

世界征服などというリスクを取る必要は必ずしもないのである。

確かに食事などの恩は受けたが、その恩が自分たちの命と天秤にかけられるかと問われれば否だ。

「まずあの男が世界征服を、魔族とともに生きることを考えているというのが信用できん」

長老の言葉を聞き、ジュゼは行儀悪く、ダン！　と足を床に打ちつけ、集団を鎮めて話し始める。

「あいつは冗談は言わないわ。あいつが世界征服を考えてるのはたぶん本当よ」

ムッとした顔のジュゼを見て、ユーリカは少しだけ表情を崩して微笑む。

自分の好きな男がバカにされたからジュゼが怒ったように思えたからだ。

ユーリカの勘では、ジュゼはアッシュを好いているように見える。

冗談を言わないと断言しているのは、日ごろアッシュがジュゼに言っている「可愛い」を本当だと思いたいからのような気もした。そう思うと可愛らしく思えた。

「最終的に私たちに最も得をもたらす選択肢は、アッシュ様を御旗にこの土地を盛り上げること。その後に独立を宣言します。王国でも帝国でもない、第三の大国として」

冷たい声でユーリカが放つ言葉に、一族の面々はそれぞれ迷いの色を顔に浮かべた。

やがて一人、一族の中で唯一子供を持つエルフが震える声とともに立ち上がる。

「息子のあんな嬉しそうな顔を初めて見ました！　あんなにたくさんの美味しい食べ物を食べさせられたのも……！　あんなに幸せそうに眠る顔も……！　この土地ならば安心して育てら

れます！　あの方が守ってくれるなら！　一族の者が非難しようとも、私たち親子はここを離れるつもりはありません！　――世界を手にしないと、私たちは満足に子供を産み育てることもできない！」

子を持つ母の涙ながらの嘆願はエルフたちの心を揺さぶる。

現存するエルフの中で唯一の子供の存在は大きい。

全員の子供として皆に可愛がられていて、全員が実の母親と同じくらい愛情を持っている。

一人また一人とその母に同意し、立ち上がっていく。

アッシュがドラゴンを軽々と殺す英雄なのだということはユーリカから聞いていた。

確かにアッシュならば世界を狙えるかもしれない。皆がそう思い始めていた。

たとえできずとも、彼が自分たちを守ってくれるなら。安心をくれるなら。

根無し草で各地を隠れ漂う生活から抜け出せるなら、その可能性に賭けたい。

座っているのは長老だけになった。

「――かつて人と魔族は強大な力にまとめられ、ともに歩んでおったという。道が分たれたのは、その旗印が失われたからじゃ」

「長老、それは何の話ですか？」

聞き覚えのない話にユーリカは質問を投げかける。

他の面々も魔族と人間が一緒に生きていた時代があると聞いたことはないようだった。

「ワシすら直接は知らんほど大昔の話じゃよ。かつて世界は絶対的な王に統治されていたのじや。――魔王。知に優れ強大な力を持った王じゃ。彼の王は人も魔族も魔物も区別しなかったという」

「魔王……」

「彼にその資質はあるのか。――知は、力は、大義を成す意志は！」

「――あります！　あの御方に足りないのは実行するための手足のみ！　私たちとこれから増えていく領民がいれば！」

ほんの少しの逡巡ののち、長老は立ち上がりユーリカのそばに寄った。

「いずれにせよ、老い先短いワシが決めることではなかったかの。女王であるお主が決めよ、ユーリカ」

一族の意志を決めるのはもう自分ではないと長老は笑顔で言う。

ユーリカは女王として、民意を尊重できるほど成長したと判断できたようだ。

「では改めて……――私たちエルフは、魔王アッシュ・ラゼンフォルト様を擁立します！」

ホール中にエルフたちの拍手が響く。

人と魔族を繋ぐ者、魔王アッシュがエルフの中で誕生してしまった。

◆

「……ところで、その魔王様はどこにいるわけ？」

「気配は全くありませんね」

ユーリカは耳を澄ませてみたが屋敷の中に人の気配はない。

自分の家のようにソファの中心に座り、ジュゼは苦笑しながらアッシュを魔王呼ばわりした。

どうやら世界征服の意志があるようだと思っても、やはり言葉にすると少し笑えてしまうらしい。

他の面々と比べればジュゼは数字を最重要視するリアリストだ。

足りないもの、過程の大変さなど、様々な要因から考えて、理想を叶える難しさはユーリカもわかっている。しかし身を焦がすほどの希望の前には些細なリスクに思える。

一人退屈を持て余していたアッシュは何も考えず外に出ていた。

誰かと一緒にいるのは楽しいが、時折慣れ親しんだ孤独が恋しくなってしまう。

そういう時は剣だけ持って、一匹の獣同然に領地を駆ける。

「剣がありませんので散歩だと思いますよ。鍛錬以外でもたまに走り回っているのですよね。おそらく趣味なのではないかと」

「散歩が趣味って老人かっ！　暇すぎでしょっ⁉」

一人の時はどうしていたのだろうとユーリカが心配してしまうくらい、アッシュには趣味と言えるものがない。

空虚を人間の形にしたものがアッシュ・ラゼンフォルト。ユーリカはそんな気持ちを心のどこかに持っていた。

「今日は夜遅くならないうちに戻ってきてくれると嬉しいですが……時々道に迷っているようなのですよ。真夜中にシュンとした顔で戻ってきます」

「しかも迷子になるのっ⁉　自分の領地でっ⁉　あんたらそんなやつを魔王にしちゃったけどいいのっ⁉　領民を導くどころか、自分の歩く道すらフワッフワだけどっ⁉」

　アッシュを信じた旨（むね）の発言をエルフの前でしてしまったジュゼは慌（あわ）てふためきツッコむ。

　自分の屋敷の周辺すらまともに把握（はあく）していないとはさすがに思っていなかった。

　擁立した人物が帰巣（きそう）本能すら怪（あや）しいと領民に知られれば、ジュゼのメンツは丸つぶれだ。

「私としても放浪癖は直してもらえると助かりますね。夜はじっくり子作りしたいですし」

「こ、子作りってあんたね……そういうのは他人に言うことじゃないわよっ⁉」

「別に隠すことでもないかなと。新婚夫婦なら毎晩ずっこんばっこんですよ」

　手で丸を作りその中に人差し指を出し入れして、ユーリカは快楽と幸福を思い出すように、その美しい顔に恍惚（こうこつ）の表情を浮かべた。

「なんでその綺麗（きれい）な顔からそんな言葉が出せるのっ⁉　エルフって実はものすごい下品な種族⁉　これまでと印象が違いすぎるんですけどっ！」

　半ば咆哮（ほうこう）じみたツッコミとともにジュゼは目を見開いた。

「同性間で明け透けに性事情を話すと仲良くなれると何かで見たことがあります。がーるずとーく？　というらしいですよ」

「違う違うっ！　仲がいいからそんな話するの！　順序が逆でしょっ⁉」

「えっ、私たちは友人ではなかったのですか？」

「い、いや、友達だけどさ……――ずるくないっ⁉　その質問！　違うとは絶対言えないでしょ！」

「共通の話題ですし、ジュゼも興味津々でしょうから、もっと仲良くなるにはいい話題かなと思ったのですが……ジュゼだって年頃ですし、本当は交尾したくてたまらないのでは？　アッシュ様を見るとき、貴女、かなり女の顔をしていますよ？」

「うっ……！」

真っ赤に顔を染めてジュゼは狼狽えた。

ユーリカから見ると、アッシュと接している時、ジュゼは商人ではなく女の顔をしている。

ストレートに接するアッシュにジュゼは淡い恋心を抱いているように見えるのだ。

良くも悪くもアッシュは揺らがない。頭が悪い分、選択肢を探せないから迷わない。

目先の利益でコウモリにもならない。目の前の人物に対してだけは誠実だ。

能力や目標は別にして、ある意味信頼できる人物ではあった。

アッシュとジュゼの会話はくだらない世間話で、アッシュの発言にジュゼが突っ込んでいるのをよく見かける。

それでも会話中のジュゼは楽しそうだった。利害など何もなく、友達として。

「お、女の顔⁉　わたしがっ⁉　そんなわけないでしょっ！　と、取引相手だから！　話すの楽しいとか思ってないからっ！　頼まれた物のグレードこっそり上げたり、あいつへのお土産迷ったりもしてないっ！　別にあいつに抱きしめられたら安心できそうだなとか思ってないからっ！」

ジュゼは慌てふためきギャーギャーと反論するが、思ったことが全て口から飛び出ていた。

「――全部自分で言っていますが……？　そして意外と貢ぐ気質なのですね、貴女は。守ってもらえるのがわかる屈強な身体で、どうしても惹かれてしまいますよね。あれで交尾の時は優しくて……精神的にも絶頂してしまいますよ」

「そ、そうなんだ……や、優しいんだ、ふ、ふうん……きょ、興味ないけど！」

「――ジュゼ。貴女は商人としては一流かもしれませんが、女の子として見れば初心ですよね？　好きならもっと積極的に迫ればいいのに。どうしてアッシュ様にはつんけんした態度を取るのですか？」

何度も足を組み替えてみたり、ユーリカと目を合わせるのを避けてみたり、ジュゼは動揺しきった態度を見せていた。

アッシュを茶化すのは照れ隠しにしか思えない。

恋愛経験がなくて、好きな相手に意地悪したりキツイ言動をしてしまうのではと思うと少し微笑ましい。なぜそんな好き避けをするのだろうと考え、原因がわかると同時にジュゼが答える。

「既婚者相手に迫るなんてできるわけ――」

「私はジュゼならばアッシュ様と交尾しても全然かまいませんよ？　アッシュ様はいずれ世界

を手にするのです。つまり世界中の女は全てアッシュ様のもの同然。だから浮気だとかそんな狭い視点を持つつもりはありませんよ」

アッシュがしたいならいくらでもすればいい。

動物的な本能にユーリカは寛容だった。

エルフは一般的に一夫多妻制である。男が少なすぎて一夫一妻では種が保てないのが原因だ。

「はえっ⁉　へ、変な声出た……！　交尾交尾ってあんたね……――い、いいの？」

「いいではありませんか？　減るものでもありませんし。――あっ、アッシュ様の子種は減ってしまいますか」

「こ、子種ってあんたっ！　……ま、まぁ？　あいつのこと嫌いじゃないけどっ！　――あっ！　す、好きとかじゃないからねっ⁉」

またもやギャーギャー騒いで、ジュゼは必死で好意を否定する。

その素直でない反応にユーリカは軽くため息を吐く。

「長生きして私が悟ったことの一つを教えましょう。自分の感情や衝動をごまかさないほうがいいということです。ほかのエルフたちも皆、自分の欲に素直だったでしょう？　短絡的な行動はしないと言っても、感情面で後悔し続けるのは魂の死に繋がりますから」

長生きで一番最初に死ぬのは心ですよ、とユーリカは実感を込めて続けた。

うーん、と唸り、ジュゼはソワソワした顔をしていた。

「――あいつってさ、子供のころからずっと独りなわけじゃない？　家族も友達も恋人もいなくて、たぶん、楽しいこともなくて。話してると本当に何も思い出がないのよ。刑務所の囚人だってもう少しまともに生きてると思うの。それでさ、失礼だけど可哀想だなって思っちゃったのよね。独りぼっちの怪物だったんだと思うと……なんでか一緒にいたいなって思っちゃった。それに……子供みたいで目が離せないし。今みたいにふらふらどこかに行っちゃいそうで」

　耳まで真っ赤にしてジュゼは語る。

　外を知らないから絶対的な自分を持つアッシュと、相対的な価値観の中で生きてきたジュゼは、根本的に相性がいいのだろうとユーリカは思った。

　足りないものを補完し合える関係性だ。どちらも新しい価値観を提示してくれる。

「母性本能が目覚めてしまったわけですね。あの御方は幼少期に両親を失っていますから、実際、子供の部分が残っているのかもしれません。庇護欲が湧くのは私もわかります。アッシュ様のほうが圧倒的に強いのに」

　手探りながらもアッシュはユーリカに甘えてくる。

　そんなアッシュがユーリカには可愛らしく愛おしく見えていた。

「まぁ男女が恋仲になるまではきっと色々あるのでしょうが、根の部分は単純ですよ」

「？」

「――だって、アッシュ様はいい人ではありませんか。あんなに強くて地位もあるのですから、本来もっと横柄になっていいはず。貴女が連れてきた職人たち一人一人の名前を覚えているくらい、あの御方は領民を大事にしています。好かれるのは当然では？」

世界征服だとか、大きな目的が照らす光の強さも人を惹きつける要因ではある。

しかしユーリカがアッシュを信頼する理由はもっと単純で、一緒にいて居心地がいいからだ。

一緒にいて楽しい。安心できる。好きになるのはその程度の単純な理由で十分なのだ。

「大切なのは好きになる理由よりも、好きでいられる理由の方ですよ」

「いい人……ではあるわね。だいたいの貴族は上から目線で話すのが普通。うちはお金はあっても平民だからね。大広間に呼ばれてさ、頭下げさせられたまま話させるのよ？『商人風情が』って言われたこともあるわ」

思い出し怒りでジュゼはムスっとした顔になる。

ジュゼのプライドが高いのはユーリカにもわかっていた。

そのプライドは自分を守るための殻だということも。

「単純にいい人だから好きね……まぁそうかも。気取らなくていいから、あいつと一緒にいるの楽だもん」

「険しい表情の割に中身は緩いですからね、アッシュ様は」

ここまで一緒にいると、表情を作れないだけでアッシュの中身は特別厳しいわけでもないのがわかってくる。

「ちょっとゆるゆるすぎだけどね」

「そこがいいのですよ」

くすりと笑って天井を見て、少し間を開けてユーリカは呟いた。

「――私はこれまで、ずっと居場所が欲しいと思っていました」

「?」

「毎日のように居場所を探して、転々としていましたからね。ですが正直、今は土地などどうでもよく思っています。大きな声では言えませんが。大切なのは場所でなく、自分の存在を許してくれる誰かだったのだと気づきました。ジュゼもそうなのではありませんか?」

女王でない自分を受け入れてくれる人がいる。

ユーリカはそれだけで十分に満たされていた。

「まぁ……わかる。エルフも、これから来る【呪い付き】も、たぶんアッシュでさえ、この場所だけが大事ってわけじゃないのよね。一緒に生きてくれる人がいれば、きっとどこでもいい。――な、なんかこういうマジメな話はちょっと恥ずかしいかも」

内面に踏み込んだ話は恥ずかしい。

自分を知ってほしい気持ちがあっても、そういった感情はある程度大人になれば秘めるものだ。

表面上の付き合いばかりだったジュゼは余計にそうなのだろうとユーリカは納得した。

「――それで、あんたたちはどっちから告白したの?」

「告白……? ああ、どちらから迫ったのか、ですね。私のほうからですよ」

どのようなきっかけで男女が深い関係になるのかジュゼは気になるのだろう。

ましてて相手は同じアッシュ。理解したユーリカは明け透けに全てを答えることにした。

「なんて言ったの？」

「結婚しましょう、と。あの御方は直球で攻めていくほうがよろしいですよ。ご自身で言っていましたが、あまり察しのいいほうではありません」

「──わたし、恋愛の経験値がないんだけどっ！　直球ってそんないきなり……あっ！　仲良くなりたいだけよっ⁉　好きか嫌いかで言えばそりゃ好きだけど、恋愛のそれじゃないしっ！」

ジュゼは個人として他人と距離を詰めることに慣れていない。

金が間に入らない関係性を知らないのだ。

誰かに優しくされたことがなかったユーリカは、どんな存在も何かしら欠落しているのではないかと思った。

この世界はそんな欠落者ばかりで作られていて、その空白を埋めたいから誰かと関わりたいと思う。

王たる者の器とは、そんな欠落者たちの空白をどれだけたくさん埋められるかにかかっているのではないか。……まで考えて、ジュゼの疑問に答えることにする。

「逢引に誘えばいいのでは？　できればアッシュ様と一緒に他の領地を視察してきてほしいのですよね」

「そういう名目なら確かに……何が欲しいのかさえわかってないみたいだったから、それを理解させるためにも悪くないわね！」

「そうなのですよ。私にしてもそれは同じでして。それに二人で長く一緒にいられますしね？　私は友人の恋路を応援しますよ！」

アッシュに対して愛情はあるが、ジュゼに対しては友情がある。

なのでジュゼが望むのならアッシュと上手くいってほしい。

領地の発展や世界征服も大事なことだが、共通の話題で盛り上がる友人がいれば人生はもっと楽しくなるのだから。

恋路という単語に過敏に反応したジュゼは小声で話す。

「じゃ、じゃあ今度誘ってみる……！　い、今すぐじゃなくてタイミングいい時にねっ⁉」

「ええ。ジュゼの持ってきてくれたお菓子もありますし、お茶でも淹れましょうか」

「うん。――にしても帰り遅くない？　本当に迷子になってるんじゃないの、これ」

多少狂った掛け時計が示す時刻は、二十二時を少し越えていた。

エルフたちとの会議が始まった頃に屋敷を出ているのなら、二時間程度は経過しているはずだ。

用事なくうろつくには少々長い。

「魔物を追いかけているうちに迷子になってしまったのかも……」

「しかも理由がしょうもないっ！　わたしなんでそんなやつのこと気になっちゃってるわけっ⁉　可愛いって何回か言われただけなのにっ！」

「アッシュ様は何かにつけて正直に思ったことを口に出してしまいますからね。なので可愛いと言われたならばそれは事実ですよ。私もジュゼを可愛らしいと思っています」

「自分で言うのもあれだけど、わたし可愛いかな……？　お父様の真似してるせいでイマイチな気がするのよね」

むにむにとジュゼは自分の顔を揉む。

何かにつけてジュゼは表情を作り、自分を隠す。

童顔で舐められないようにしているのだろうが、ジュゼにはあまり似合っていない。

だからユーリカはついジュゼをイジりたくなる。

「わたしさ、これまで誰かと本心で話したことなかった。いっつもお父様の真似をして話して……すごい人のフリしたってすごい人になれるわけじゃないのにね。でも、あいつ相手だと自分の顔と言葉で話せるのよ。好きっていうか……そう、やっぱり楽でいられるってのが一番近いかも」

「アッシュ様の前ではそのすごい人の顔は初対面からできていませんよ……？　どこにでもいそうな恋する女の子の顔をしています」

「あいつの顔に鏡つけてほしいわ……そんな顔してるの、わたし……」

ぐりぐりと頭を撫でるとジュゼはとてつもなく照れる。

「だ、だから子供じゃないって……」

「妹の感覚です」

頭を撫でまわしながら、ユーリカはジュゼの身体に目を向ける。

「それにしても、その小さな体格でその体つきは……同性の私から見ても、そう、アッシュ様のお言葉を借りれば『エロい』と思いますよ」

「今日一日だけであんたの印象がすごい変わった……エルフが森の妖精って最初に言ったやつ誰よっ！　森の痴女じゃないっ！」

「確かに私は痴女の部類だと思いますね。性欲はかなり強いと思いますし。──下品な話はここまでにして、アッシュ様はお腹を空かせて帰ってくるでしょうし、お夜食でも作って待ちましょうか。ジュゼはいかがです？」

「この前ユーリカが作ってたスープ、美味しかったわ。せっかくキッチンも綺麗にしたし、一緒に作りましょ。──あとその……わたしはもうちょっと色々やり方？　とか聞きたいかも……したことないし誘い方も知らないし……」

「──いつもその顔でいればすぐ押し倒されるのに」

照れた顔で興味津々なジュゼにユーリカは笑う。

二人で調理しアッシュを待つも、すぐに帰ってくることはなかった。

結局アッシュが戻ってきたのは深夜零時前後で、手にはカブトムシを持っていた。

そしてジュゼの刺すような視線を躱しつつ、アッシュは冷めた夜食を食べた。

第九話

「先代までの台帳とかあれば見たいんだけど、屋敷のどこかにある？」

「オヤジの書斎にあると思うぞ。たぶん、おそらく、きっと、あるいは……鍵を失くしてしまったから、こじ開けてくれて構わない」

「失くしたって……しかも自信ないにもほどがあるし。一階の奥にある開かない扉よね？」

「そうだ。資料はそこにある。俺もしばらく入っていないから、どうなってるかまではわからない」

訓練後、朝食のためにアッシュがいったん屋敷に戻ると、ジュゼが欠伸混じりに聞いてきた。

鍵は父より受け継いですぐ領地のどこかに落としてしまったので、ない。

「過去に何を売っていたのか、何が採れていたのかなどがわかれば、我々も効率よく発展を推し進めることができます。本当に鍵を破壊してしまっても？」

ことん、と静かにアッシュの分の朝食の皿を置き、ユーリカはアッシュの顔色を窺う。

古ぼけた廃屋のような屋敷だが、伝統ある建物でもある。そういった歴史にユーリカは敬意を持っていた。

「構わない。薄情に思われるかもしれないが、俺はこの屋敷に特別思い入れがあるわけではない。できれば建て替えたいくらいな。――食事の前に鍵を壊してこよう」

食卓から立ち上がって開かずの扉の前に行き、アッシュは錆(さ)びきった南京錠(なんきんじょう)を素手でねじ切る。

書斎は開けようと思えばいつでも開けられたが、文章を読むのが苦手なので放置していた。

ジュゼは金属を素手で破壊したアッシュにドン引きする。

「閉め切っていたからか、ホコリは少ないようだ」

「この屋敷にしては綺麗(きれい)に整理整頓(せいとん)されてるじゃない？」

「家の中で散らかっているのは俺が使ってる場所だけ。ここはオヤジが管理していた時のままだから綺麗なんだ。好きに見ていいぞ。俺は朝食を食べてまた魔物狩(が)りに行ってくる。大型の魔物がいては領民たちも安全に仕事できないからな」

「うん、大丈夫。書類はわたしとユーリカがいれば」

アッシュが朝食を食べている間、ジュゼとユーリカは書斎と書庫を漁(あさ)り始める。

何が面白(おもしろ)いのか、二人は声を弾(はず)ませていた。

◆

「どうかしたのですか？　なんだか間抜(まぬ)けな表情ですよ」

書斎の資料を読んでいたユーリカは、ジュゼが壁に掛けられたラゼンフォルトの紋章(もんしょう)のタペストリーを穴が開くほどじっくり見つめているのが気になった。

　ジュゼが見ていた紋章のタペストリーの下には長剣が二本飾られていて、ユーリカはそれを家宝だと判断する。

　金色の鞘に青い精緻な装飾がなされた逸品だ。

「悩んでたのっ！　──わたしも紋章官ほど詳しくないから、例外があるのかもしれないけど……この紋章、変なのよ」

　首を傾げてうなるジュゼの疑問が何なのかユーリカにはわからない。

　紋章も金と青をベースにデザインされている。

　二頭のドラゴンの上に、二本の剣がバツ印に重なっているデザインだ。

　龍をねじ伏せる剣という意味だとユーリカは捉えた。

　ラゼンフォルトには、そしてアッシュにもとても似つかわしい紋章だなと思う。

「変？　よくできた図だと思いますが」

「見た目の話じゃなくて。──この紋章、王家のモチーフが中にあるの」

　少々青ざめた顔のジュゼを見て、ユーリカは首を傾げた。

「？」

「この国には紋章についての法律があるのよ。規定の形式の中でなら自由に作っていいわけね。王家のモチーフはここに書かれている二頭のドラゴンなんだけど、これ、絶対に外枠にしないといけないのよ。全ての貴族は王の庇護の下に、って意味だったはず。なのに……この紋章は逆よ。ドラゴンの上に配置された剣の絵……ラゼンフォルトの下に王家があるって意味になるでしょ」

言葉にしながら、ジュゼは怪訝さを通り越し怯えるような顔になっていく。

想像が頭の中で紡がれ、彼女の常識を激しく揺さぶっているのだとわかった。

「ねぇ、ユーリカ。――あいつの爵位聞いたことある？」

「いいえ。私はアッシュ様の世俗的な評価はあまり気にしておりませんでしたので。どの地位にいようと、次にアッシュ様が名乗る肩書は魔王ですから」

「わたしも知らない。――これがどういうことかわかる？　王国一の情報網を持つクロイツェル商会の力を使っても、あいつについては何もわからなかったの。爵位すらよ？　爵位ってのは身分を示すためのものなんだから、みんな知ってて当然でしょ？　なのに、わかったのは『絶望の地』の領主ってことだけ。この土地の悪評と、領主が底辺貴族だという情報だけが飛び交ってるのよ。――誰かが意図して隠してないと、こうはならない」

「なぜ……？」

わからないわ、とジュゼは消え入りそうな声で答えた。

落ち着かない態度で唇を撫で、見てはいけない物を見てしまったかもと不安げな顔をする。

「これさ、紋章から読み取る限り、王家より上だって主張してるのよね。ラゼンフォルトって、もしかして代々やばい家系？」

――やはり、アッシュ様の望みは世界征服だ。

アッシュ個人の望みではなく、一族の悲願なのだ。

ユーリカはそう解釈し、ジュゼもまた同じように考えたのか無言で頷いた。

「なんかわたし、どんどん危ない方向に巻き込まれてる……！」

「まぁ良いではありませんか。私たちにアッシュ様が危害を加えることはないですし、世界征服にしても気に入らない者を皆殺しにするといった方法を望んでいるとは思えません」

自分を抱くように腕を組むジュゼにユーリカは笑ってみせる。

毎夜可愛がられているユーリカからすれば、アッシュを恐れる理由がない。

「わたしは商人だから荒っぽいのは勘弁。簡単に儲かるけどね……ぶっちゃけうちも戦争成金みたいなところあるから。元々武器商人なのよ」

「武器！　是非とも詳細を聞きたいですね。ですがひとまず注力すべきは領地の発展です。アッシュ様もそちらにご執心です。領地をただ闇雲に拡大させると財政も回らなくなりますし、この土地単独で国と呼べるような体制を整えていきましょう。器からこぼれる水のように、じんわりと勢力を拡大させていけばいいのです」

「まぁね。スケールの大きいことを考える前に、目の前の足場作りが大事。今のままじゃ荒唐無稽な夢でしかない」

言いながら、ジュゼは家宝と思われる剣の一本を手に取った。

かなり長めの剣で重たいらしく、ジュゼは持ち上げただけで身体のバランスを崩した。

「重たっ！　――でもこれ、超高そう。芸術品としても相当よ」

「先祖伝来の家宝でしょう。勝手に売ったらさすがに怒ると思いますよ？」

「人の物なんて売らないわよっ！　高そうってだけっ！」

首を振ってそんな意思はないとアピールし、ユーリカに手伝ってもらいつつ壁に剣を戻す。

そのタイミングでアッシュが急に部屋に入ってくる。

「アッシュ⁉　──さ、さっきまでの話、き、聞いてたっ⁉」

「何も聞いていないが……？　──それより二人とも、その剣には触れるな」

「も、申し訳ありません、大事な物に」

「？　ああ、家宝ではあるが、そういう意味じゃない。単純に危ないんだ」

「子供じゃないんだから、剣が危ないってことくらいわかってるけど？」

頭を下げるユーリカに対し、ジュゼは刃物の危険性くらいわかっていると口先を尖らせる。

年下に当たり前の注意をされれば嫌でも不愉快になる。

「──この剣は対になる鞘以外の全てを斬り裂く。それくらい斬れ味がいいんだ」

アッシュは壁の剣を取って鞘から抜き、抜身の剣先を床に置く。

力など入れていないのに、剣先は飲み込まれるように床に沈む。

アッシュの腕の長さの限界まで、剣はあっという間に沈み込んだ。

「誰が使ってもこうなる。手を離せばきっと、地面の奥底までな」

「──剣ってレベルじゃなくない？」

水にでも入れたかのようにすんなりと床を貫く剣から、ジュゼは一歩下がって距離をとる。

「いったい何でできているのでしょう?」

「わからん。知っているのは、この剣は『何か』を斬った剣であるということだけだ。だが何を斬ったのかまでは知らん。聞いた気もするが忘れた。成人の儀だとか、そういう特別な時にだけ使うものでな。今の今まで存在を忘れていた」

要領を得ないアッシュの説明に納得する者はいなかったが、普段命令などしないアッシュが珍しく「触るな」と命令した物だけに、深くは追求しない。

ラゼンフォルト家とは一体何なのか。

追求して真実がわかれば、もうこれまでと同じようにはいられないだろうという嫌な予感がユーリカとジュゼの中にあった。

「あ、あれ台帳ですね。何か踏み台があれば……」

ユーリカが棚に記録らしきものを見つけるが届かない。

アッシュは棚の真ん中へんから適当に一冊取り出し、ユーリカに渡す。

「ありがとうございます。あっ。昔、この地域で宝石の取引があったようですよ。――三百年前? そ、そんなに歴史ある御家なのですか?」

パラパラとめくった中に取引の勘定科目が載っていた。

だが日付は相当古い。台帳そのものが新たに書き直されたものらしいことがわかる。

例によって何も知らないのだろうとアッシュの泳いだ視線から察した二人はそれ以上追求しない。

特にジュゼは色々と諦めて、死んだ目で出てきた帳簿を漁り始めていた。

目の前の数字で頭をいっぱいにしたいのだろうとユーリカは共感する。

——六百年前？　この王国は五百年前に建国されたはずでは？

台帳を読み込んでいくと、年号が王国歴以前のものになっていく。

それはつまり、この世界の黎明期から存在する一族という意味合いを持つ。

この世界自体、文明が始まってまだ千年経っているかどうかというくらい若いのだ。

そんな世界で六百年も続いているのなら、長命な魔族まで含めても、ラゼンフォルトが最古の一族であろうことは疑いえない。

王族より長い歴史を持つ謎の貴族。魔力をかき消す謎の能力。

明らかに人間の域を超えた身体能力に、何物をも斬り裂く剣。

知れば知るほど、アッシュは常人ではないように感じられる。

様々な情報が流れ込み、ユーリカの全身に鳥肌が立つ。

覚悟していたはずだし、期待してもいた。

だが改めて、アッシュなら本当に世界を変えられる気がした。

「宝石の種類は……隣のシャーウッド子爵領と同じ。隣で王国一宝石が採れるなら、ここでも同じじゃないかなと思ってたけど……——というか鉱山あるじゃないっ!?　三つもあるわよっ!?」

「山ならたくさんあるが……？」

「ちゃんと整備してある山のこと！　しばらく使ってないだろうからすぐには使えないだろうけど、見る価値はありそうねっ！　調査しましょっ！」

ジュゼが目先の利益に高揚している一方で、ユーリカは世界を空から眺めるような視点で考え事に没頭していた。

——この土地は本当に『絶望の地』なのでしょうか？

豊富な水源を持ち、少し改良するだけで農地として使用できる広大な土地。

さらには地下資源すら存在する。面積でいっても国と言えるくらい大きい。

確かに魔物の多さは危惧される点ではあるが、それだってしっかりと対策すればかなり被害を軽減できるだろう。人類はそうして世界を切り拓いたのだから、不可能なはずがない。

だったら、絶望どころか希望のほうがよっぽど多いではないか。

誰も知らない絶望がこの地にあるとでもいうのか——。

ふと、ユーリカの頭によぎるものがあった。何も関係などないはずなのに。

——〝深淵の大穴〟。

あの巨大な穴は何なのだろう。

なぜドラゴンはあそこを目指してきて、帰ってこないのだろう。

胸をよぎった一抹の不安に、ユーリカの心臓が大きく高鳴った。

『絶望の地』とは不毛の地だとかそういったことではなく、全く別の根源的意味から名付けられたものなのではないか。

この土地には何か特別な絶望が存在するのではないか。

——自分は本当に何かの舞台に立たされたのではないか。

「ジュゼ。その調査、私も同行させてください」

——ならば確かめるしかない。

少しでも情報を集めるのだ。

「いいけど？」

「俺も行きたいぞ！」

「あんたは資材やらいろいろ届くからそれ受け取って。うちの連中マジメだから持って帰っちゃう。輸送料がもったいない。それにあんたがいなかったら領民が危ないでしょ？」

真顔（まがお）のままましゅんとするアッシュが少しだけ可愛く思え、ユーリカは口元を緩（ゆる）めた。

それほど長い付き合いではないが鉄面皮（てつめんぴ）が示す感情は多少理解できる。

出自がどうであろうとアッシュはアッシュだ。

どんな絶望があろうとも、アッシュという希望が打倒してくれる。

第十話

「わたしがここで最初に始めた商売について話すわ」

ジュゼにより、領民たちが領主邸前の広場に集められていた。

石や草を排しただけの円形の広場だ。

エルフたちも呼んで全体会議をすると事前にアッシュへ報告があった。

「商売?」

「やっぱり忘れてた。最初に言ったでしょ? ここには〝ある預かりもの〟の倉庫業を始めるために来たって」

——そうだっただろうか?

自分より頭がよさそうなジュゼが来て、テンパって逃げた記憶しかなかった。

ジュゼがラゼンフォルト領にやってきたのは、敵国である帝国からの預かり物を保管する倉庫業を行うためだ。

誰にも注目されておらず、広大な土地を持つラゼンフォルト領には似つかわしいビジネスである。

そしてラゼンフォルト領を拠点(きょてん)に様々な事業に手を出していくのが当初のジュゼのプランだ

った。

パチンとジュゼが指を鳴らすと、御者(ぎょしゃ)が一メートル少々の長さの木箱を持ってくる。

御者が開けた箱の中には、見慣れない棒状の物が入っていた。

「不思議な形状の杖(つえ)ですね？」

ジュゼに頼まれエルフの一団を率(ひき)いてきたユーリカは、御者の横から箱を覗(のぞ)き込み首を傾(かし)げる。

御者は驚きつつもユーリカの顔に照(て)れた表情を見せ、ジュゼに目線で咎(とが)められた。

危険がないとわかってから、エルフたちはそれなりにチヤホヤされている。

魔族は人類の敵というフィルターがあったときは恐怖の対象だったが、実際のエルフたちは危険な存在ではなかったためだ。

そうすると傾国の美女と呼ばれるような女性がたくさんいるようにしか見えなくなる。

見ているだけで癒(い)やされる。彼女たちの笑顔のために流す汗(あせ)は気分がいい。

もっぱらそんな話で毎晩の飲み会は盛り上がっていた。

だがアッシュの手前、誰も手を出そうとはしない。

普段優しいアッシュがどれほどの武力を持っているのか、この地にいる者で知らない者はいないからだ。

「杖じゃないわ。これは武器よ。帝国製の最新兵器」

「帝国ではこんな棒を使って殴り合うのか。剣のほうが強いと思うがな」

「……本気で言ってる？　これ、そういう武器じゃないから」

ジュゼはアッシュにツッコみながら箱から〝銃〟を取り出し、おぼつかない手つきで一発弾を込め、銃床を肩に当て、少し遠くのガレキに向けて構える。

それは単発式のライフルだ。

「みんな耳をふさいで！」

ドン！　と空気の割れる音が領地内に大きく轟き、反対側に集められていた一同は静かになる。

沈黙を破ったのはアッシュだ。

「何か飛んでガレキに突き刺さったな」

すさまじい速度の銃弾をアッシュの目は最初から最後までしっかり捉えていた。

他の者は音とガレキに何かが当たったという結果だけを知覚できた。

音には驚くが、アッシュは銃そのものには全く驚きはしない。

「あんた動じなさすぎでしょ！　――痛ったぁ……これ設計間違ってんじゃないのってくらい肩と胸が痛い。そして耳がキーンってするっ！」

ジュゼは衝撃に痛む右胸付近を押さえ、悪態をつきながら銃を地面に置く。

一同、特に聴力の高いエルフたちはしゃがみ込んで耳を気遣っていた。

「そ、それはある種の弓？　なのでしょうか……⁉」

「そうよ。でも全然違うとも言える。これは銃っていう武器。わたしも仕組みに詳しいわけじゃないけど。一つ言えるのはそうね……この銃は甲冑を貫通する威力があるわ」

ジュゼが答えると皆がざわめいた。

弓と剣と魔法が支配する王国の戦場においてならば、甲冑は最強クラスの防具と言えるからだ。

それを紙切れ同然に扱える武器など魔法くらいしか存在しないというのが皆の常識だった。

「こんな杖で甲冑が……」

「外の世界の武器はすごいんだな」

──まずい。話がさっぱりだ。

俺には小石を投げたくらいにしか思えん。

甲冑も昔エロ本と交換したから使ったことないしな……すごさがわからんぞ。

全力で投擲すればアッシュは石で銃と同じくらいの威力を出せる自信があった。

キーンと耳鳴りが大きく鳴る中、ユーリカは弾丸が向かった先を真剣に見据える。

優れた視力を持つアッシュとユーリカ、エルフたちは遠く離れたガレキの様子もよく見えた。

弾丸は石のガレキを穿ち、奥にめり込み周囲にひび割れを起こしていた。

弓であればかなりの強弓、しかも相当な使い手でなければ同じ結果は得られないだろう。

「これは旧来の力関係を簡単に覆す代物ですね……」

ジュゼはどう見ても鍛え上げられた肉体を持っていないし、豆の一つもない白い柔らかそうな手は武術を磨いた形跡を持たない。

だというのに、修練の極みでやっと届きうる結果を簡単に実現させせてしまった。

弱い身体の少女を一騎当千の兵士に変貌させる恐ろしい武器。

これを標準化している帝国という国がどれだけ恐ろしい存在か、今初めて心から実感する。

「費用対効果的にも抜群に優れてるわ。弾一発の原価なんてせいぜい銀貨一枚くらいよ。たったそれだけの金額で、一人死ぬ」

アッシュ以外の全員が青ざめた顔をしていた。

何しろラゼンフォルト領は王国内にあるのだ。

王国を支配できても帝国に勝てなければまた逃げ隠れる日々が訪れる。

不愉快な現実が銃という兵器の形で目の前に提示された。

「恐ろしいでしょ？　鍛えた技術を持っている者ほど恐ろしく見えるハズ」

「ええ……これはいくつあるのですか？」

「三千。――使ってもいいわよ？」

「預かり物なのでしょう？」

にやりと不穏に笑うジュゼに、ユーリカは当然の疑問を発した。

倉庫としてラゼンフォルト領を使う。そういう話だったはずだ。なのに使っていいとは？

――何やら不穏な空気だな。

難しそうな空気に蚊帳の外にいたアッシュはそのまま黙って成り行きを見守ることにした。

「実はね、この銃と弾の預かり期限は無期限なの。しかも、引き渡す時の検品はなし。紛失や故障に対しても何も保証はいらないそうよ。そんなザルなのに、わたしの報酬は金貨で一万枚もあるの」

「数を数えない、ということですか……!? それでは預かるというよりも――」

「――そう、くれたのも同然。これと同じ程度の物が、こんな感じのお題目で帝国から王国中にばらまかれてるっぽいのよね。直接は聞いていないけど、どこに行くのかわからない馬車隊がうちの商会からもたくさん出てるから。うちのお兄様方はみんな知ってるはずよ」

　王国の貴族、それも若く野心家の貴族のもとへ大量の銃器が流れ込んでいる。

　金や人の不自然な流れから同じようなものが出回っているとジュゼは把握していた。

「内戦を誘発させようとしているんでしょうね。お金と同じで、力があれば無理にでも使い道を探すものよ。王国と正面から戦っても帝国は余裕で勝てる。なのにそんな小手先の策も使う。油断しない強者だから、帝国は世界最強なの」

　王国の戦争はいまだに騎馬隊、槍持ちの歩兵、弓兵隊、そして魔法使いと前時代的である。

　歩兵や弓兵はもとより、騎馬隊であろうとも銃器の前には無力だ。

　銃に対し、リーチや威力でアドバンテージがある魔法使いにしても、貴族が中心となるため数は少ない。

　しかも前線に力ある貴族が出てくるようなことはそうそうない。

　対して帝国は銃を用いた戦争がスタンダードになりつつあった。

　帝国は弱卒を中心に戦略を構築している。そしてその弱卒すら王国の上澄みよりも上だ。

専業兵士の割合も高く、士気も高い。

少数の英雄——蛮勇だけの平民——の突撃から戦闘を始める王国とは何もかも違った。

技術力で差が出た理由は、王国の戦争は主に王国内で起こる内戦であるから。

双方のレベルがいつまでも変わらないので、戦争はたいてい数の多さで決着する。

また、参戦する勢力を明記した宣戦布告書を送る文化が王国にはあり、その数次第では戦うことなく戦争が終わることも多い。

しかし侵略戦争を続ける帝国は技術の停滞を許さない。

だから数年でも技術の差は著しいものになるのだ。

そして帝国には、たった一人で技術レベルを数百年進めた天才が存在した——。

「くれるというならもらおうじゃないか。岩を穿つことができるのなら、その銃とやらはドラゴン相手でも十分に使えるはずだ」

「わたしもそう思ってた。今はまだ人数少ないからあんた任せでもいいけど、少しずつ使える土地も増やしたいから、魔物と戦える者が必要になるわ。だから見せちゃおうって思ったのよ。ちょっと練習すれば誰でも使えるから、ひとまず全員に配ろうかなって」

ジュゼは近づいてきて、アッシュにかがむように指示する。そして耳打ちされた。

「でもこれは反乱を生む可能性もあるの。だから導入するかどうかの判断はあんたに任せる」

反乱が起きる大きな原因は、領民たちが領主を越える力を持っていると確信できてしまったとき、もう反乱するしかないときにある。

　今はまだアッシュへの信頼があるため反乱の気配はないが、領民たちが力を得れば確かに関係性は変わりそうに思えた。

　少し考えて、アッシュは屋敷に剣を取りに戻って、そのあと宣言するように声を張る。

「ジュゼ。俺にその銃とやらを撃て。そうだな……たくさんあるなら十人ほどで来い」

「いやいや、死ぬってっ！　そりゃあんたが強いのはわかってるけど、剣じゃ無理よっ⁉」

「俺の剣より遙かに遅い。それに領民を守ると言っても、実際に俺の力を見てみないと信用できんだろう。ならば行動で証明するまで」

「そ、それはそうだけど……――な、ならわたしがやる。複数は危ないから、わたしだけ」

　ジュゼの表情は硬い。

　直線で飛んでくるだけの弾などまるで脅威に感じはしないが、一般的に見て自分のほうが変なのだと、領民たちの表情でアッシュはわかっている。しかし行動で示す以外、証明の方法はわからない。

　後ろに何もない場所で、アッシュは一人剣を抜いた。

「ほ、ほんとに撃つわよ？」

「構わん」

「わ、わたしのほうが怖くなってきた……――剣は一本でいいの？　あんたいっつも二本使ってない？」

「デカい魔物相手ならな。二刀流はどうも性に合わん。今回は一応初めて見る武器相手だから、俺も一番得意な形で行く」

アッシュの使う剣術は王国の一般的な騎士たちが修めているものと全く同じだ。

大きく違う点は、尋常ならざる肉体のアッシュが振るうこと。

だから展開も結果も大きく違う。

「い、いくわよ……！」

ジュゼが構えると、見守るエルフたちも静かに息をのむ。

銃は今日初めて見る物だが、その脅威は一瞬でわかる。

身体のどこに当たったても大ケガだ。

この世界の医療水準から言って、ほぼ確実に死をもたらす発明品である。

自分たちが住まう土地の領主が次の瞬間死ぬかもしれない。

そうなれば早晩、自分たち領民にも死が訪れてしまう。

「――死ぬんじゃないわよっ！」

「俺は死なん。これまで死んだことはないんだ」

バン！　という音がした直後、無数の金属音が鳴り響く。

二度目で目が慣れたエルフたちは銃弾の軌道を多少は捉えることができた。

しかし、アッシュが振るった剣については一太刀も捉えられなかった。

「十回ほど斬ってみたが、そこまで斬る必要もなかったか」

アッシュの足元には粉々になった銃弾の欠片が落ちていた。

払い落とすだけならば楽勝だったが、どれくらい細かくすれば身体に当たっても平気なのか知りたかった。

結果は無傷。砂をかけられたような気分だった。

おおお、と皆が感動したような声を出す。

「――よかった。二度とこんなことさせないでよっ⁉　それで感想は？」

ぺたんと地面に尻もちをついたジュゼは、大きくため息をついて、心底安心した声で笑う。

気が動転していたせいか、普段は注意して隠しているジュゼのミニスカートの中身が見える。

色は水色。性格の割に可愛い物を穿いていた。

アッシュは当然のようにパンツを凝視し、脳をそちらに集中しながら適当に話す。

「平気だっただろう？　そうだな……そこそこ強い魔物の攻撃に近い威力だ。一人だとさして脅威にはならんが、複数いればドラゴンも落とせるとは思う」

アッシュの剣と銃の威力の評価にエルフたちは再び驚きの声を上げる。

ドラゴンが脅威でなくなれば、実質的にこの領地を脅かす存在はいなくなったということだ。

何よりドラゴン殺しは英雄の証。

自分たちがその英雄になれるかもしれないと心をくすぐられる。

そしてアッシュに逆らおうという気持ちも――元からなかったが――一気に失せた。

魔法を打ち消し、物理的な攻撃すら効く気がしないのでは勝てるわけがない。

反逆するメリットもなかった。

「耳当てが必要ですが、皆で練習しましょう。アッシュ様の指導の下、ドラゴン討伐(とうばつ)です！」

ユーリカが大きな声で叫ぶと、エルフたちも同調して叫びだす。

力がある。居場所がある。明日がある。

そんな希望に満ちた領民の顔を見て、アッシュは鉄面皮(てつめんぴ)を崩(くず)して微笑(ほほえ)んだ。

幕間　灰色の子供たち

人は運命に選ばれて剣を取り、歴史に選ばれて英雄となる。

しかし、その英雄たちという力の塊が最初から白い正義を抱いていたわけではない。

誰もが最初は灰色だ。

誰かに出会い、何かに出会い、その色を変えていく。


この時代、世界には二人の英雄がいた。

一人は、民の気持ちを束ねて王道を歩む者――。

そしてもう一人は――。


この世界で最も栄えた国、帝国。

王国と海を挟んで隣の大陸に、貧しい小国家群が寄り集まってできたのが成り立ちだ。

王国のある大陸と比べ、非常に資源が少ない大陸である。王国を基準に見れば、国土のほとんどが不毛の地と言える。

大きな特徴としては、徹底的な合理主義を選んだ国だということ。

これは王国と違い資源に乏しく、効率的な技術革新で発展してきた経緯に由来する。

そして極端な能力主義であること。

出自によって将来が左右されることはなく、生み出したものでその地位が決まっていく。

現在の皇帝の一族でさえ、元をたどれば僭帝、つまりは皇族でも貴族でもない平民出身だ。

そして帝国では軍人の地位が非常に高い。

特に将官は事実上の官僚、もしくは政治家としても機能している。

たった百年で世界の三分の一を支配下に置き、資源に恵まれない帝国本土を物資で満たした軍人たちが権力を握るのは至極順当なことだ。

さらにここ十年の発展は目まぐるしく、同じ規模の大国家である王国と技術レベルでは百年以上の差をつけていた。

鉄道網や原始的ではあるが自動車も存在し、いまだ馬を流通の主力とする王国とは技術の世代がいくつか違う。

そして、その技術革新を推し進めたのは、たった一人の少女。

悪魔の頭脳で『災禍』を生み出し、神の手で『成果』を作り出す。

帝国にとっては天才、他国にとっては天災である少女は、帝国軍の最高統帥会議にて、歳相応の高い声を響かせた。

「さぁ、世界征服しましょう」

少女はその発言が当然のことであるかの如く平坦な声で言う。

最高統帥会議とは、准将以上の「閣下」と呼ばれる将官と、皇族、次官クラス以上の高位官僚、そして政治家だけが列席できる最高意思決定機関だ。軍務と政務、その両方の頂点が集まる会議である。

列席者は全員が全員、他国であれば歴史に名を遺すであろう突出した資質を持っている。

侵略して植民地化された国からこの場に来た者も多数いた。

能力さえあるのなら、元が敵であろうとも中枢に受け入れるのが帝国という国だ。

一般軍人ならある程度の階級でなければその顔すら見ることができない連中の集まりで、周囲より二回りも三回りも年下の少女はいつも場の空気を掌握する。

——まったく、いつ見ても不思議な光景だ。

三人しかいない軍の最高位、元帥号を持つ者、ジュリアス・ロードシルト元帥は苦笑した。

話の内容ではなく、発言した人物に対しての苦笑だ。

帝国上層部において世界征服は極めて現実的な目標、いや、過程でしかない。だから笑うまでもない。笑うのはそこまでを見据えることも実現することもできない無能だけだ。

ロードシルト元帥は元帥の中では最も若輩で、年齢は今年で三十八歳。

ほか二名の元帥はいずれも六十を過ぎている。

将官で最も下位の准将でさえ平均年齢は三十代後半であることを見れば、ロードシルト元帥が如何に異例の出世を遂げたかわかろう。

事業に成功した裕福な貴族家に生まれ、持ち前の才覚で飛び級を繰り返し、たゆまぬ努力で一切寄り道することなく結果を出し続け、現在の地位まで来た。

軍人にしては少々学者的な神経質さを持つものの、剣を取らせて戦わせても強いという超人でもある。

生まれから育ちまで一片の曇(くも)りもない男で、間違いなく歴史に残る英傑(えいけつ)と評されていた。

しかし後世の歴史家が彼の功績を書き記す場合、その輝かしい軍歴は一行目には記載されないだろう。

戦場で拾ったある少女の養父であること——。

それこそがロードシルト元帥の最大の功績。

彼の異例の出世もその少女がもたらした成果によるところが大きい。

少女の名はリュネット・フォン・ローゼンツヴァイク。

階級は『上級大将』という、彼女以外に誰も持たない地位だ。

大将以上、元帥未満という半端な階位だが、現実的には元帥でさえも彼女は御(ぎょ)しえない。

その階位が制定された理由が、彼女の特異性に由来しているからである。

「世界を救うため、この世界を一度作り直すのよ」

両手を広げ、少女——リュネットはセリフでも言うように無機質に言葉を並べた。

——うちの灰かぶり姫は大した役者だ。

少女の髪は白に近い灰色で、その瞳(ひとみ)の色も灰色。

身長は帝国女子の平均より少し小さい百五十五センチ、身体(からだ)は軍人には見えないくらい華奢(きゃしゃ)

で細い。

いや、少女の年齢を鑑みれば本来その身体でちょうどいいのだ。

まだ、十七歳なのだから――。

リュネットの気怠げな愛らしい顔には丸眼鏡。生まれついて視力が低かった。

眼鏡から覗く目は眠たげで、覇気や激情といったものとは縁遠いぼんやりした印象である。

肌は色白を通り越して蒼白、日光に当たらず過ごしているのがわかる病的な白さだ。

そんな少女が黒に銀装飾、赤の差し色が入った軍服を着て、胸にはいくつもの勲章をぶら下げ、本来元帥のみが着用を許される紋章付きのマントを身に着けていた。

リュネットは七歳、拾われたその年に初めて読み書きを覚え、同年、軍大学を飛び級、首席で卒業した。

たった一年でエリート軍人の知性に追いつくどころか追い越した少女は、敬意というより畏怖の対象になった。

そして皇帝から途絶えてしまった名家ローゼンツヴァイクの名を下賜され、爵位も得た。

リュネットの才能は異常だった。

一を聞いて億を生み出す。

その才能に最初に気づいたのが、当時少将だったロードシルト元帥である。

十年前――。

ロードシルトが率いる戦場で、剣林弾雨の中、少女が歩いてやってきた。

麦粒一つと命の価値が大差ないほど苛烈に燃え上がった戦場だった。

「この猫のエサが欲しいの」

薄汚いボロ切れを着た痩せぎすの少女は、一匹の猫を抱きかかえて、司令部にいたロードシルトの前に来た。

数々の血生臭い前線を経験したロードシルトは、そのとき生まれて初めて本気の怖気を感じたのを強く記憶している。

ロードシルトの作戦指揮能力は極めて高い。

緻密な陣形には一部の隙さえないはずだった。それこそ猫の子一匹通れないほどの。

可能だったとしても、馬が闊歩し、矢と魔法が飛び交う戦場を歩き抜く度胸が普通の人間にあるだろうか。それも猫のエサを求めて。

「き、君は？」

――どうやってこの司令部までやってこれたのか。

兵士たちは何をしていたのか。

敵と剣で鍔迫り合っても感じなかった恐怖がロードシルトの全身を駆け巡った。

この少女は前線の最高指揮官であるロードシルトの命に手が届く場所まで、障害などまるでなかったようにやってきたのだ。

しかし殺意は感じない。

というより、少女の空虚な瞳には何も映っていないように見えた。

司令官を殺そうとするような激情も、自分の命を大切に思うような恐怖心さえ。

まるで幽霊だ。だから誰も気づかなかったし、気づいても意識に入れなかったのかとロードシルトは感じた。

しかし、それだけでは納得がいかない。

ロードシルトは現実を認めたくなかったから、無意識に一つの可能性を排除していた。

この少女は自分の作った陣形の隙を見つけ突いてきたのだ――という不愉快な回答を。

「この猫のエサが欲しいの。ここなら何か食べ物あるでしょ？」

異常な状況にロードシルトの思考は途中何度か停止した。

だがこの少女を何としてでも保護すべきだと直感が告げた。

そして彼が保護し、眼が悪かったことから眼鏡を意味するリュネットの名前を与え育てることにした。

彼女を保護してたった十年で世界は変わった。

剣や魔法、弓が支配する戦場は終わり、帝国兵士の全てが銃で武装する。

そこまで来ると突出した個人の武勇が邪魔にさえなってきた。

魔法も剣術も時代遅れだ。

人力や馬の力で成り立っていた兵站網は鉄道と自動車に替わり、世界の三分の一の領土を血管を流れる血のように物資で満たしている。

リュネットの頭脳から生み出された技術革新は、瞬く間に帝国を世界最高の先進国に変えた。

そして、リュネットは帝立科学研究所――通称『リュネット機関』の所長となった。

彼女のために新たに設立されたおもちゃ箱で、予算と人員は無尽蔵。

欲しいと言えば適当な省庁を潰してでも予算と人員が提供される。代わりに、失った物を遥かに越える成果が得られる。

そんなリュネットが誰かの部下であることは都合が悪く、また、既存階位に収めてしまうと同階級内で上下の軋轢を生む可能性を鑑みて、元帥よりも下ではあるが事実上元帥と同格として、『上級大将』の階位が制定された。

そんなバカげた特例が成立してしまうくらい、彼女の頭脳は帝国の中枢に根付いていた。

「戦費が財政を圧迫しているのは報告の通り。王国に流す銃器類をもう少し減らしてもよいのではないでしょうか？　内戦を誘発させ疲弊させる意図とはいえ、技術が解明され、向こうで量産などされればさらに余計な戦費を生む可能性もあります」

「無理よ。王国の金属精錬の技術水準から考えて、あのレベルのものを作るにはあと百年はかかる。消費するだけで終わり。最後はただの棒よ」

六十代半ばの中将が円形会議場の真ん中に立つ少女に畏まって尋ね、あっさりと切り捨てられる。

少女の年齢は十七歳。無論、この統帥会議で最年少である。

だが誰もが彼女に畏怖と敬意をもって接する。

実力主義を徹底している帝国では、年齢などただの数字でしかない。

むしろ年齢が低ければ低いほどその人物の有用性の証明になる。

何もできず何にもなれずに歳を経た者など、帝国では唾棄すべき存在なのだ。だからそもそもの平均年齢は低く、六十代半ばで中将ならば能力的には凡庸だと言える。とはいえ、他国ならこの中将も英雄になれるだけの素質は持っているのだが。

「資金が足りないのなら、植民地の旧貴族にもっと国債を買わせなさい。適当な称号でもくれてやれば満足する豚どもから、搾り取れるだけ搾り取りなさい」

祖父と孫ほどの年齢差などものともせずに、リュネットは辛辣な言葉を吐いた。

「財源については私が何とかしよう。私に一案がある」

立ち上がったロードシルト元帥は列席者に告げる。

実績ある権力者がそう言ったなら、これ以上の議論は起きない。

彼が何とかすると言ったならなんとかなる。誰もが理解していた。

「リュネット・フォン・ローゼンツヴァイク上級大将。新型銃の量産の目途は？」

「一師団に正式配備できる数を来月には揃えられるわ。連射機構の金属強度に多少手間取ったけど、新素材を使用することでクリアした」

まるで友達のように年長者、それも一応は階級が上で養父でもあるロードシルトにリュネットは返す。

敬語を使えないわけではない。長々と敬語を使っている時間が無駄なのだ。これもまた、一つの合理性として受け入れられていた。

「よろしい！　性能試験は来月のカラーズ共和国侵攻にて行うこととする！」

ドン、と机を叩き、ロードシルト元帥は話を閉じる。

――世界征服は始まりでしかない。

我らの目的は、世界中の格差をなくすこと。

全ての国々の人民を、技術を、繁栄を帝国の水準に引き上げること。

時間がない。説明している暇などない。受け入れを待つ気はない。

だから全ての国を問答無用で傘下に収め、帝国のレベルにまで強制的に世界を進化させる。

迫る災厄に向けて――。

「さぁ諸君、次なる千年のために！　大虐殺をもってして世界を統一し、【魔王龍】を滅ぼすのだ！　のちに罵られようとも！」

――悪魔の軍団長にでもなった気分だ。

だがしかし、私は、私たちは止まらない。もう止められない。

会議場の空気が緊張感で震えるのをロードシルトは感じ取った。

同じことをみんな思っている。

――この世界は一度滅んでいる。

初めて聞いたときは耳を疑ったが、世界各地に残る破壊の痕跡が事実であることを物語っていた。

今の帝国の軍事力をもってしても同じだけの破壊ができない痕跡だ。

単独で世界を滅ぼせる超生物、その出自から【魔王龍】と名付けられたそれを倒すため、帝国は軍事力を高めてきた。

かつて強大な力で世界を平和に治めたとされる魔王。その正体はドラゴンの頂点だ。

世界最強の力を持ち、神の如き広大な視点と知恵を持ち、世界の安寧を保っていた者。

何がどうしてその魔王が世界を滅ぼそうとしたのかはわからない。

しかし推定六百年前、【魔王龍】は王国にて『何か』に撃退されたとみられる。

だからかろうじて世界は滅びず、人は残り、その痕跡も確認できたのだ。

だが【魔王龍】を殺せたのかどうかは不明だ。

ドラゴンは平気で千年以上生きる魔物。その生命力は全ての生物の中でも抜きんでている。

ならばどこかで息をひそめ、回復を図っていると考えるべき。

そしてその場所は王国だ。ほかの地域は開拓の際に調べつくしたが、何一つ形跡はなかったからである。

現在、【魔王龍】のことは帝国上層部のみが知る。

明日世界がいきなり滅びるかもしれない。そんなことを言っても混乱を招くだけだからだ。

この世界が崩壊するという絶望的な情報を、帝国はポジティブに受け取った。

どうあれ、軍事力で制圧できたのだ。

世界のどこでも帝国と同じ軍事水準であれば、撃退、討伐できるはず。

神々の時代はもう終わった。今はもう人の知恵が世界を支配する時代なのだ。

そのためには世界を一つにまとめなければならない。

全員が同じ目標に向かわなければ、世界の危機には立ち向かえない。

領土や利害など細かなことにこだわる幼い時期はもう終わっているのだ。

その方向性が明確に定まり力を持ち始めたのは、リュネットの登場からだ。

どんな理由であれ、世界を一度滅ぼすも同然の自分たちを悪だとは認識している。

亡国の民たちの恨みが凄まじいと身をもって知っている。

帝国上層部の半数近くは亡国の民なのだ。それでも世界という大きなもののために、これまでの屈辱を忘れて団結すると決意してくれた。

侵略によって家族や家を失った者たちは数えきれないほどいるし、これからもたくさん生み出されるのもわかっている。

それでも世界が完全に滅びてしまうよりはずっといい。

「最終的な進軍目標は世界最古の大国、王国だ。災厄は彼の地にあり！」

ロードシルトの猛りにリュネット以外が同調する。

世界をゼロにさせないために、誰が、何が相手でも帝国は進軍を止めない。

◆

「リュネット。たまには家に帰って来なさい。一緒に食事しよう」

ロードシルトは養女であるリュネットの背中に声をかけた。

この場にいなければ誰も軍人だとは思わない華奢な肩には、世界の命運が乗っている。

――あまりにも、重すぎる。

「……いい。研究所であの子たちが待ってるから」

「猫か……また拾ってきているのか？」

「ええ。今は十五匹いるわ」

「今度猫用のおもちゃとエサでも差し入れよう」

「………」

一度も振り向くことなく返事さえせずに、リュネットはゆったりとした歩き方で去っていく。

「……愛想がないですね」

副官であるマルク大佐がボソッと呟き、すぐにはっとして取り繕う。

ロードシルトは少し悲しみの表情を浮かべ、すぐに真顔に戻った。

「ああいう子なのだ」

「それにしても、元帥閣下は意外と子煩悩なのですね。良い父親といった様子で、上級大将閣下が羨ましい限りです」

あんな不愛想な子供相手に、と言いたいのであろうことが顔でわかる。

マルク大佐は真面目で実直な性格ではあるが、そのせいか非常に顔に出やすい。

しかし腹芸に優れた人物でないことがロードシルトの信頼するポイントでもあった。

「――私が良い父親なものか」

感情を出さないことを信条としているロードシルトの口から、不意に本音が零れ出る。

この十年ずっと抱いている後悔がはちきれそうになっていた。

「――人間は根本的にわかり合えないとリュネットは結論づけた。彼女はわずか七歳で誰かと対話することを無駄と断じてしまった。相手の口に石を詰め込んで殴り、永遠に黙らせることを選んでしまった」

「ですがそれは……現実的であります。協力を乞うよりも服従させたほうが早い」

「そう、現実だ。だが子供が最初から選ぶ考え方ではないだろう。あの年頃だ。人の心を信じて恋愛してみたり、友情を育むべき歳だ。だというのに……」

軍人としての経歴に一つも傷はないが、一人の父親としてなら傷だらけだ。

本心を言えば、リュネットにこんな作戦の中心に立ってほしくなどなかった。

ほかの子供と同じように笑い、遊び、幸せに生きてほしいと今なら思う。

だがこの道を与えてしまったのは自分だ。

戦場という不毛な蠱毒に誘ったのは間違いなく自分だ。

彼女の才能があれば、もっと世界に貢献できる発明ができたかもしれない。

困っている人を救えたかもしれない。

だというのに、軍事に、人殺しに才能を向けさせてしまった。

最初のうちは彼女の才覚に浮かれてしまっていたのは否めない。

しかし自分が志(こころざ)した軍人とは、このような子供たちが幸せに暮らせる環境を作るための存在だったと思い出してからは、後悔の念が強くなった。

だから元帥として自分が責任の矢面(やおもて)に立つことを決めた。

でなければリュネットがその大罪の責を負わされることになるだろうからだ。

──誰かが彼女に心を、愛情を与えてくれれば。

個人としてのロードシルトの望みはもはやそれだけだ。

彼の心にはいつも後悔があった。

しかしその後悔は覚悟と理想で塗りつぶすことにする。

始めてしまったことは最後までやり遂(と)げなければならない。


この時代には主役が三名、いや、二人と一体いた。

一人は、民の気持ちを束ねて王道を歩む者──。

もう一人は、その才能で世界を滅ぼし世界を救う覇道(はどう)を歩む者──。

そして、もう一体は──。


共通点は圧倒的な力。

そして、独(ひと)りだったこと。

第十一話

「あ、あんた明日から暇？」

「暇ではない……と思うが、何かあったのか？」

領民たちと畑の開墾に励んでいると、ジュゼとユーリカがやってきて聞いてくる。

ジュゼは両手を後ろに組み、どこか落ち着かない様子で左右にゆらゆら揺れていた。

顔は真っ赤でモゴモゴと口ごもる。

ジュゼはアッシュをデートに誘おうと決心していた。

領民たちはジュゼの恋心を知っており、いい加減くっついてくれないとキツイとユーリカに常日頃言っていた。

特に最近開いたジュゼの雑貨店で働くエルフたちは、アッシュが店に来るたびに主人であるジュゼが乙女に変わるのを見ているので余計にヤキモキしていた。

少しずつ領民は増え始めている。ジュゼが手配した物資の馬車に乗って、【呪い付き】が数人ずつ連れられてくるのだ。

そしてアッシュにアザを消してもらい、ユーリカによる世界征服のレクチャーを受け、領民になっていく。

まだ少額ではあるが、農業で得た収益から給料が配られ始めたのもあり、ジュゼはまずは貨幣経済に慣れてもらおうと小さな雑貨店を建てた。

まだおままごとに近い状態だが、領地は少しずつ現代社会の様相を見せ始めていた。

「か、買い出しと視察よ。やっぱりあんたが直接見るのも大事かなって。行き帰りで二週間、滞在は二日くらいで帰ってくる予定」

「もしかして……ほかの街に行くのか⁉」

「そ、そうだけど……そんな驚く⁉」

「昔オヤジが生きていたとき王都に行ったっきりだ。それ以来一度もこの領地を出たことがない」

――金もないしな！　出る意味がない！

アッシュにとって領地の外は怖い場所だ。

正真正銘の田舎者であるし、話し方や服装などでバカにされやしないかと危惧している。

剣で解決できない問題にはめっぽう弱いのがアッシュ・ラゼンフォルト。

反面、非常に興味もある。

知らない楽しいことが山ほどあるのだろうと、ジュゼの持ってくる珍しい物から夢想していた。

「ユーリカも一緒に行こう！」

「いいえ、私はここでお帰りをお待ちします。アッシュ様やジュゼこそ気にしていませんが、私は魔族ですからね？　街で見つかるようなことがあれば大事になります。具体的にはその街の騎士団が出てきて、場合によってはその場で戦争が始まりますよ」

「そういえばそうだったな……ならせめて何かお土産を買ってくる。留守番をお願いできるか？」

「もちろんです」

ユーリカは少し寂しそうな顔をしていたし、アッシュ不在での魔物の襲来なども多少は不安だろう。

とはいえ、人間の弾圧から百年以上生き延びてきた彼女をか弱いもののように扱えばプライドを傷つけるとアッシュは知っていた。

それに銃による魔物の制圧訓練もしている。

なので多少の期間アッシュが不在でも問題はない。

ユーリカがついてこないと知り、少しがっかりしたアッシュにジュゼは言う。

「あんたが感じた楽しいことをこの領地で再現すればいいのよ。そうすれば魔族のユーリカたちも楽しめるでしょ？」

確かに、とアッシュは頷く。

――幸せには楽しいという要素が不可欠だ。

娯楽の重要性は理解していた。

というのも、アッシュはユーリカたちが来てから毎日楽しいからだ。

その二人と領民たちが楽しめる環境作りは大事だと思う。

山ほどお土産を買って帰ろう。あまり余裕はないのだけれど。

◆

「馬車は初めて乗る。たぶん、おそらく……小さい頃に乗ったことがあったかもしれない。いや、王都に行くのに乗ったか」

「わたしは歩きのほうが慣れないわ。単純に面倒だもん」

ジュゼ自身が駆る高級馬車の運転席の隣に、アッシュは恐る恐る乗っていた。

サスペンション付きでかなり揺れは少ないが、何かに身体を預けるという経験に乏しいアッシュにとって、馬車は少々怖い。ちなみに、サスペンションの機構は帝国製である。

「この馬車はどこへ向かっているんだ？」

「お隣の領地よ。シャーウッド子爵領。誰とも面識ないの？」

「ないな。王だけはオヤジと一緒に会ったことがあるが、ほかの貴族は知らん」

小さな頃行った王城で父と王が何かを話していて、そこで紹介された記憶はあった。

父と王が二人きりで何を話していたのかはわからない。

その帰りにパーティに出席したのが唯一の社交界への参加だった。ひたすら食べまくって帰ってきた記憶しかないが。

「えぇぇ……貴族ってもう少し自分の立ち位置とか気にするもんじゃない？　普通は蹴落としあったりするもんよ？　そのために相手を調べたりさ。正面から嫌味言い合ったりね。貴族のパーティは笑顔でケンカする場所だもん」

「俺は他人の地位など気にしたことはない。他人が偉かろうと下にいようと、俺は俺でしかない」

アッシュはあまり嫉妬しない。ひがみもしない。比較することをしない。

ほかの貴族はきっとモテるだろうなんてところぐらいしか気にしたことがなかった。

そもそも庶民の抱く貴族のイメージ程度しか知らない。

「——あんたはそれでいいわっ！」

その返答にジュゼは笑い、とても上機嫌だった。

金銭の多寡や地位を重要視してきたジュゼにとって、それらの外で生き、どんな存在であろうと個人でしか見ないアッシュの価値観は貴いものに思えていたからだ。

打算のない関係は心地いいものだとジュゼはアッシュに出会って初めて知った。

人間関係が合理性や利害だけで築けるものではないのだということも、また初めて知った。

逆に言えば、ジュゼはそんなことさえ知らなかった。

「シャーウッド子爵は王国内でも有数のお金持ちよ。宝石がたくさん採れる場所だから、それが特産品。しかも器用な装飾まで入れてて、どこも真似できないのよ」

「うらやましい限りだな」

「この土地の鉱山見学もユーリカたちと計画を立ててるわ。大昔は採れてたんだし、今もまだあるんじゃないかしら。ましてシャーウッド領のお隣なわけだし、普通に考えたら広い分こっちのほうがあるんじゃない？」

「宝石とはどう採れるんだ？　山に生えているのか？」

キノコのようなイメージでアッシュは宝石の採掘を想像していた。

何度されたかわからないジュゼのドン引き顔を見せられる。

こういった常識の欠如もあり、ジュゼはアッシュの世界征服をまだ若干疑っているところもあった。

「地面や山を掘るのよ。地盤の中に埋まってるってわけね」

「そういえば、ドラゴンが目指しているあの〝深淵の大穴〟の中はキラキラした石がたくさんあるな。あまり興味なかったが、あれも宝石なのかもしれない」

へぇ、とジュゼは興味ありげな顔をする。

だがそこはドラゴンが目指す魔境だと気づき、すぐ興味を失くした。命あっての物種だ。

「採れる宝石、鉱石の独占販売権をくれるなら、わたしが採掘に全面出資してあげてもいいわよ？　ラゼンフォルト宝石ってブランド付けして世界各地に売りさばいてあげる」

現状たくさんの人の出入りを期待できないラゼンフォルト領の主な金稼ぎは輸出だ。

さすがに内需だけでジュゼが望むほどは稼げないのが今の現実。

それに輸出物が農作物だけでは彩りに欠けるので、宝石など華やかで高価な物も欲しい。

「任せよう。どのみち俺だけでは売れないからな」

アッシュがあっさり答えるとジュゼは大きなため息をついて、呆れたように笑う。

「――冗談のつもりだったんだけど？　来たのがわたしで良かったわね。ほかの商人なら何もかもむしり取られてたと思うわ」

「俺はジュゼだから任せようと思ったんだ。ほかの商人なら任せはしない」

「ああ、クロイツェル家だから？　もともとはパ――お父様と取引していたし、安心できるってわけね。わたしは金払いもいいほうだし。時代は公平な取引よっ！」

ジュゼには大きなコンプレックスがある。

というか、コンプレックスの塊だといえた。強気な態度はその裏返しから来ている。

クロイツェルという巨大な商会と偉大な父がそのコンプレックスの原因だ。

ジュゼはジュゼという個人ではなく、クロイツェルの末娘として扱われることが多い。

どれだけ努力しようとも結果を出そうとも、『クロイツェルの娘だから』と、彼女自身の力量を誰も認めないし、まず個人としてのジュゼを見ない。

商会の跡取りになりたいのは自己確立のためでもあった。

相対的な順位の世界において、客観的に価値があると思い込みたかった。

だからアッシュの「ジュゼだから任せようと思った」という発言も、クロイツェルだからとひねくれた受け取り方をしてしまう。

誰よりも本人が根底の部分で自信がないのだ。そんな弱さを強者の顔で隠していた。

「違う。俺がジュゼ個人を信頼しているんだ。頭はいいし、度胸もある。俺の疑問にもしっかり答えをくれる。ユーリカにジュゼ。二人が来てくれたから未来が見えた。だから妻であるユーリカと同じくらい、俺はジュゼを信頼している」

くるりとジュゼへ顔を向け、アッシュは真顔で言った。

声色は極めて平静で、発言が本気であることをジュゼに信じさせるのに十分なものだった。

生まれて初めて純粋に個人として評価された。人生を懸けて取り組んできた商人稼業で。

その喜びの大きさはアッシュには想像することも難しい。

アッシュは頭が良くない。

しかしだからといって解が出せないわけではない。

世界の大きな問題はともかく、皆が欲しい目の前の疑問への答えについて、アッシュは真摯な心で正答を導き出していた。

世の中は相対的な順位だけではない。その順位の世界で生きてこなかったアッシュは自信を持ってそう言える。

かぁーっと顔を真っ赤に染めていくジュゼを不思議に思いつつ、アッシュはもう一度前を向く。

ジュゼは顔を伏せ、しばらく無言になった。

二人きりで無言だと気まずい。

基本空気の読めないアッシュだが、ここ最近は人と接する機会も増えて空気を読むことを中途半端に覚え始めていた。

「――俺は変なことを言っただろうか？」

「……い、言った」

――一体何が問題だったのだろう……どうにも俺は上手く言葉を話せない。

人間関係は難しいとアッシュは改めて感じた。

エルフを含めた女の子たちもアッシュが発言すると赤面して黙ってしまう場面が多々ある。

無意識に口説き文句を言う男だった。

ジュゼからすれば、妻であるユーリカと同じくらい信頼されているということは、同じくらい好きだと言われているように聞こえる。

しかしそれは勘違いであるとジュゼは何とか思い直した。

「ところで前から気になっていたのだが、『パ――お父様』とはなんだ？」

「……ち、小さい頃、お父様をパパって呼んでたからっ！　癖よっ！　聞くんじゃないわよっ！」

真っ赤な顔に怒りも乗せて、照れ隠しで大声を出す。

あまり父親に会うことがないから、小さな頃の呼び方が癖として残っているのだ。

羞恥にトドメを刺されたジュゼは、ムスっとした顔のまま馬車を加速させた。

◆

「おおお……！」

一週間後、アッシュたちはシャーウッド領にたどり着く。

馬をかっ飛ばしてきても、重い荷台を引かせれば広大なラゼンフォルト領から出るには一週間はかかる。それが隣で一番近いシャーウッド領であってもだ。

到着は夕方で、空は暗くなっているのに街の中は明るい。

アッシュが見たこともないほどの数の人が歩いていた。

屋台には見たこともない食べ物が並び、鼻腔をくすぐる香りがあちこちから漂う。

夜は真っ暗なラゼンフォルト領とは比べものにならないほど発展した街だ。

楽しげに周囲を観察するアッシュを見てジュゼは笑う。

嘲笑ではなく、子供が喜ぶさまを見る母のようだった。

「あんたって、本当に子供よね。しばらく一緒にいてよくわかったわ。見た目だけは大人だけど」

「ならば大人とはなんだ？」

「それっ！　そういうとこっ！　定義とかから話す屁理屈っぽいやつっ！　ちょっと目を離すとすぐ迷子になるくせにっ！」

「違う。迷子になどなっていない。ちょっと自分のいる場所がわからなくなるだけだ！」

呆れに呆れたジュゼは、すぐに吹き出し笑い始める。

一緒に旅した一週間、二人きりだったこともあり仲は深まった。

性的な接触こそなかったものの、お互いに好意がありながらも素直になれない、むず痒い空気が終始漂っていた。

アッシュが中途半端に空気を読めるようになったせいで、余計にそういうムードになるのだ。

「そういえば……お風呂覗いてない？　なんかちょっと気配感じるときあるんだけど。馬車旅での外風呂は覗いたりしないという信頼が前提だからね？」

「の、の、覗いてなどいない！」

ラゼンフォルト領には水場がたくさんあるため、道中では湯を沸かして外で身体を洗える。だがちょっとした目隠しのパーテーションで区切るだけなので、覗こうと思えば覗けてしまう。

アッシュは当然覗いていた。

「はぁ……そんな気がしてただけだし、だいたいタオル巻いてたからまぁいいわ」

「そうなんだよな……だがタオルが透けていたから、それはそれでいいものだなと思ったぞ」

「やっぱり覗いてるじゃないっ⁉」

「──だ、騙したな⁉」

勝手に誘導尋問に引っかかったアッシュはうろたえた。

「ま、いいけどね。──ほかの女を覗くんじゃないわよ？」

少しだけ攻めた発言だとジュゼは緊張しつつ、アッシュの反応を窺う。

しかしアッシュは真顔で威風堂々と返す。

「約束はできない。俺にも矜持がある」

「無駄に男らしいっ！　誇ることじゃないでしょっ⁉」

あはは、と笑い、ジュゼはアッシュの胸を軽く叩く。

夜眠るときは護衛も兼ねて同じ馬車の中で眠っているのも仲が良くなった原因だ。

領内はどこにでも魔物が出るから、戦えないジュゼが単独で過ごすのは危険である。ヒグマが多数いる場所で野宿しているようなものなのだ。

眠りにつくまでの時間、くだらないことを言い合って笑い合った。

アッシュのノリは独特なものがあるが、ジュゼは初対面の人間と食事に行き、億単位の商談をまとめられるくらいにはコミュニケーション巧者であるため、上手に接していた。

「そうだ、はい、これ」

「これは？」

「お小遣い……って言ってもあんたのお金だけど。預かり金の一部よ。街に来ればあんたが個人的に欲しいものもあるかと思って、現金を用意しておいたの。この街にもうちの銀行があるから、足りなかったらまた渡すわ」

「何から何までありがとう。ちなみに何枚あるんだ、これは？」

重そうな革袋の中には金貨がたんまり詰まっていた。

パッと見ただけでは数はわからない。

「お礼はいらないって。あんたのなんだから。ひとまず金貨で五百枚。ここ宝石の街だし、ユーリカにプレゼントでもしたら？　エルフたちには布地なんかいいかもね。彼女たち、あんまり服持ってないみたいだったわ。興味がないのかもしれないけど。――というかエルフたちってなんであんなに薄着なのかしら。結構ポロポロ色々見えてない？」

ジュゼから見てもエルフたちは無防備だ。

女ばかりの環境で生きてきただけあって、あまり異性の目を気にしているようには見えない。

「――プレゼントはいい案だ。だが俺には何が良くてダメなのかがわからない。目利きもできんしな。だから見繕うのを手伝ってほしい」

――すぐ騙されて、あげくユーリカたちが全然喜ばない物を選ぶ自信がある。

女の子が喜ぶ物は女の子に聞くべきだろう。

腕利きの商人のジュゼならば、適正価値かどうかもわかるに違いない。

ほかの領民たちには何を持っていけばいいだろう？

「なら明日手伝ってあげる。値切りもねっ！　こういうところは観光客からぼったくるものなのよ」

「助かる。……俺は腹が減ったが、夕飯はどうする？」

お土産もそうだが目先の空腹を満たすのも大事だ。

アッシュは身体こそ強靭だが、燃費はものすごく悪い。

「その辺食べ歩く？　ここは出入りしてる商人も多いし、結構いろいろな屋台があるみたい」

「先ほどから目移りしている。何か祭りがあるわけじゃないんだよな？」

「単に人の出入りが多いってだけよ。その分食べ物もたくさんいるってだけ。あんたの領地もこんな風に賑やかになればいいわね？」

「俺に来いと言った理由がようやくしっくりきた。この目で見なければこんな屋台の発想すらなかったたな。帰ったら何か作ってみよう。──ドラゴン焼きの店はどうだ？　俺の得意料理だ」

「──なし！　というか料理じゃないでしょ、それ」

聞いてたより美味しくなかったたし、とジュゼは思い出しつつ苦笑いし、色々な匂いに釣られてふらふらするアッシュの背を叩く。

──ここ最近、やたらとよく触られている気がするな。

距離が近くてよく触られると余計に好きになるぞ！

感性が中学生のアッシュは、ジュゼの頻繁なボディタッチにドキドキしていた。

二人は夜の街でジャンクフードなどを食べ歩く。

現代で言うと縁日の祭りをともに歩いているような感じだ。

人ごみを掻き分けスルスルと歩いていくジュゼの後ろを、アッシュはかろうじてついていった。

「ジュゼ、手を繋ごう」

「はっ⁉　えっ⁉　なんでっ⁉」

「人ごみは初めてなんだ。簡単に言えば……──俺はまもなく迷子になる」

「だ、大丈夫よ、あんたデカいからすぐ見つけられるわっ！」

「手を繋ぐのはダメなのか？」

「だ、だめってことはないけど……でもその……」

歯切れの悪い返答を了承と解したアッシュは、半ば無理矢理にジュゼの手を取る。

「にゃっ!? い、いいって言ってないでしょっ!?」

「減るものではないし、別にいいじゃないか。それにジュゼも迷子になったら困るだろう？ 小さいから捜すのが大変だ」

「へ、減るのっ！ 女の肌に気安く触れちゃだめなのっ！ そしてわたしは迷子になんてならないわよっ！」

喚いてはみるものの、ジュゼは積極的には手を放さない。

デートの空気でジュゼも緊張していた。

アッシュは気づかない。

多少は同じように意識しているが街のワクワク感はもっと強いものがあった。

◆

「あんた、買いすぎでしょっ！ 食べられるのそんなに？」

「余裕だ。少し足りないくらいだな」

アッシュは気になったもの全てを買い、山ほどの袋を片手に抱えていた。

少なく見積もっても四人分ほどはある。初めての買い食いでテンションが上がっていた。

「そこのカフェのテラスを借りましょ。立って食べるのは好きじゃないの」

コーヒーを二つ頼み、外のテラス席を借りる。

食事と言えるほどの食べ物を提供していないこの店では、何か飲み物を注文すれば持ち込みが許されていた。

二人は対面に座り、ウェイターがコーヒーを持ってくるのを待つ。

オシャレな飲食店に初めて訪れたアッシュはソワソワしていた。

「なんだこれは⁉　苦すっぱいぞ⁉　黒いし……煮詰めた泥水か⁉」

「ちょっ！　声小さく！　比喩が最悪なんですけどっ⁉」

コーヒーを口に含み、アッシュは大声で素直な感想を述べた。

店員や客からは冷ややかな目線が向けられる。

高級品であるためコーヒーは飲んだことがなかった。というか、知りもしなかった。

ジュゼは立ち上がってアッシュの頭を軽くパシンと叩き、口を無理矢理ふさぎ、静かにとジェスチャーで伝える。

――俺だけ不味く感じるのか？

ジュゼはこんなものが好きなのか……ならやはり俺にプレゼント選びは無理だな。

気を取り直してガサゴソと袋を漁り、一番上にあった肉料理を取り出す。

チーズの入ったトンカツのようなものだった。

「――美味い！　ジュゼも食べてみろ！」

「ちょ、ちょっと、押しつけないでよ……――顔に油がついたじゃないっ！」

フォークに刺した肉をぐいぐいジュゼの唇付近に押しつける。

味の感動からアッシュはそうしたが、美食に慣れているジュゼからするといい迷惑だった。

食通に対しハンバーガーをこの世で一番美味いと喜んで差し出すようなものだ。しかも顔面に直に。

「す、すまん！　今拭いてやるから待て」

「い、いいってっ！　子供じゃ……」

今度はナプキンを押しつけ、ジュゼの顔についた油を半ば無理矢理拭き取る。

ジュゼの柔らかな唇の感触が指先に伝わった。

「――あんた、わたしのこと子供だと思ってない？」

「思っているが？」

「さっきの意趣返しってわけじゃなさそうね……」

「俺がジュゼに子供だと言われたから言い返している、という意味か？　だとしたら違うぞ」

ナプキンを奪い取り口元を拭きながら、顔を赤くしたジュゼはジト目でアッシュを睨んだ。

油の残った唇は艶っぽく色気があり、そちらにばかり目が行く。

「わたし、十九歳だからね？　もうそろそろ二十歳よ。あんたより年上」

「なんだと……!?　せいぜい十四、五歳くらいに思っていた……！」

ジュゼにあげるつもりだったトンカツを頬張り、アッシュは珍しく鉄面皮を崩して驚愕する。

「そんな子供がいろいろな分野の商人と渡り合えるわけないでしょ？　小さい頃から経験値を積んでるからできるの。わたしってそんな子供っぽい？」

「うーむ……」

アッシュがじっとジュゼの胸を見ていると、袖の余る両手で隠される。

「どこ見て判断してんのよっ!?」

「胸の大きさだ。最初はそうでもないと思っていたんだが、ほかの者と比べるとジュゼはかなり大きい」

アッシュは胸のサイズについて真面目に考えていた。

ユーリカといると目立たないが、ジュゼはカテゴリ的にはロリ巨乳に分類される。

童顔と低身長にコンプレックスのあるジュゼは、少しでも大人に見えるよう育乳に励んでいた。

「こ、こんな真面目にセクハラされたの初めてだわ……——触ってみたい？」

くす、と悪戯っぽく笑い、ジュゼはコーヒーカップにゆっくり口をつける。

当然、冗談のつもりだった。

「ぜひ」

ガタッと椅子から立ち上がり、アッシュはジュゼに詰め寄っていく。

その顔は真剣そのものだ。

「じょ、じょ、冗談に決まってるでしょっ⁉」

「そうか、冗談か……」

「すっごいしょんぼりしてる……あんた、表情こそあんまり変わらないけど、中身はそこそこ感情豊かよね？　しかもめっちゃスケベ」

「表情については俺も自覚している。作り方がよくわからんのだ」

ずっと一人だったんだ、とジュゼはアッシュの境遇を思い出した。

人との距離感が少し変なのも仕方ないのかと責めるのをやめる。

「──わ、わたしは年上だし、これくらいの非礼は許してあげるわっ！　そ、それより、わたしのも食べる？　前に食べたことあるけど、これ美味しいわよ」

すっと容器を滑らせ、ジュゼは自身の食べていた串のない焼き鳥のようなものを差し出す。

この流れで話が続くとアッシュへの好意を漏らしてしまいそうだったから、話を逸らした。

「いただこう」

アッシュはあんぐり口を開く。

そこに入れろと言われているのだと気づいたジュゼは再び赤面する。

外の世界の恋愛を知らぬアッシュにはなんてことのないやり取りだが、ジュゼにとっては違う。

これは恋人同士、それも付き合い立てのカップルがする「あーん」だとジュゼはたじろいだ。ほかの人間相手なら大商人の顔ができるのに、アッシュ相手だといちいちペースを崩されてしまう。

結果、ジュゼは普通の女の顔を引きずり出される。

正直に言うなら、アッシュはジュゼの好みだ。

クールで整った顔つきとたくましい身体のギャップも好みだった。

身長が低く子供っぽい容姿にコンプレックスのあるジュゼにとって、アッシュのように高身長で大人びた見た目の男は、自分に持っていないものを持っているようで無意識に惹かれる。

何より、自分をクロイツエルの人間というフィルターで見ないのが最高に嬉しい。アッシュの見た目が今とかけ離れた醜いものでもきっと惚れていたくらいに。

だがアッシュはビジネスパートナーだ。

いくら恋心があっても、商人の仕事にプライドを持っているジュゼは公私混同しない。

これまでだってそうだったし、これからだってそのつもりだ。

だったのに――。

「あ、あーん」

何をしているのだろうと、ジュゼは自分で自分がわからなくなっていた。

ジュゼが半ば無意識に差し出したフォークの肉をアッシュは口に含み、満面の笑みを浮かべ

る。

笑顔のアッシュに、ジュゼは何かザワザワしたものを感じていた。

普段のアッシュの笑顔はどこか気取ったところがある。

それが子供のように緩んでいる。誰にでもは見せない顔だとジュゼは知っている。

この笑顔を見たことがあるのは、それこそユーリカくらいなものだろう。

まるでユーリカと、つまりは妻と同格に見られているようで――。

ジュゼがそう感じたせいで、この後にまた勘違いが起こることになった。

「美味い！　ジュゼについてきてよかった。これからも……――そうだな、できることなら一生よろしく頼む」

「い、一生って……え、そういうこと⁉」

「？　そう、俺かジュゼが死ぬまでだ。いや……俺が死んでも覚えていてもらいたい。たぶん、ジュゼのほうが長生きすると思うんだ」

――長いこと友達でいたい。

そしていつかは俺の嫁にもなってもらいたい。

深く考えた発言ではなかったが、もちろんジュゼの受け取り方は違う。

死が二人を分かつまで――そんなプロポーズに聞こえた。

油の切れた機械のように、ジュゼはカクカクした動きで下を向いた。

物理的にも精神的にも突如ぎこちなくなったジュゼの態度の原因がアッシュにはわからない。

友達でいたくないのだろうかと、アッシュは悲しく思った。

そう、ジュゼは〝友達〟ではいたくなかったのだ――。

◆

食事の後、二人はぎこちない空気のまま街を歩いた。

本格的な買い出しと視察は翌朝からの予定で、今晩泊まる宿へと向かう時間だった。

アッシュが物理的に距離を詰めようとするとジュゼが離れていってしまう。

これまで距離が近かった分、余計に不安になった。

手も繋いでくれないから迷子になりそうでさらに不安になる。

宿への道すがら、何軒かの宝石店があった。

宝石の街だけあって、限られた地区にまとまって店を出しているのだ。

ジュゼは、その中の一軒でディスプレイされている指輪を横目に眺めていた。

歩きながらも首だけはそちらに向いていたのが、アッシュの高い視界からは把握できた。

――欲しいのだろうか？

大きなダイヤモンドに土台が白金の指輪だ。

ここまで連れてきてもらったし、たくさんの面白いものを見せてもらった。

――お礼に買うのもありか。

鈍(にぶ)い思考で迷っているうちに、ジュゼはいつの間にか早足で先に進んでしまっていた。

宿の場所などわからぬアッシュは焦(あせ)ってついていく。

◆

――こんな豪邸？　に泊まることになるとは。

下品な華美(かび)さはなく落ち着いた雰囲気(ふんいき)の高級宿だった。

宝飾店が立ち並ぶ地区の宿だけあって、泊まる宿はグレードが高い。

食事が出ない素泊まりであるからそこまで高くはないとジュゼは言う。

だが明らかに高級でプライバシーは守られている。

具体的には家具のグレードや防音性能が段違いで、王城にあっても違和感がないクラスだった。

国内有数の金持ちであるジュゼの金銭感覚は浮世離れしている。一億円相当でも特別高い認識を持たないほどズレていた。

部屋は別々。二人は家族でも恋人でも夫婦でもないから当たり前だ。

アッシュは部屋に入り、用意された様々なアメニティに困惑(こんわく)しながら入浴し、上がってパンツ一枚でベッドに寝そべる。

そしてぼんやりと窓の外を眺めた。雲に隠れた暗い月が早く寝ろと言っている気がした。

――久々に一人だ。夜とはこんなに静かで寂しいものだっただろうか。

ここ最近はユーリカと寝ている。

旅に出てからは馬車でジュゼと一緒だ。だからか、一人でいるのが無性に寂しい。

「さっきの宝石屋はまだ開いているだろうか？」

先ほどのジュゼのぎこちない態度が気になる。

怒らせてしまったかもしれない。

礼と謝罪を込めて指輪を買おうと決意し、服を着たアッシュは一人宿を出た。

こんこんこんと礼儀を知らない適当な回数のノックの音がし、ジュゼは扉の向こうにいる人物が直感的にわかった。

叩かれた扉の位置が高い。

失礼にも夜分遅くにやってくるそんな身長の人物は、ジュゼの知る限り一人しかいなかった。

「ジュゼ、起きているか？　入っても？」

「起きてるわ。どうぞ」

ジュゼが鍵を開けるとアッシュがゆっくり扉を開けて入ってきた。

「一応鍵をかけるぞ」

「……うん」

アッシュがガチャリと閉めた鍵の音に、ジュゼはほんの少し恐怖を感じた。

もうこの空間には誰も入ってこれない——。

部屋は暖色系の明かりだけで薄暗い。

ジュゼは視線をどこにやっていいのか迷う。

左右に動かしてみたり、見上げるようにアッシュの顔を見てみたりする。

風呂上がりでジュゼの白い肌は赤らんでいたが、より一層赤くなる。

身体にボディクリームをつけていて、甘い匂いも漂わせていた。

「どうかしたのか?」

「ど、どうもしてないわよっ!」

いつも通りの対応しかしないアッシュに対し、ぷい、と背を向けてジュゼはベッドに向かう。

——何か言ってよ！　高級品なんですけどっ！　万が一があったら困るから、お風呂上がりなのにわざわざ髪もセットしてるんですけどっ！

ジュゼはアッシュがこの場にふさわしいリアクションしてくれることを期待していたが、望む反応はなく不満だった。

そしてベッドの端に座り込み、直後「やってしまった」という顔をする。

夜に親しい男を自室に招き入れ、あろうことか自ら（みずか）ベッドに移動してしまうなど、襲（おそ）ってくれと言っているようなものだ。

湯上がりに下着までいいものを選んでしまったから、状況的には準備万端である。しかも色は黒でセクシーさと大人っぽさを強調したもの。

心のどこかでこの状況を覚悟していたのだと、期待していたのだと、ジュゼはここで初めて自覚した。

――や、野獣相手に無防備すぎた……！

毎晩ユーリカと激しく屋敷を揺らしている男相手に、あまりにノーガードすぎた。

ジュゼはどうしたらいいのだろうと迷うが、アッシュが動き出したせいで思考をストップさせる。

アッシュは一歩一歩踏みしめるように歩き、ゆっくりジュゼとの距離を詰めてくる。

肉食獣の間合いの詰め方だ。

距離が縮まるに従い、ジュゼは小さくかしこまった。

――ただのビジネスパートナーの一人なのに、わたしはなんでこんなに意識してるんだろ。

ユーリカのせいっ！　へ、変なこと言うから……。

自分の感情に混乱しているジュゼの心に気づかず、アッシュはジュゼの前に跪き、左手をとる。

ジュゼの手と比べてアッシュの手は大きく、熱く燃えるような温度だった。

「これをジュゼに」

ポケットから買ってきたばかりの指輪の箱を取り出して開き、アッシュはジュゼに見せた。

金貨で三百枚、つまり三百万したが、アッシュは百円以下のレベルで日々生活していたため、金額が大きすぎて逆に安く思い、特に躊躇せず買ってきた。

——これ、わたしが見てた指輪。

ダイヤが綺麗で……こいつ、わたしが見てたの見てたんだ。

お、王都ならもっと高く売れそうだなぁって思って見てたんだけど。

指輪を見る目線は商人のものであったが、自分のことを見てくれているのを嬉しく思う。

世界征服なんていう大きな視点を持っている人間の視界に自分もいると思うと、ものすごく特別視されているように感じられた。

戸惑った様子でアッシュはジュゼの指を見つめる。

どこにはめればいいのか迷っているのだろうとジュゼは少し微笑んでしまう。

何も考えず無意識に、ジュゼは左手の薬指を浮かせる。

左手の薬指。

男が女に指輪を渡す、しかも自らその指にはめるということにどういう意味が込められるのか、アッシュは知らなかった。

静かな夜、オレンジ色の間接照明のみが部屋を照らす高級ホテルに二人きり。

ムードだけならプロポーズには向いていて、ジュゼはそのように受け取った。

いや、そう受け取りたかった。だから薬指だけ無意識に浮かせていたのだ。

——ま、そんなわけないだろうけどね。

欲しそうだったから買ってきたとかかな。

もちろん、プロポーズではないだろうとジュゼはわかっていた。

一緒にいたと言っても恋人として一緒だったわけではないのだ。

たとえそうでも、すっと望む指に指輪が通される。

重みで指のバランスが崩れる。サイズが合っておらず、ぶかぶかだった。

とてつもなく重く感じられた。それはきっと自分がアッシュに対して抱える思いの重さなのだと自覚させられ、無性に恥ずかしくなる。

「なっ、えっ、これ……」

ジュゼはわたわたと慌て、アッシュの顔と指輪を交互に何度も見た。

アッシュは真顔で、その様は状況に見合った真剣なものだ。

全身が高鳴る心臓と同じようにバクバク脈動する。

——ど、ど、どういうこと⁉

全然そんな素振りなかったのに、いきなりプロポーズ⁉

「ジュゼが欲しがっているように見えた」

俺からのプロポーズを——とジュゼは幻聴を聞いた。

「ど、ど、どういうつもりなのっ……⁉」

耳の先まで真っ赤になったジュゼは、緊張して震えた声でアッシュに尋ねる。

これまでのお礼と、なんだか怒らせてしまっているお詫び、そして欲しがっていそうだったから。

少し長いな、と思ったアッシュは言葉をまとめてしまう。

それこそアッシュの悪い癖である。

結果、ジュゼは完全に勘違いした。

「——俺の気持ちだ。受け取ってくれないか？」

「ほ、本気なの……？　へ、返事は今じゃないとだめ……？」

ぽうっと頬を染めたジュゼは、小さな声でボソッと言い返す。

男にここまで情熱的に攻められた経験などジュゼにはなかった。

喉が震えて上手く声が出ない。上手い言葉も浮かばない。普段ならペラペラ話せるのに。

「無論、本気だ。受け取るのも今だ。——受け取ってくれるか？」

しかもプロポーズの意図がないアッシュの言葉選びは強引だ。答えを待つ時間など与えない。

戦闘の如くアッシュのペースに巻き込まれ、ジュゼは畳みかけられた。

「——う、うん」

ジュゼは両足をぴったりくっつけモジモジさせ、アッシュに握られたままの左手を完全に脱力させて彼に委ねる。

商売では押しが強くても、恋愛面においてはジュゼは押しに弱かった。

ドストレートな求婚をされているとジュゼは勘違いした。そして、承諾した。

普段は合理的に物事を考え、信念を持って生きているのに、どうしてかアッシュの求婚を断れなかった。

自分を認めてくれ、好意を寄せてくれている。

好きな人の好きな人が自分だった。そんな幸福極まりない状態に頭の中が真っ白になる。

アッシュがすでに既婚者であることなど微塵も障害に思わなかった。

「あ、あのさ、わたしがお金持ちじゃなくても好き?」

「?　当然だろう。興味がないわけじゃないが、ジュゼの金はジュゼの金で俺のじゃない。それに、金がなくても生きていけるものだ。みんなで畑を耕して、みんなで狩りをすればいい」

ジュゼはアッシュの答えに緊張や興奮が薄れ、ほんのり笑う。

少しだけ泣きそうだったから、笑ってごまかす。

――わたし、やっぱりこいつのこと好きなんだ。

アッシュとならどんな環境でもきっとずっと楽しいから。

自分の感情が明確になると唐突に照れくさくなる。

まっすぐすぎるアッシュの目を見ていられない。

ここ最近、ジュゼは自分がブレはじめていると感じていた。

本当は隠し通すつもりだった帝国製の銃についても委ねてしまった。

利益を度外視した手間がかかる遠回りの選択も平然としてしまう。

アッシュのそばにいる時間、ほかの商売をしていたほうが現実的には稼げるのだ。

ラゼンフォルト領に流れるのんびりした時間がジュゼは好きだった。

地面に直置きした不出来な手作りのベンチでアッシュと話すだけだったり、ユーリカと一緒に慣れない料理をしてみたり、生産性はあまりない時間だ。

気取らなくていい、立場を気遣い合わなくていい。いたいままの自分でいられる。

そんな世界にいたいと思ったから、思考が無意識に順応を始め、商人の立場からブレていた。

だからこれまで一番に思っていた金稼ぎ、後継者争いの優先順位が下がった。

本当に欲しかったものを見つけてしまったから。

商会を継げなくても自分の人生の方向を決められるから。

利益も損失も、そんな相対的な数字にとらわれているのがバカらしく思えつつあったから。

本当に大切で絶対的なものは確かにある。ジュゼはそれを見つけた。

生き方の正解なんてきっとないのだろうけど、望む生き方は選べるのだ。

みんなと同じように、アッシュと手を取り合って生きていきたい。

穏やかに、平和に、安楽に。好きでない者たちと関わる時間を、好きな者たちと使いたい。

「結果だけで言えば、ジュゼのオヤジには感謝だな。どこかで見舞いに行かねば。挨拶もせねばなるまい」

「パパのお見舞い？」

「アーノルドはジュゼに俺のことを教えたのだろう？　これまで騙された分は紹介料ということで手打ちにする。十分すぎる」

「――そういえば、なんでパパはあんたのとこに行けって言ったんだろ？」

ジュゼはふと、父親アーノルドはジュゼをアッシュに会わせたかったからラゼンフォルト領を教えたのかもと思う。

根本的に商人向きな性格ではないと見抜かれていたのかもしれない。

自分の娘が金のためだけに行動できない、非情になりきれないと知っていたのだろう。

人を見る目の正確さで勝ち抜いてきた父ならば、娘の本質を見抜けるに違いない。

——商人以外の生き方もあるぞ、って言いたかったのかしら。

ジュゼにとって、金は見知らぬ他人と繋がるためのツールでしかない。そんな心根が父にバレていた。

「——指輪、喜んでくれたようでよかった」

アッシュは二度目の笑みをジュゼに放つ。

万年仏頂面(ぶっちょうづら)の男がする笑顔は珍しいだけに破壊力があった。

求婚を受け入れたばかりのジュゼには痛恨の一撃だ。

——せ、戦闘が上手いやつってこういうのも上手いのかしら……！

抜群(ばつぐん)のタイミングで効果抜群の攻撃じゃない、これっ！

「——じゃあ俺は部屋に戻る。渡す物も渡したし、言うことも言った。明日からもよろしく頼む」

アッシュは自室に戻るつもりらしかった。

プロポーズ直後だというのにとても味気ない。

それすら駆け引きなのか？　とジュゼはムッとしつつも少し楽しく思った。

恋愛の駆け引きを生まれて初めてした。

ただ、思考は追いつかない。

くるりと反転し立ち去ろうとするアッシュの背中をジュゼは追う。

そして服の裾(すそ)を後ろから掴(つか)んだ。合理性どころか何の考えもない行動だった。

胸の中の衝動が暴走する。自然と声が出てくる。

「い、一緒に寝る……？」

自分の喉から出る声が恥ずかしかった。

内容だけでなく、声の質が意図せず甘えるようなものだったからだ。

顔をじっと見つめてくるアッシュの喉が大きく鳴ったのがわかって、ジュゼは覚悟を決めた。

第十二話

「一緒に寝る……？　それはその……どういう意味だ？」

「い、言わせるんじゃないわよっ……！」

もじもじと動き、ジュゼはだんだんと小声になる。声も震えていた。

恥(は)じらう顔は幼(おさな)さを感じさせつつも実年齢相応に色っぽく、アッシュの胸をくすぐる。

アッシュといえどもこの状況がどういったものなのかはわかる。

――この寝るは、セックスしようという意味だ。

ユーリカが誘ってくるときに見せる少し淫(みだ)らな空気が今のジュゼにはあった。

アッシュは踵(きびす)を返し、ベッドにジュゼを押し倒す。

抵抗はほとんどなく、あっさりとジュゼは倒れた。

身体(からだ)の下のジュゼはユーリカよりもずっと小さい。

「俺の嫁になってくれるか？」

「さ、さっき、いいって言ったでしょ……！」

――え、さっき？　そんなこと言ったか？

自分がプロポーズしたなど微塵(みじん)も思っていなかったアッシュは、疑問に思いつつも流れに乗る。

「みんなで頑張ってもっと領民を増やそう。そうすればきっと、全員の夢は叶う」

「こ、根拠は……って聞きたいけど、今はそんなの野暮だし……や、優しくしてよ？　わたし、初めてなんだから。ちゅ、ちゅーもちゃんと……」

後半はボソボソと、ジュゼは顔を逸らしながら言った。

ユーリカのおかげで女に少し免疫はついたし、何より自信がついた。

自分の持つ技はユーリカに通じる。応用すればジュゼにも通用するはずだ。

「んっ⁉」

求めに応じ顔を自分に向けさせ、ジュゼに口づけする。

頭を覆うように右手で顔を固定して、何度か口をつけて離してを繰り返す。

口をつけるたび、ジュゼはびくりと全身を震わせた。

行き場なさそうにしていたジュゼの手を包むように握り指を絡めると、最初は力を入れていた指から力を抜き始める。

「こ、こういうときってどうやって息すれば正解なの……⁉」

はぁはぁと蕩けた息遣いでジュゼは濡れた口先を尖らせる。

キスの最中ジュゼはずっと息を止めていた。恥ずかしかったらしい。

「て、手慣れてるわね……」

ジュゼは少しムッとした顔をする。

「嫌だったか？」

「ち、違うけどっ……！」

なぜ不機嫌なのかアッシュは迷うも答えが出ない。

ジュゼが気にしていたのは、キスの上手さの奥にいるユーリカの存在だ。

夫婦なのだし当然であるとわかっていても、内心では少し嫉妬してしまう。

ほんの少し時間が前後していれば、アッシュが経験値を積んだ相手は自分だったかもしれない。

そう思うと、少し悔しくて、羨ましくて、恨めしい。

この余裕ぶった男の顔を自分が最初に崩してやりたかった。

一夫多妻を受け入れていても、実父に代表されるような権力者や金持ち社会では基本であっても、せっかくの初恋は独占したい思いもある。

自分の中にこんな女々しい気持ちが存在するのかと、ジュゼはもやもやした不可思議な気分になった。

ファーストキスは、ジュゼにはほろ苦く感じられていた。

「んっ……」

キスの流れでアッシュはジュゼの肢体に手を這わせ始めた。

硬い手が自分を侵し始めていることでジュゼの緊張は最高潮に達する。

「あっ……！　い、痛い……」

「す、すまん。少し吸いすぎた」

ジュゼの身体にいくつかのキスマークが刻まれる。

首筋を吸われ内出血でほんの少し痛むのとは別に、罪悪感で少しジュゼの心が痛んだ。

アッシュは好きだがユーリカも好きだ。

そんな友人の旦那と行為をするのは、了承されていても少し良心が痛む。

しかしアッシュの手が身体に触れるたび、その罪悪感が薄れていくのも感じていた。

誰にも見せたことのないジュゼの秘部は、下着の中で蕾のように花開き、淫靡な香りのする蜜がこぼれる。

下着は濡れてくっきりと性器の形を浮き上がらせていた。

身体の奥の熱が表面に浮き出て汗に変わる。

短いスカートの中にアッシュは手を入れ、下着の上から敏感な秘裂に指を這わせ始めた。

「んっ……」

「痛くはないか？」

「た、他人に触られるのって……思ったより気持ちよくてっ……」

予想だにしない刺激の強さに、ジュゼは呼吸の仕方を忘れる錯覚に襲われていた。

自分の身体が完全にアッシュを受け入れているのだとわかる。

そして自分の恋心には性欲も含まれているのだなと、どこか冷静に考えていた。

「ジュゼは肉づきがいいな。――エロい」

太ももに尻に、触れる部位はどこも指を飲み込む柔らかさと深さがある。

ユーリカのベースは細い体で長い手足をしたスレンダーな体つきだが、ジュゼは頭身が低いながらも欲しい肉は全てついている肉感的な身体だ。

太っているのではなく、むちむちしていると言える。

筋肉があまりなく柔らかいのもアッシュの性欲をさらに盛り上げる。

男の目で見れば非常にそそられるのだが、ジュゼの受け取り方は違った。

「はぁっ⁉　あ、あんたバカにしてんのっ⁉」

のしかかるアッシュの身体がジュゼに押し上げられる。

初めて明確な拒否の姿勢が見え、アッシュは焦りながら弁明する。

「え、あ、え？　褒めているつもりだったんだが」

「太ってるって言ったじゃないっ！」

「いや？　俺はこれくらいの肉づきが好きだと言いたかった。きっと俺の顔を見てもわからないのだろうと思うが、これでもすさまじく興奮しているぞ」

まだジュゼの身体を見てもいないがアッシュの興奮は最高潮だ。

この一週間自慰以外で射精できていない身体はメスの身体を強く求める。

ジュゼの身体はユーリカとはまた違った強い興奮を与えてきた。

このメスを自分のものにしろ。脳髄がそんな指令を送ってくるほどに、瑞々しい身体だ。

心のままに生きると書いて性。アッシュの生き方はそれそのもの。

「こ、興奮してるってあんたね……」

「ジュゼは興奮しないか？」

「はぁっ⁉　え、えーと……——興奮してる。というかっ！　興奮してないとこんな恥ずかしいことできないってのっ！」

いつものテンションに戻りそうだったジュゼの唇をキスでふさぎ、再び元の空気に無理矢理戻す。

ジュゼの瞳はあっという間にとろとろに溶け、態度はおとなしくなる。

ベッドに押しつけ手を握り、何度も何度も繰り返しキスをして、お互いの顔に熱い息をぶつけ合う。

手と手の間が、むっとした蒸し暑い空気で満たされた。

「ず、ずるい……キスされたら何も言えなくなるでしょ……」

半分泣いている潤んだ瞳をアッシュに見られないよう、ジュゼは顔を背ける。

だが両手を握られているため顔を完全に隠すことはできなかった。

ふやけたジュゼの顔を見ながら、アッシュは腕を伸ばし、また下半身に触れる。

すると先ほどまでとは感触が違った。

「——漏らした？」

「ち、違う……ぬ、濡れやすいのよっ……！」

びっしょりぐっしょり濡れて、下着は重く、染み出た愛液は尻まで垂れていた。

ユーリカも濡れやすいほうだが、キスだけでここまで濡れるようなことはない。

「――エロい」

「言い方……あんたの場合は褒め言葉なんだろうけどっ……んっ⁉♡」

耳と首を繋ぐ細い筋に吸いついて、誰が見ても自分のものだとわかるように、小さな赤い刻印をまた刻む。

アッシュは自分が思うよりずっと独占欲が強く、一度手にしたものを失うことに強い忌避感があった。

「――お返しっ！」

「うっ……」

いたずらっぽく笑うジュゼは、アッシュの首筋に同じように吸いついた。

そこにはユーリカに付けられたキスマークが薄く残っており、ジュゼはその刻印を上書きした。

いつも少し気になっていたのだ。

今日この日くらい、この旅の間は、二人きりの間くらいはアッシュを独占したい。

だが、言葉にはしなかった。態度にも出さない。

こういう打算的な嘘には慣れているから。

「何かあったのか？　少し泣きそうに見える」

「な、何でもないわよ。――に、鈍いくせに、変なところだけ鋭いわね」

アッシュにはジュゼの迷いや痛みがわからない。

しかし安心のさせ方はわかる。

自分が誰かにそうしてほしかったからだ。

「何が起きても俺が一緒にいる。安心してほしい」

「……うん」

少し力強く手を握り返された理由はわからずじまいだったが、ジュゼの顔は先ほどよりも安心したものになる。

そして、ジュゼの身体が火照り始めているのに気づいた。

下半身はもう燃えているような熱さだ。

太ももから足の付け根までを撫で、反射的に閉じるジュゼの足をゆっくり広げ、アッシュの手は淫部を侵食し始める。

垂れ流される熱い液を指で絡めとり、流れのままに下着を横にずらす。

大陰唇まで肉厚で、ふにふにとしていて鼻の下が伸びてしまいそうだった。

「あっ！♡」

強気なジュゼが出したとは思えない甘い声がアッシュの耳に飛び込んでくる。

まだ膣内に触れたわけでもクリトリスに触ったわけでもない。

ただ大陰唇に優しく触れただけで、愛撫したとも言えない状況だ。

「もしかして、感度も高い……のか？」

「わ、わかんない……ほかの人の感度なんて知らないしっ……」

アッシュの二の腕を掴みジュゼは声を震わせる。

身体の下から柔らかな振動が伝わってきた。

二人とも服を着てまさぐり合っていたせいで、服の中は汗だくだ。

さすがにうっとうしくなり、起き上がったアッシュは上着を脱いで適当に床に放り投げる。

そのまま上半身が裸になるまで全て脱いで床に投げ、ジュゼの服に指をかける。

「……脱がし方がわからん」

「ちょ、ちょっとどいて……この服、頭から被るのだから」

ぼーっとジュゼが脱いでいく様子を見る。

ダボついたセーターを脱ぐように、ベッドに座ったままジュゼは服をめくり上げていく。

白く柔らかそうな腹が見えて、その先に続くであろう光景をアッシュは夢想していた。

「あ、あんまり見ないでっ……」

「無理だ。今の俺にはジュゼしか見えない」

「は、恥ずかしいこと言うなっ……！」

顔に性の火照りとはまた別種の赤みを見せたジュゼは、アッシュに観察されながらも脱いでいく。

お互いに止まる気はなかった。

白い肌を際立たせる黒いレースのついた下着。

そこには服のせいで普段はあまり目立たない胸。

思っていた以上に大きく、アッシュは股間をさらにいきり立たせた。

ユーリカの大きく突き出た胸と比べれば、身長差もあり小さく見えるものの、見ただけでわかるくらい張りのある胸はすさまじい興奮を与える。

「じ、じろじろ見ないでっ……」

両腕で胸を隠し、足を閉じて小さくなって身体を見えないようにする。

大きなベッドの上のジュゼは、その分余計に小さく見え、まるで人形のようだった。

相当恥ずかしがっていたので、自分も恥をさらすようにベッドの横でアッシュは全裸になった。

そしてボロンとジュゼに勃起した陰茎を見せつける。

ジュゼは一瞬呆然とした顔になり、我に返って声を上げた。

「ふえっ⁉　――でっか⁉　え、え？　入るわけなくない⁉　無理無理、絶対むりっ！」

アッシュの膨らんだ陰茎への感想は、ジュゼの恐怖めいた表情からも察することができた。

近づけば近づくほど巨根だとわかってしまうから、あからさまにたじろいでいた。

「最初はユーリカも痛いと言っていた。できる限り優しくする」

「や、優しくとかそういう問題じゃ……！　こ、こんな大きいの挿れたことない……」

「ジュゼは誰かとしたことがあるのか？」

「い、いや、わ、忘れて……だ、誰ともしたことないし、裸も見せたことないっ！　変な勘違いしないでよっ⁉」

身体を隠すのも忘れ、ジュゼは両手を大げさに動かしてアッシュの気を逸らす。

「もしかして……オナニーに道具を使うのが趣味なのか？」

「オ、オナっ⁉　き、聞かないで、そんなことっ！　しませんっー！」

声を大きくしてごまかすが、ジュゼはガッツリやっていた。

「誰にだって性欲はあるのだから、わざわざ隠すことじゃないだろう。俺なんて誰にも教わってないのにいつの間にか毎日するようになっていたぞ」

「は、反応に困ることを……た、たまによ、そんな毎日したりなんか……」

ギンギンに勃起した陰茎を視界の端で見つつ、ジュゼは嘘を吐く。

物心ついたときから抱えていた人恋しさや不安は性欲に成り代わって、ジュゼの身体の中を常(つね)に蠢(うごめ)いていた。

単なる性欲だけでなく、ジュゼが求めるものは他人のぬくもりや存在そのものだ。

だから自然と異物の挿入(そうにゅう)感を求め始め、いつの頃からかディルドを用いるのが日常化した。

ベッドの上で膝(ひざ)立(だ)ちになったアッシュは気にせずジュゼとの距離を詰めていく。

ジュゼは近づいてきたアッシュの肩に手をかける。

恐怖よりも興味が勝った。

「硬い……これが男の身体なんだ……筋肉すごっ……」

「――前も思ったが、筋肉が好きなのか？　よく見られている気がする」

「え、いや……うん。男らしいって言うか……ま、まぁそういうのが好きではあるわっ」

興味津々にジュゼはベッドに仰向けになったアッシュの身体を触る。

自分が触りたいようにジュゼもまた触りたいのだろうと納得し、アッシュはされるがままでいる。

ぺたぺたと大胸筋を触ってみたり、肩が掴み切れないことに感動したような反応をしてみたり、ジュゼは好き放題する。

そのうちに、ジュゼは視線をアッシュの股間に向け始めた。

「――さ、触ってみてもいい？」

「どこでも好きなところを」

正座と四つん這いの中間のような体勢のジュゼから恐る恐る手が伸びてきて、陰茎の先っぽ、赤黒く膨らんだ亀頭に指が触れる。

人差し指で何度かツンツンと突っつかれた。

「お、思ったよりプニプニしてる……なんかちょっと可愛いかも」

自分で見る分にはグロテスクに見えるが、ジュゼには可愛く見えるらしいから、特に何もリアクションしない。

「あ、あまり強く押されると少し痛かったりする……」

力加減がわかっていないようで、筋肉と同じように触るので、多少刺激が強い。

最大限に敏感な状態だとジュゼの力でもアッシュにダメージがあった。

「ご、ごめん。――こっちはすっごい硬い……」

ぴとっと竿に触れ、ジュゼはその表情を真剣なものに変える。

この硬い肉塊が自分の中に入ってくるのだと現実味が湧いてきていた。

「こ、こうしたら気持ちいいの？」

「ああ……」

ジュゼは右手で竿の真ん中を握り、上下に扱きはじめた。

ひんやりした感触と少しの手汗が竿から伝わってくる。

上手さは全くないし、おっかなびっくりな様子なうえ、手が小さくて握りこめていない。

これでイケるかと聞かれれば正直無理だ。

けれども、消極的な初心さがアッシュを興奮させた。

「――ね、ねぇ。わたしのこと、好き？」

「最初に会った時から好きだ」

「う、嘘でしょ……」

「嘘ではないぞ。初めて会った時から嫁になってほしいと思っていた」

ジュゼの聞きたいニュアンスとは少し違うが、実際アッシュは初対面からそう思っていた。

人に慣れていないアッシュは常人と比べれば惚れっぽい。

出会った段階で好意はかなり高く、それは常人の恋愛感情にかなり近いものだ。

「そ、そうなんだ……――ホ、ホント優しくしてよ。こ、こんな大きいの入る気しないんだから……」

「一応聞いておきたいんだが、普段の俺はどうだ？　優しいだろうか？　領主になれているか？」

「や、優しいと思うけど……領主としてもいいと思う。少なくとも今いる連中はあんた……アッシュを信頼してるわ」

「──初めて名前を呼んでくれたな。ずっとそう呼ばれたかった」

ジュゼはいつも「あんた」と呼び、あまり親しくない相手には「ラゼンフォルト卿」と紹介する。

アッシュとしては名前で呼んでほしかった。

「て、照れくさくて……」

「名前を呼ぶのが恥ずかしいのか？　ジュゼ。ジュゼ。ジュゼ。……恥ずかしいか？」

「い、今のは違った方向で恥ずかしい……」

名前を連呼するとジュゼは顔を伏せた。

なにがなにやら、とアッシュは珍しく呆れ顔をする。

何も考えず猪突猛進するのがアッシュのスタイルだ。

だから好きな相手なのに素直にいられない気持ちはわからなかった。

「──こ、これ舐めてみてもいい？」

「す、少し意外だ。ジュゼはしてくれると思ってなかった」

「だ、だってみんな普通するものなんでしょ？　わ、わたしだってそういう普通がいいし……」

ジュゼのプライドの高さは承認欲求の裏返し。だからアッシュに褒めてほしくて下品なことでもしてしまう。アッシュが喜んでくれるのが嬉しいのだ。

四つん這いから土下座のような体勢になり、ジュゼは股間に顔を近づけてくる。

征服欲が満たされる体勢だ。

自分の性器に媚びるような、まるで格下であるかのような振る舞いがアッシュを興奮させた。

奉仕は美徳ではないと言っていた女が奉仕している。征服感はすさまじい。

「変な匂いする……ちゃんと洗った？」

「さっき風呂に入ったが……臭いか？」

「うん……」

臭いと言いつつも、ジュゼは鼻を鳴らして顔を離そうとしない。

目が据わってきて、呼吸は荒くなる。

亀頭にジュゼの生暖かい息がかかり、くすぐったさが快感に変わってくるのをアッシュは感じていた。

「すー……はー……くっさ……♡」

綺麗に洗ったはずだが、どうしても湧き上がってくるオスのフェロモン自体は消えてくれない。

「臭いならそんなに嗅がなくてもだな……」

「く、臭いけど、好きな臭さだからいいの……」

ジュゼは腰を左右に小刻みに揺らし、ひたすらアッシュの匂いを嗅ぐ。

表情は照れでも嫌悪でもなく、恍惚としたエロティックなもの。

酒に酔ったようにジュゼはオスの匂いに酔っていた。

旅の途中、馬車の中でこっそりオナニーしていたアッシュの精液の匂いにもジュゼは発情していた。

嗅いだことのない青臭い匂い。その根源が目の前にある状況に興奮が隠せない。

アッシュから見えない秘部は愛液が大量に流れ、太ももを伝いベッドまで到達していた。

「はぁー……わたし、変態なのかも……この匂いですごい興奮するんだけどっ……」

ぺろりと、これまでの迷いはどこにいったのかと思うくらいあっさりジュゼは亀頭に舌を這わす。

ざらざらした感触がジュゼの唾液のぬめりと一緒に伝わってくる。

知ってか知らずか、いきなり裏筋付近ばかり舐められ、射精には至らないものの強い快感が肉茎から腰を伝い、アッシュの脳を溶かしていく。

――あのジュゼがこんな顔で……！

潤んだ目を細めて頬を赤らめ、普段誰より強気な女が自分の性器を舐めしゃぶっている。

性器から出る体液さえ気にせず摂取する。

思わずジュゼの頭に手が伸び、その細い水色の髪の毛を撫でる。

髪からふわりと甘い匂いがした。

ほんの少し頬を動かしたジュゼは、その小さな口をさらに大きく開けて亀頭を咥(くわ)え込む。

しかし口内に動きはなく、ぴたりと止まったジュゼの目はどんどん潤んでいく。

「く、苦しいのか？　無理しなくても」

「うむっ……！」

「しゃ、喋(しゃべ)ると振動が！」

ぶるぶると声の振動が響き、ツルツルした上あごの感触、挟(はさ)み込まれる舌の感触、弱くも当たってしまっている歯の感触がより強く伝わった。

びくんと口の中で陰茎が跳(は)ねると、ジュゼはこらえきれず口を離す。

えずきかけていたのか、ねっとりと粘性(ねんせい)を強めた大量の唾液が亀頭とジュゼの口を繋げていた。

「で、でかすぎ……顎(あご)外れるかと思った……」

ジュゼは涙ぐんでケホケホと咳(せ)き込む。

ベッド脇にあったタオルを渡してやると、ジュゼは何か不満げな顔をする。

「あんただけ余裕ありすぎてちょっと嫌……！」

「そう言われても……俺はユーリカとよくしているからな。とはいえ興奮も緊張もしているぞ」

顔に出ないだけだ。

多少慣れはあっても童貞卒業からそう時間は経っていないし、まして初めてする相手なのだのだから興奮はかなり強かった。

考えなしに発言すると、タオルで口を拭いていたジュゼは態度を急変させる。

「──今はわたしだけ見て！　ほかの人のこと考えないでっ！　特にユーリカのことっ！──く、比べられるの辛いのっ！　ユーリカより魅力ないのくらいわかってるからっ！」

瞳の潤みの質を変え、ジュゼは声を震わせた。

根本的な自信のなさが、ユーリカという、女から見ても魅力的な女性のせいで刺激される。

いくら父親が偉大であっても、ジュゼが稼ぎ出した百億円を超える個人資産も、企業として保持している莫大な財産も、ジュゼの努力と才覚で勝ちとったものだ。しかし誰も『ジュゼ』を褒めてくれない。だからいつまでも自信が持てない。

困ったアッシュは四つん這いのジュゼの脇を掴んで、抱っこするように持ち上げる。

そして胡坐になった自分の膝の上に乗せ、そのまま寝転んだ。

「俺はバカだ。だからジュゼが悩んでいる理由はよくわからない。だがな、自分を卑下することが良くないことくらいわかる。俺から見て、ジュゼはとても魅力的だし、すごいと思う。ユーリカとは種類が違う。どちらも選び難いくらい一番なんだ。──それにさっきも言っただろう？　今の俺にはジュゼしか見えていないと。傷つけてしまったのはすまない」

ジュゼを引き寄せ、その頭を抱きしめて自分の胸に押しつける。

上手く言えた自信は微塵もないが、アッシュにとってユーリカもジュゼも一番だ。

優柔不断だと言われても、どちらがいいなど簡単には決められない。

同列一位なのだ。

アッシュは誰か一人に定めることができない性質だった。

紛れもなく全員好きなのだ。全ての女に平等に愛を注げる最強の浮気者だった。

「見るなと言ってみたり、自分だけ見ろと言ってみたり、ジュゼは難しい性格だ。――だからもっと君のことを教えてくれ」

「うん……わたし、これでも嫉妬深いってわかったでしょ。重いのよ」

「軽いが？」

「そういうことじゃなくて、中身の話。それと、お家デートもいいけど、たまにはどこかにデート連れて行ってくれないと嫌よ？」

胸板に押しつけていた顔を上げ、ジュゼは涙ぐんだ眼を向ける。

アッシュはさらに少し強く抱きしめた。

「上手にエスコートできるかはわからないが、そうしよう。領内に観光地とかも作りたいな」

「帰ったらさっき一緒に行ったカフェみたいなのも作ろうと思ってるの。デートはそういうところでもいいよ？」

「――もう少し甘い飲み物も置いてほしい。皆、苦い飲み物が好きだな」

大ざっぱな味のものが好きだ。

甘い、塩辛い、そんなわかりやすい味をアッシュは求めていた。コーヒーやお茶の類は良し悪し以前に美味しく感じられない。子供舌だ。

「……あ、あんたと目線合うのちょっと緊張するかも」

「？」

「普段は全然目線の高さ違うから。――正面から見るとちょっと印象違う。思ったより怖い顔してないのね。下から見ると威圧感あるのに」

「別に怒ってるわけではないんだけどな」

アッシュが困った顔をすると、ジュゼはくすりと笑い、また抱きついてくる。

イチャイチャしているのも楽しい。しかし、アッシュの剛直はジュゼに入りたくて疼いていた。

「そろそろしたい」

「う、うん……」

ほんの少し沈黙が続く。

いざ始めようと宣言すると緊張する。

アッシュはジュゼを押し倒し、両足をM字に開く。

そして腰を寄せ、愛液まみれの大陰唇に亀頭をこすりつけて濡らした。

ジュゼは抵抗する素振りを見せない。

しかし急に思い出したようにアッシュの胸を押して少し遠ざける。

「ちょ、ちょっと待ってっ！　避妊しないとっ！」

「……避妊？　なんだそれは？」

アッシュに避妊の概念はない。

したくないというわけではなく、単純に知識の中になかった。

「妊娠しないように道具を使うの。それが避妊。これ大事だからね？」

「道具……ジュゼは俺の子供はいらないか？」

「そ、そういうことじゃなくてっ、時期の問題っ！　今はまだだめっ！」

M字のままジュゼは股間を手で隠し、アッシュをまた少し引きはがす。

「た、たぶんそこの棚に入ってるから……」

ベッドの脇にある小さな棚をジュゼは指さす。

中に入っていたのはコンドーム。

動物の腸を加工したもので、現代のものと比べればかなり分厚くて満足度は低い。

「……？　これはどう使うんだ？」

高級宿だから備えつけられているだけで、この世界において避妊具はメジャーアイテムではなかった。

寿命も短く医療水準も低い世界では子供は多ければ多いほうがいいからだ。何より高い。

「お、おちんちんに被せるの……その中にびゅってすれば赤ちゃんできないから……」

先を想像してしまったのか、ジュゼは小さな声でボソボソと言う。

よくわからなかったが、つけないとしてくれないことだけはわかる。

つけることに決めたアッシュだが問題が起きた。

「……入らないいんだが」

「あ、あんたのホントにおっきいんだ……」

備え付けのコンドームは通常のモノのサイズで、アッシュの巨根は入らなかった。

ここまで高まっているのにできないと知り、アッシュは本気で落胆した。

そんな顔を見ているとジュゼもいたたまれなくなってくる。

何よりジュゼもしてみたかった。下半身の疼きが我慢の限界を超えている。

ここでしなかったら、お互いに気まずくなって、もう切り出せなくなってしまう気もした。

「そ、外に出すなら……し、してもいいわよ」

「え？」

「だ、だって出さないとおちんちん苦しいままなんでしょ……？」

「だ、だが俺は外に出すなんて器用なことをしたことがない。――自信がない」

ジュゼはごくっと喉を鳴らした。

「わ、わたしも我慢できないの。アッシュとえっちしたい……」

小さな身体をいやらしくくねらせ、自らの性衝動を告白する。

後半はボソボソと、そして顔はあわあわしながら目を逸らす。

後天的に身についたプライドよりも、生まれたときから備えている本能のほうが強かった。

ジュゼの懇願じみた態度にアッシュの理性の糸が引きちぎられる。

襲いかかるようにのしかかり、ジュゼの柔らかな全身をまさぐって貪り始めた。

「ちょ、ちょっと、あっ！♡　きゅ、急すぎっ！」

抵抗というより抵抗したフリで、ジュゼはアッシュを引きはがすような素振りを見せる。

ここまでくれば、よほど暴力的でない限りジュゼは全て受け入れるつもりだった。

アッシュは自分の太ももの上にジュゼの下半身を乗せる。

腹に付きそうなほど硬く上向いた陰茎を無理矢理下に曲げ、アッシュはジュゼの大陰唇にもう一度押しつける。

「い、入れるぞ」

「ゆ、ゆっくりね。人生最大級の怖さだったりするから」

二人とも淫液で輝く股間を凝視する。

そしてアッシュはゆっくりと自分の分身を沈みこませていく。

「んっ！」

「だ、大丈夫か？」

先端を刺し入れたところでアッシュはいったん止まる。

ジュゼは日頃から男性器を模した物で自慰に励んでいるだけあって、すんなりとはいかなくてもアッシュの巨根を受け入れること自体はできた。

しかしあまりにも大きい。体内で膨らむ強烈な異物感にジュゼは身悶えた。

「く、苦しいけど、痛くはない、かも……！」

まるで溺れる寸前で水中から上がってきたばかりのように息を荒らし、ジュゼは答える。

「も、もっと奥まで入れても、大丈夫っ……！」

――ジュ、ジュゼの中はユーリカと全然違う！

種類の違う気持ちよさだ！

締まり方も違えば、内部の構造も慣れた感触ではなかった。

ぎゅうぎゅうと強い締めつけなのに、柔らかさと大量の愛液ですんなりと奥に進める。

「あ、あまりもたないかもしれん」

すぐに出そうなのに、ぐぐぐ、と勝手に腰が動き、深く深く侵入してしまう。

ジュゼの膣内は小さなコブのようなものがたくさんあって、腰を突き出すとプリプリ弾ける感触がある。

その弾ける感触がランダムに、予想できない刺激を与えてきた。

一週間以上ぶりの性交、そして初めてのジュゼが相手の興奮も相まって、あっという間にアッシュは射精感を覚えていた。

しかしまだ狭く締まる奥まで堪能しきっていない。

流石に狭く感じるが、アッシュはさらに深く入っていく。

「はっ、あっ！♡　く、苦しいけどっ、き、気持ちいいっ……！♡」

背中をのけぞらせ、腹を浮き上がらせながらジュゼは喘ぎ声を零す。

元々快楽を知る身体だ。アッシュとの相性さえよければすぐに快感を覚える。

若く硬い巨根で膣内をゴリゴリと蹂躙され、今まで届いたことのない奥の奥まで侵略される。太いカリがジュゼの性感帯を残さず気持ちよくしてくれる。

膣奥を突かれたときなど、脳天に落雷が直撃したような感覚があった。

「い、息うまくできなっ、あっ！♡」

両手で顔を隠し、上半身をジタバタさせて快楽を逃がそうとジュゼは身悶えていた。

動くたびに胸が暴れ回ってアッシュを喜ばせる。

自分のモノでよがっている様はアッシュをさらに興奮させ、腰の動きが小刻みに加速する。

絡みつく媚肉がアッシュをさらに悦ばせ、腰がだんだんと制御できなくなっていく。

「は、激しっ！♡　んあっ、あっ！♡　あああ、そこだめだってっ！♡」

さらに深いピストンのために引き抜こうとすると、まとわりつく膣のコブたちが名残惜しむようにアッシュの分身に食いついてくる。

入り口から奥までをゆっくりストロークしてやると、挿入深度に合わせるようにジュゼがのけぞっていく。

深く奥まで挿入すれば、その体積分の息を吐きだすように背中を弓なりに曲げるのだ。

アッシュはジュゼの腰を掴み、逃げられないように引き寄せてピストンを続ける。

射精感がこみあげてきて、アッシュの頭は本能に支配された。

自分の動きで女を征服していることに血が騒ぐ。

「やっ、そ、それだめっ！♡　気持ちいいの強すぎっ！♡」

半分持ち上げられているせいで、突かれているジュゼは快楽を逃がせない。

「あーっ！♡　あーっ！♡　だめだめだめっ！♡　イ、イキそうっ！♡」

ジュゼは半ば叫ぶように喘ぎ、半分謝罪するかのように絶頂の予兆を口にする。

相手の温度や感触、声や空気。模造品では得られない興奮にジュゼは震えていた。

「お、俺ももう出そうだ！」

二人ははぁはぁと苦しそうに息をして、股間同士を無意識に密着させながら絶頂に向かう。

全身から吹き出す汗など全く気にならない。

「そ、外に出さないと！」

アッシュは外に射精しろと言われたことを思い出す。

しかし腰を止めることがどうしてもできなかった。

「い、いいっ！♡　そのまま中に出してっ！♡　だ、だから一緒にイってっ！♡」

コツンコツンと子宮口を突かれ、避妊などどうでもよくなる。

別に妊娠してもいい。刹那的な快感が正常な判断能力を溶かす。

もはやアッシュとともに絶頂すること以外、何もかもどうでもよかった。

両足はアッシュの腰に巻きつき、両腕は逃がさないようにアッシュの手を引っ張る。

完全に密着して、無意識に種を受け入れる準備をしていた。

「あっ！♡　イ、イくっ、イくっ！♡」

びくびく震え、ジュゼの小さな身体に力がこもる。

びゅぐ、びゅるるる！

膣奥に亀頭の先端をねじ込み、アッシュは射精する。

煮えたぎる精液がジュゼの子宮に向かって注ぎ込まれた。

同時に絶頂した二人はその全身をふるふる震わせる。

震えが収まったあと、アッシュは絶頂の余韻で呆けきった顔のジュゼとキスをする。

そして息が苦しくなって口を離すと、ジュゼは耳元でひっそり呟く。

「い、一回出しちゃったら、もう何回しても同じよね……？♡　癖になっちゃったかも♡」

ボソッと聞こえる魅惑の誘いにアッシュは乗る。

一度で満足できるような性欲なら、アッシュの世界征服は始まらなかったろう。

常に発情期である人間の、それも年頃。

最も興味があり、最も敏感で、最も体力のある時期の交尾は、一度覚えてしまえば我慢などできるはずもない。

帰り道、彼らは毎夜性交に溺れ、本来一週間で済む道を十日かけて帰った。

第十三話

「なんだかツヤツヤしてますね、ジュゼ」

「うっ……！」

アッシュとジュゼがラゼンフォルト領に帰ってすぐ、ユーリカはニヤニヤしながらジュゼを問い詰めた。

ユーリカから見れば、アッシュとジュゼの間に何かあったのは明らかだった。

左手には見覚えのない緩（ゆる）い指輪をしているし、何より距離感が変わっている。

ユーリカの追及にジュゼは真っ赤な顔でジト目を向けた。

「仲が良さそうですね。この分だと随分（ずいぶん）気持ちよくしてもらえたようで」

「この森の痴女（ちじょ）！　だ、誰にも言うんじゃないわよ！　特にうちの連中には！　すぐお父様まで伝わっちゃう！」

「ええ、私からは何も言いませんよ」

――態度で察すると思いますが……。

ジュゼはアッシュとわかりやすくベタベタしている。これまで恋愛経験のなかったジュゼならばともかく、ある程度の年齢を重ねた従者たちは主人の変化にすぐ気づくだろう。

「と、ところで！　色々お土産買って来たから！」

「はい。あとでお茶でも飲みながら色々聞かせてくださいね」

「言わないってのっ！」

今は真っ赤な顔で照れているが、少し気が緩めばきっと色々教えてくれるはず。

否定しても、ジュゼは恋バナが好きだから。

◆

「じゃ、わたしはユーリカと鉱山見てくるわね」

「本当に俺は行かなくてもいいのか？　魔物だっているんだぞ？」

アッシュたちが帰還して一週間後、書斎で見つけた台帳にあった鉱山を確認するため、ジュゼとユーリカたちが馬車のもとで旅の準備をしていた。

「心配してくれるのは嬉しいけど……エルフと元【呪い付き】合わせて五十人連れていくし大丈夫でしょ。魔法使いがこれだけいればそうそう危険なことにはならないわよ。銃もあるし。貴族のちょっとした軍勢相手なら余裕で制圧できるくらいよ？」

【呪い付き】たちはアッシュに魔力の副作用で出たアザを消してもらった。

だが能力まで消えたわけではない。

ユーリカたちエルフに魔法の扱い方を教えてもらい、定期的に余分な魔力を発散することで、魔法使いとして機能するようになっていた。

「そうは言ってもだな……」

アッシュの気がかりはドラゴンだ。

領民たちも魔物と戦えるが、ドラゴン相手だとさすがにアッシュの手助けがいるとわかった。

「王都とここをよく往復してるけど、ドラゴンは言うほどたくさんいないわよ？　わたし、まだ遭遇したことないもん」

「どうやらドラゴンはあの〝深淵の大穴〟を目指してきているようですから。なので穴に近いこの領主邸付近だけがやたらと多いのですよね。私が見て回っていたときも遭遇はしませんでした」

ユーリカとエルフたちが調べたところによると、ドラゴンは世界中から飛来し、直径百キロ、深さは全くわからないほど深い〝深淵の大穴〟に入っていくことがわかった。

たまに領主邸付近にやってくるのは、領主邸が〝深淵の大穴〟から五十キロと離れていないためのイレギュラーらしい。

ユーリカは〝深淵の大穴〟がドラゴンの産卵場所になっているのではないかと予想し、アッシュに報告していた。

気がかりなのは、ドラゴンがそこから出てくるのを一度も見たことがないこと。

「アッシュ様、私たちは大丈夫ですよ。第一、アッシュ様が同行しないと領内を歩き回れないようでは今後の統治にも差し障ります。危険だ、という認識を領民たちに持たせるのも大事なことです」

多少スパルタな考えを持つユーリカは、領民を大事にしつつも危険を認識させること自体は必要だと考える。

ラゼンフォルト領にはドラゴンを筆頭に、魔物が他より圧倒的に多い。

交通事故のように被害が出ないとは限らないのだ。

ドライな考え方かもしれないが、仲間を失うことにある程度慣れておくのは悪いことだとユーリカは思わない。たとえ、その犠牲者が自分であってもだ。

「領内を見て回るだけだから、一週間もしないで戻ってくるわよ。一番近くの鉱山の様子見だけだもん。もうちょっと人が増えないと再開発もできないし、今回は中身まで細かく見るつもりはないの」

「うむ……だが心配だな。何かあったらと思うと」

「――その時は走って駆けつけてよ？　待ってるからっ」

「もちろんだ。ユーリカもジュゼも俺の嫁だしな。それに俺は領民を守るために生きている」

いつもの真顔でアッシュが頷くと、ジュゼは安心したように笑う。

「アッシュ様。食事は皆と一緒にお願いしますね。迷惑がかかるので時間に遅れないようにするんですよ？　夜はあまり出歩かないようにしてくださいね？」

「あんたはアッシュの母親かっ！」

「あっ！♡」

ジュゼがしたツッコミはユーリカの胸に当たり、わざとらしい嬌声が響いた。

◆

「じゃ、そろそろ行くわ。——ちゅ、ちゅーしてっ！　な、なんかあったらもう二度とできないし……あっ、屋敷でねっ！　こっそりよ、こっそりっ」

アッシュをかがませ、小さな声でジュゼは耳打ちする。

周りには同行するユーリカたちのほか、ほとんど全ての領民が見送りに来ていた。

——ジュゼは隠れてキスするのが好きだな。

物陰に誘い込んだり、ユーリカがいないときに屋敷でしたり、ジュゼはそういったスリルを楽しんでいる節がある。

もはやジュゼとアッシュが恋愛関係にあると誰もが知っているが、ジュゼ本人はそのことを知らず、多少背徳的な関係性に興奮しているようだった。

「せっかくなので私もお願いします。——ジュゼ、その音量だとエルフには聞こえますよ？」

「べ、別にいいしっ……！　わたしだってお嫁さんだしっ……！」

ユーリカはジュゼの話をニヤニヤしながら聞きつつお茶を飲むのが趣味だ。

恋愛における二人の価値観は違い、ジュゼはピュアな恋愛観を持っている。その点で言えばユーリカは本能的。恋愛というものについて、得てきた情報の種類が違うからだ。ジュゼは恋愛小説などに触れる機会も多かったが、ユーリカは全く見たことがない。高価で貴重であるし、生きるのに必ずしも必要ないからである。その手の本よりも実用書、さらにそれよりも食料が優先だった。

「ですね。まぁ私は無事戻るつもりなので、そんな今生のお別れ気分ではありませんが。——私の場合、続きは帰ってから、という意味でキスしたいですね」

「つ、続き……か、帰ってから……」

甘酸っぱい気持ちでいたジュゼは、ユーリカがアッシュに帰ってからセックスしようと言ったのだと理解し真っ赤になる。

「んむっ……!?」

大観衆の前でアッシュはかがみ、突然ジュゼにキスをした。

「ジュゼは俺の女だ。隠すようなことじゃない」

瞬間、大きな拍手が鳴り響く。

いい加減、二人の関係を大っぴらにしてほしいと皆が思っていた。

隠れてしているつもりでも、アッシュ自体が目立つから目撃情報は多い。なので周知のことだったのだ。

見られながらのキスにジュゼはとろんとした目をしながら膝をがくがくさせていた。

あまりの羞恥に性交とは少し種類の違う絶頂感があった。

すっかり骨抜きにされたジュゼは、顔面を林檎のように赤く染めて馬車に逃げていく。

恥ずかしすぎて皆の前にいられなかった。

「ではでは、次は私に」

「――無事に戻ってくれ」

ジュゼよりも余裕たっぷりにキスをして、ユーリカは頷いた。

キスの後に唇を舐める姿が妖艶だ。

「何かありましたらこのハトを飛ばしますね」

「ああ」

――俺より道に迷わない鳥というのも複雑な気分だ。

鳥かごに入れられたハトを見て、アッシュはその小さな頭にどうしてそれだけの知能があるのか疑問に思った。

一週間もユーリカやジュゼに会えないのは素直に寂しいが、領地の発展のために必要だとわかっているのでこれ以上引き留めはしない。

この時はまだ、この遠征が自分と領民たちの運命を大きく変えるとは誰も知らなかった。

「あの山……ですかね？」
「たぶん……目印になるものがないからよくわからないわね」

ユーリカが指さす先には山があった。

ラゼンフォルト領にはかなり昔に作られた地図しかなく、しかもその地図はまだ領民が存在した時期のものである。

なので現在のように参考にできる建物や村などが消滅してしまっていると何もわからない。

「……？　ここはご領主様の土地ですよね？」

同行したエルフの一人が首を傾げて聞く。遠くを見る目をしていた。

あまりに当然の質問でユーリカもジュゼも困惑したが、すぐにその質問の理由と意図がわかる。

「は……!?　か、勝手に使われてる……!?」

アッシュの所有であるはずの鉱山が何者かによって採掘されていた。

トロッコを使い、鉱山から鉱石が運び出されているのだ。

いくら管理下になかったとはいえ、他人の領地から物を盗むのは当然犯罪である。

「――っ！　とっちめるわよっ！　この地の資産はアッシュのもの！」

「私たちは荷台に隠れますね。――戦闘になりそうな空気の場合、何か合図をください」

いるのは人間ばかり。つまりユーリカたちエルフの姿は見られてはいけない。もし見つかればアッシュに迷惑がかかってしまうからだ。今はまだ、その存在は秘匿されていなければならない。

「何かあったら叫ぶから出てきてねっ！　わたし戦いはマジで無理だからっ！」

馬車を近づけると、作業している連中が注目する。

全員が全員、落ち窪んだ眼をして棒切れのような身体で重労働していた。

ジュゼを見てもろくに反応しない。

ボロボロの服装や栄養状態から、彼らが奴隷であるとジュゼにはわかっていた。

それでもジュゼは声を荒らげる。

「あんたたちっ！　ここはラゼンフォルトの土地よっ！　誰の許可を得て勝手に採掘してるのっ!?」

ジュゼが大声で労働者たちに怒鳴る。

アッシュの不利益になることは許さない。今や一蓮托生だ。

「シャーウッド子爵……」

奴隷の一人がぼんやりと虚ろにつぶやく。

雇い主をかばい立てする義理などないとばかりに、素直に首謀者の名前を告げた。

宝石成金シャーウッド子爵。お隣の領主だ。

ユーリカもジュゼもピンときた。

長らく宝石売買で生計を立ててきた一族だが、おそらく領内の宝石は採りつくしてしまったのだ。そこで目を付けたのが、地質学的には同じものが埋まっている可能性の高い隣のラゼンフォルト領。しかも都合がいいことに鉱山もある。さらに人もいないのでこれまで発覚のリスクもなかったというわけだ。

「――ひとまず採掘はやめてもらうわよ」

ジュゼが銃を構えて奴隷たちに向ける。

続いて、状況を把握した元【呪い付き】たちも立ち上がり銃を構えた。

もう隠れている場合ではなく、奴隷の彼らを制圧するしかないと判断した。

だが大きな反応はない。そして、ぼんやりとした目の奴隷たちは、ジュゼの後方を指さした。

「――あ、銃に驚かないのは知らないからじゃなく、そっちのほうがたくさんあるから……そして脅されて作業するのに慣れてるから……ってことね」

振り向いたジュゼは苦笑いし、冷や汗を浮かべる。

後方にはざっと百人以上の兵士がいて、その全てが銃を構えていた。

物陰にも潜んでいる気配があり、真っ向勝負だと確実に双方に犠牲が出る。そして数の差で負けるだろう。

ジュゼの指示で領民たちは銃を静かに置いた。

王国に名を轟かせる大商人の娘、その人生は誘拐との戦いでもある。

だからこういった状況の対処はよく知っていた。

「ユーリカ」

ユーリカに聞こえる程度の小さな音量でジュゼは名前を呼ぶ。

その合図を待たずとも、馬車に潜んでいたユーリカは親指を噛んで血を出し、その血で急いで手紙を殴り書きし、ハトの足に結ぶ。

「頼みましたよ……！　アッシュ様へ届けてください！」

祈りを込めてユーリカはハトを放つ。

そしてハトに注意が行かないよう、立ち上がって銃を向けてくる兵士の前に出る。

その日、ユーリカ、ジュゼ、ほか領民五十名余りが囚われの身となった。

◆

「――敵はシャーウッド。全員捕まった」

ユーリカたちが予定通りに帰ってこない。

嫌な予感を覚え、アッシュは朝も夜もずっと領主邸の玄関そばに立っていた。

そしてハトの足に括りつけられていた手紙を受け取り、読んで、ユーリカの血文字で書かれたその手紙を握りつぶす。

その瞬間、領地内の生物は戦慄した。

ビリビリと音がしそうなほどの鋭い殺気が空気に混じり、死を覚悟させる。

アッシュの表情を直に目の当たりにした領民の中には、失禁し腰が抜けた者さえ多数いた。

ドラゴンを目の前にしても、ここまでの恐怖を感じることはなかったのに。

平時こそ危険性はなく優しい領主で知られるも、アッシュが世界でも類を見ないほどの危険生物であることを領民は唐突に思い出す。

――これが怒りか。

体中が熱くて、無性(むしょう)に暴れたくなる気分だ。

アッシュの身体に熱が吸い取られたかのように、領民たちの身体は冷えていく。

少しムッとすることはあっても、アッシュはこれまで本気で怒ったことがない。

敵であるドラゴンにさえ特別に負の感情を抱いたこともなかった。

失うものがなかったから。

大事なものが何一つ存在しなかったから。

いつか負けて死ぬときが来たとしても、ユーリカたちと出会う前のアッシュならば、いつもと同じ真顔のまま何の感慨(かんがい)もなく死ねた。振り返るものがないから、走馬灯(そうまとう)も見なかったろう。

ただただ虚無(きょむ)で、怒りが生まれる要因がなかった。

今は違う。

守りたいものがたくさんある。

そんな男が初めて浮かべた怒りは悪鬼羅刹(あっきらせつ)さながらで、誰もがその怒りの矛先(ほこさき)が自分に向かわないよう祈る。

そしてアッシュは屋敷に戻り、開かずの間(ま)だった書斎にあった二振(ふたふ)りの宝剣を持ってきた。

「助けに行ってくる。数日はこの近辺から動かないように。もしドラゴンがやってきても、訓練通りにやれば撃退できるはずだ」

「りょ、領主様だけでなんて無茶です！　相手は貴族ですよ!?　ジュゼ様の馬もまだたくさんいますし、我らも一緒に行かせてください！」

「今なら私たちも戦えます！」

殺気立った領民の何人かが自分たちも行くと言う。

しかしアッシュは首を横に振った。

「俺たちはすぐ帰ってくる。だから君たちには俺たちが帰ってくる場所を守っていてほしい。そしておかえりと言ってくれ」

家に帰れば「おかえり」と言ってもらえる。

アッシュは幸せだった。だからこそ怒りの強度も高かった。

「俺は走っていく。馬は休憩させねばならないからな。今は一秒でも時間が惜しい」

平均速度なら馬のほうが速くても、体力バカのアッシュに休憩は要らない。

アッシュは『絶望の地』から走り出す。

大切なものを取り戻すために。

そして、愚か者たちに絶望を与えに。

◆

ユーリカとジュゼを含む領民五十人ばかりがここに連れて来られてから、早三日が経過していた。

ラゼンフォルト領とシャーウッド子爵領のはざま、街とは呼べない小さな地域に屋敷がある。

その地にいるのは近衛兵を始めとしたシャーウッド子爵の側近に近い子飼いの者だけで、屋敷と周辺施設の警備を担当していた。

屋敷の主な用途は闇取引や拷問など、表に出せない事柄だ。

門外不出の技術を要する宝石加工もここで行っている。

この地域そのものがそういった暗部に属していた。

輝かしい貴族社会を支えるのは、いつだって裏にある深い闇である。

——何かが変だ。

シャーウッド子爵家、騎士団長ブリジット・ノアは言い知れない感情を抱えていた。

王国最強の騎士、『剣聖』の尊号を与えられた人物である。

年齢は二十四歳で、性別は女。

深い藍色の髪はショートボブに整えられていた。

一見すれば可憐な乙女だが、王国の騎士を志す者で彼女の名を知らぬ者はいない。

御前試合で勝ち残り、ドラゴンを討ち破ったこともある生きる伝説だ。

特定の主君を持たぬ流浪の騎士というのも、名を高めている要因の一つである。

ブリジットに言わせれば、自分が仕えるに値する人物がいない。

そんな彼女であるが、現在はシャーウッド子爵家にいる。

残念ながら人の身である以上、霞を食んでは生きられない。

生きるのに金はいるわけで、一番高い年間契約料を出すところと有期契約しているのだ。

ブリジットは目の前に並べられた複数の女たちを見て不思議に思う。

牢屋には入れられていたが、一応最低限の食事は出されている。だが各々の顔には拘束と尋問による憔悴の色が見られた。

今日はシャーウッド子爵が来る。

そのため一人一人丸太に縛られ立たされていた。

周りには多数の騎士が待機しており、人質が魔法を使うなど抵抗が見えた瞬間に殺すよう指示が出されている。

「痛いわね。縄をほどきなさい。今なら許してやってもいいわよ」

拘束された者の一人は、ジュゼ・クロイツェルを名乗る少女。

体格こそ小さいものの、名前に見合うだけの強気な性質を持っているようだった。

クロイツェルは闇社会にも精通した強大な組織だ。

こちらも知らない者は王国にはいない。

国家の血である金を牛耳る組織であり、貴族社会を裏から支える立役者でもある。

その背景からか、捕まって縛られているにも拘わらず態度は尊大だ。

「私は許しませんが。死をもって償っていただきます」

そして一人はエルフ。

こちらも取り囲む騎士たち相手に敵意をむき出しにしていた。

この目で魔族を見るのは初めてだが、耳が長いだけのただの女に見えた。

無論、ブリジットは見た目だけで他人を判断したりはしない。

魔法に関しては見た目と強さが比例しないのをよく知っている。

ほかにもエルフの女はたくさんいるが、人間もかなりの数いた。

変わった組み合わせだと流せないこともないが、問題は彼女たちがラゼンフォルト領にいたこと。

ラゼンフォルトは謎の多い家だ。

いや、爵位すら誰も知らないのだから謎しかない家と言える。

商人であるジュゼがそんな土地にいることはまだ納得できないこともないが、エルフは別だ。

人類の敵であるはずのエルフたちがどうして人間と一緒にいるのか。

——この感情はなんだ。恐れ？　何か違う気もする。

ブリジットはふと気づく。

感じているのはこの女たちを束ねている者への興味だ。

ラゼンフォルト卿とはどのような人物なのだろう。

そんな疑問を浮かべていると、雇い主であり領主であるシャーウッド子爵がやってくる。

鼻にはハンカチを当てていた。

牢屋は地下室に隠されており、煌びやかな屋敷部分とは空気が違う。

貴族からすれば受け入れがたい瘴気に包まれていた。

「我輩の土地に無断で侵入するとは。下賤な輩が。――処刑しろ」

来たばかりだと言うのに、シャーウッド子爵は結論を言い放つ。

シャーウッド子爵は茶髪を整髪剤でべっとり撫でつけたオールバックの男だ。

神経質さを前面に押し出したいけ好かない男、というのがブリジットの印象だった。

「あんたがラゼンフォルトの土地を侵したんでしょ⁉　思考回路どうなってんのよ！」

ジュゼの言葉にブリジットは少し笑いそうになる。

全くもってその通りだ。

この件に関してはシャーウッド子爵だけがひたすらに悪い。

土地などとうに枯れているのに、いつまでも栄華を忘れられず、その欲を満たすために他人の土地を平気で侵したのだから、本来なら頭を下げて地に擦りつけるくらいするべきなのだ。

長らく続いた権力と財力が自身を強烈に勘違いさせ、腐敗させる。

人より優れた肉体や魔法といった潜在能力を持ち、容姿に恵まれ、生まれた時点で上位者で、王や一部の貴族を除けば周囲には下しかいない。

そんな特権意識と選民意識が生み出す怪物が貴族だ。

自身に不都合が起これば全て他人のせい。一切疑うことなく本気でそう思える生き物が貴族。

シャーウッド子爵も例外なくその一員だった。

だから誰にも仕える気がしない。人として下劣だと心底思う。

「クロイツェルの者を手にかけるのはまずいでしょう。彼女だけは生かして帰すべきでは」

「必要ない。三男と我輩は懇意の関係にある。――この娘自身の資産と事業は一族に還元されるのだから、むしろ喜ばれるだろう。あの家は目下跡目争いの最中だ。だいたい、ここで起きたことを誰が口外すると言うのだ」

「そういうことでしたらどうぞお好きに。――あたしはこの件には関わりません。そういう契約です。心情に反することには従わない」

「……勝手にしろ」

舌打ち交じりにシャーウッド子爵が言う。

個人的な感情を隠さずに言うなら、ブリジットはシャーウッド子爵が嫌いだった。

自分の目的や利益のために他者を虐げることを厭わないところが嫌いなのだ。

特定の主君がおらずとも、弱きを守ることを本懐とする騎士としては受け入れがたい精神性である。

ブリジットが立ち去ろうとすると、ジュゼはその背中に笑い交じりに言う。

「あんた、ブリジット・ノアよね？　この場でわたしに雇われない？　金貨で十万枚出すわよ？」

ジュゼは十億円を提示する。

今は年間一億円の契約金をシャーウッド子爵からもらっているが、その十倍だ。

「ありがたい話だが、断らせていただく。まだ契約期間中なのでね」

「倍でもいいわよ？」

「金額の問題ではない。契約のあるうちは主君を定めている」

ジュゼが金銭にモノをいわせてくるのは多少みっともなく思ったが、商人らしい刃だなともブリジットは思った。

相手が自分でなければ状況を覆すことができるかもしれないくらい、鋭い刃でもある。

これ以上の問答はせず立ち去ろうとすると、自分の部下を買収しようとしたことに怒りを覚えたのかシャーウッド子爵が戻り、ジュゼの頰を思いきり叩いた。

「誰が発言を許可した」

「……下衆野郎」

頰を赤く腫らしても、ジュゼは強気な態度を崩さない。

「貴様のような商人風情が調子に乗るからこうなるのだ。我々貴族を食い物にする無価値で下賤な繫ぎ屋の分際で」

「あんたなんかがわたしを値踏みするんじゃないわよっ！」

ジュゼが啖呵を切ったかと思えば、次いで吹き出すように笑い始める。

ふふふ、と不敵に笑い、エルフ、他の人間たちがそれに続く。

これから殺される者たちとは思えない態度だった。

「わたしたちに一番高値を付けるのは、わたしでもあんたでもない。わたしたちを攫ってからもう三日は経つわよね。——来るわよ」

「何がだ？」

この場所はまさにこういった状況のために用意された特別な牢獄(ろうごく)で、シャーウッド子爵の手駒(てごま)すら一部しか場所を知らない。

ジュゼの兄から流された帝国製の最新兵器である銃も、それを扱える兵士も山ほどいる。

まず場所の特定が難しいうえに、来たところで資金力を背景にした武力で制圧される。

ブリジットでさえ生き抜いて逃げるのは難しいだろう。

王国という大きな視点で見れば、シャーウッド子爵は地方の一領主に過ぎない。

しかしこの地の王は紛(まぎ)れもなくシャーウッド子爵なのだ。

そんな場所に誰が来るというのか――。

「――ラゼンフォルト」

ユーリカは呟(つぶや)くように答える。

するとシャーウッド子爵もこらえきれないといった様子で笑いだす。

彼の気持ちがブリジットにはわからないでもなかった。

底辺領主がやってきたところでどうなるものか。

武力で敵(かな)うはずがない。武器や兵士だけでなく、王から『剣聖』の尊号まで賜(たまわ)った自身もいるのだ。

外交的な手段にしてもほぼ無意味だ。

たとえ王に言ったとして、納税を多くしているシャーウッド子爵の言が受け入れられるだろう。ましてやラゼンフォルトは豊富な資源を長年無為(むい)に放置していたのだ。

現実とは甘いものではない。

今回の件はたかが領民数十人程度の被害でしかなく、それは国の実利とは比べるまでもないのだ。

つまり、何をどうしようと解決などできない。

だからシャーウッド子爵は焦らない。

これまでと同じで、不都合な問題は闇に葬ってしまえばいいのだから。

「──貴方たちが悪いのですよ。あの御方を刺激するから」

「底辺領主が何だと言うのだ!? 自分の土地すらまともに管理できない痴れ者の分際で！」

人間以下だと見下していた魔族が歯向かうようなことを言うから、シャーウッドは冷酷さすらかなぐり捨てて大声で怒鳴る。

だが発言者であるエルフのみならず、人質全員が薄ら笑いを浮かべていた。

それは愚か者を見たときにする嘲笑であり、また、シャーウッド子爵に何も恐れを感じていない様子でもあった。

「あの御方は何もしなければ何もしない。貴方たちが火をつけてしまった。『絶望の地』から、貴方たちに絶望を振りまきにやってきますよ」

「そうよ。──あんたたちがあいつに戦場を与えたの。あんたたちが選んだのよ」

気づけば人質たちと同じように、ブリジットもその顔に笑みを浮かべていた。

強大な武力を知っていながら、王国最強の自分が目の前にいながら、ここにいる人質はその領主のほうが強いと本気で信じている。

　英才教育を受けているのだから、ジュゼの言葉は妄言ではないのだろうと思うと震えた。

「子爵。処刑はしばしお待ちください。待ちましょう」

「我輩は多忙だ。一週間以上待つことなど不可能。第一、待つ理由がない」

　ラゼンフォルト領の領主邸から向かっているのだとすれば、馬車で一週間はかかる。到着してからこの場所を探すのならさらに時間がかかるだろう。

　シャーウッド子爵の発言はひどく常識的だった。

　しかし、常識は人や環境によって違うものである。

「ラゼンフォルト卿は、アッシュはもうすぐ来るわ。遅くたって今日中に、走って、ね」

　またもやシャーウッド子爵は笑う。今度はブリジットも声を出して笑った。

　馬が休み休み一週間かかる距離を人間が三日で走り抜けられるわけがない。

　よしんばできたとして、戦う体力など残っているわけがないのだから、状況の改善は不可能だ。

「さぞかし足の速い人物のようだな。——だが、足が速いだけではあたしには勝てない。三年前、あたしはドラゴンの討伐に成功している。簡単ではなかったが、最後には仕留めた。『剣聖』の名は伊達ではないよ」

　王国最強、『剣聖』の名を賜ったのは、王都を襲来したドラゴンの討伐に成功したから。

　人の域を超えた証が『剣聖』の称号だ。

ブリジットが図らずも自慢げに言うと、今度は人質一同が大声で笑いだす。

一見すると和やかな光景だった。

捕まった人質も、捕まえた側も笑っているのだ。

どんな状況よりも剣呑な空気の中で――。

「――なぜ笑う」

「あはっ、だ、だってっ、そんな真面目な顔してドラゴンの討伐に成功ってっ……あはははっ！」

「ジュ、ジュゼ、失礼ですよ……うふっ、ふふふっ！　わ、私たちだって少し前までは似たような認識だったでしょうっ、ふふふっ！」

エルフ――ユーリカとジュゼは特に大笑いしていた。

痛めつけられても泣かなかった女二人が涙を浮かべているほど。

久しぶりにブリジットは本気の怒りを覚えた。

ドラゴン殺しは賞賛されるべきことであって、笑われるような実績ではないはず。

「はー……笑わせてもらったわ。まぁアッシュが来たら、わたしたちが笑った理由がわかるわよ。一つ言えるのはそうね……――『剣聖』なんてレベルじゃ勝負にすらならないってこと」

「あまり王国最強を舐めてくれるな。――そのアッシュとやらが負けたとき、お前の首はあたしが直々刎ねてやろう」

「あいつは負けないけどね。井の中の蛙大海を知らず。覚えておきなさい！」

――アッシュ・ラゼンフォルト。たかが領主が来るかもというだけで、連中に活気が戻った。ドラゴン殺しを笑える人物だというのか。あり得ない。

大方好いた男か何かで、実力を過大評価しているのだろう。クロイツェルの女を騙すとは、さぞかし口が上手いに違いない。

直後、ゾワリと嫌な気配をブリジットは背中に感じる。

野生の勘、いや――本能的な恐怖だ。カエルがライオンに遭遇するような、敵うはずがない絶対者と対峙するような恐怖だ。

焦った顔の兵士が入ってきて、大きな声で叫ぶ。

「騎士団長！　――領主様！　侵入者が領主様を出せとものすごい剣幕で押し入ってきまして……！」

「人数は。さっさと殺してしまえ」

「い、一名なのですが、その……剣や弓、銃では太刀打ちできず。そ、それに魔法も効かず！」

「ここには五百人常駐させている。なぜたった一人を殺せない？」

おどおどと兵士はシャーウッド子爵の顔色を窺う。

理由なんて兵士にわかるはずがない。俺が聞きたいとでも言いたげな顔を兵士はする。事実なのだから、それ以外言いようもない。

ブリジットがふとジュゼたちを見やると、やはりニヤニヤしていた。

「――全ての武器の使用を許可する。銃以外もな。相手がラゼンフォルトなら、王国にすら認知されていない貧民も同じだ。この者どもを運び出せ！　目の前で処刑してやる！」


兵士に告げ、シャーウッド子爵は薄暗い階段を上がる。

それが処刑台へ続く階段になるかもとは、全く考えなかった。

◆

コの字型に建てられた屋敷の中心部、中庭にアッシュはいた。

鉱山の奴隷たちと警備していた兵士たちを問い詰め、この場所を探し当てた。

三階建ての屋敷の窓からは兵士が睨みを利かせており、後ろもふさがれ、アッシュは包囲されていた。

全員が銃や弓を構えていて絶望的な状況。だがアッシュに動揺は微塵もない。

アッシュの足元には撃ち落とされた矢がハリネズミのように突き刺さっていた。

すでに一陣は退けた後だった。

「俺の領民たちに危害を加えていた場合、全員生きて帰れると思うな！」

大声でアッシュは吠える。

魔法も弓もアッシュには効かないことが証明されている。

正面から剣で立ち向かおうとする兵士もさすがにおらず、皆、距離を取っていた。

「アッシュ！」

屋上のテラスから聞き覚えのある声がする。

ジュゼにユーリカ、エルフたちと、ほかに見慣れない男女がアッシュを見下ろしていた。

「今助けてやる！」

「はーっはっは！　助ける？　これから死ぬというのに？」

シャーウッド子爵が大声で笑う。

ガラガラと色々な場所から音がし、アッシュが横目に見ると、見たことのない物が配備されていく。

「砲兵隊用意！」

巨大な砲門が各窓からアッシュに向けられ、前後と上がふさがれる。

「投降せよ！　そしてあたしと一騎打ちしろ！」

砲撃が始まる前に発言したのはブリジット・ノア。

屋上の上からでもよく通る声だ。声の大きさは騎士の第一条件である。

美人だな、とアッシュは思ったが、性欲は微塵も湧かない状況だった。

「我こそは『剣聖』！　王国最強の騎士！　もし決闘を受けるのならば、あたしから子爵に一時の助命を頼む！」

ブリジットのプライドは傷ついていた。

ユーリカやジュゼが、ブリジットよりアッシュのほうが強いと断言していたからだ。

屈辱を拭うには一騎打ちでもって、自らの力を証明するしかない。

「貴様らの信頼する領主もどきを肉片にしてやろう！」

しかし、シャーウッド子爵がその腕を振り上げると同時に砲撃が始まる。

ブリジットの決闘宣言など受け入れられない。殺してしまえば問題は解決。ブリジットのプライドなどシャーウッド子爵の知ったことではない。

計三十六門の砲撃がアッシュに降り注いだ。さながら絨毯爆撃の様相だ。

戦場で使うには精度が低かろうと、目視できる距離でこれだけの数があればまず標的は逃れない。

轟音が鳴り響き、全員が耳をふさぐ。

中庭は見るも無残な状態だろう――。

「こんな遅いもので俺を止められると思っているのか」

舞い上がる土煙の中からアッシュは堂々と現れる。

大砲などものともせず、服についた土埃のほうを気にしていた。洗濯が大変だからだ。

「だ、誰が空砲を撃てと言った！」

あまりに動じていないアッシュに焦り、シャーウッドが騒ぐ。

大砲の集中砲火を受けて無事な人間などいるはずがない。ならばそれは空砲、つまりは脅しただけだと判断した。

だが誰も答えない。彼らが撃ったのは間違いなく実弾だったから。

「よくわからんが、遊びたいのか？」

独り言ちながら、アッシュは比較的形を保っている砲弾を拾う。

そして振りかぶり、全力でシャーウッドに投げつけた。

ドゴン！　と大きな音を立て、砲弾の欠片はシャーウッドのそばの外壁をえぐりとばす。

速度は大砲を凌駕し、斬られて歪な砲弾だというのに破壊力は尋常ではなかった。

もはや人間の域を超えている。地上最強の砲丸投げだ。

シャーウッドのみならず、力を知っているジュゼすら少々引いたくらいには圧倒的な結果である。

「降りてこい。剣なら相手してやる」

アッシュは挑発するように手招きする。

「子爵、あれは決闘の誘いです。不肖、このブリジット・ノアが代行いたしましょう」

無論、ブリジットにシャーウッド子爵を慮る気持ちなど一切ない。

ただアッシュ・ラゼンフォルトという怪物の力を知りたかった。

この軍勢を前にし、剣だけで生き延び、あまつさえ挑発までする度量。

常識の観念で言えば非常識にもほどがあって、確かにユーリカたちが持ち上げたくなる気持ちはわかる。筋力は人間の域にはないだろう。

確実に超級の剣士相手にどこまで食らいつけるか。

一人の剣士として純粋な興味があった。

崩れた外壁を伝い、ブリジットが降りてくる。そしてアッシュの前に対峙した。

「お前は誘拐犯か？」

「いや、攫うのには関与していない。しかし連中の仲間かと問われれば、そうだ」

「なら殺さないでおいてやろう」

「舐められたものだな！」

ブリジットは高速でアッシュに斬りかかる。

彼女が修めているのもまた、アッシュと同じ王国式の剣術である。

ただし、『剣聖』とまで呼ばれる腕前は既存剣術を遥かに超越していた。だが……。

——遅い。

アッシュにはまるで止まっているように見えた。

アッシュの戦闘能力の高さを支えるのはその強靭な視力だ。

走り出す足元、身体の重心、体捌き、剣を握る指の力さえ把握し、そこからどう剣を振るうのか予想する。

全身の筋肉の動きを把握すれば、動きの予測——予知に近いことが可能だ。

現在のアッシュの頭はやはり良くない。だがしかし戦闘においてならば、その限りではない。

アッシュ・ラゼンフォルトよりも強かった父に叩きこまれた戦闘経験が、思考をショートカットさせるからだ。

思考の介在する余地すらないほどに研ぎ澄まされた反射が、尋常ならざる結果を作る。

「その剣で戦うつもりか？」

キリキリと、不愉快なほどの高音が中庭いっぱいに響き渡ったあと、アッシュはまた挑発する。

「剣が⁉」

ブリジットの剣が細切れになって地面に散らばっていた。

「くっ！　――ならば！」

ブリジットは氷柱を手に発生させ、剣のように持ち、振りかぶる。

空気中の水分を集め氷にし、任意の形に成形する魔法だ。

その鋭さは剣をも上回るほど洗練されている。

戦場において武器を失うことなど日常茶飯事。対処の仕方をブリジットは心得ていた。

魔法剣士としての最高峰。それがブリジット・ノアという『剣聖』。

「俺に魔法は無意味だ」

しかしアッシュに当たる前に氷柱はバシャっと水になってしまう。

アッシュはその水で乱れた髪を左手で直しつつ、唖然とするブリジットに宣告するように言った。

「お前、王国最強の騎士とか言ってたな。――二度と名乗るなよ」

ブリジットの腹めがけて、アッシュは右足で押し蹴りする。

甲冑を着込んだ人間がまるで綿のように軽く飛び、屋敷の壁に激突する。

そしてブリジットは意識を手放した。

◆

――何が起きている？　我輩は夢の中にいるのか？

シャーウッド子爵は事態を飲み込めず、ただ呆然と成り行きを見ていた。

「かっこよ……」

眼下で起きている光景に驚愕しつつ、縛られたままのジュゼは感動していた。

不本意ながらシャーウッドもアッシュに同じような感想を持っていた。

王国最強の『剣聖』が文字通り手も足も出なかったのには、もはや感動すら覚えてしまう。

「まぁわかりきった結末ですね。愚か者は最期にやっと、その愚に気づく」

ユーリカは誇らしげに、現実を受け止め切れていないシャーウッドを嘲笑した。

「あり得ない……」

「――〝絶望〟しましたか？」

にやぁ、と口が三日月になった一見邪悪な、そして魔族が人間に向けるべき本来の笑みをユーリカはシャーウッドに見せる。それが皮切りだった。

「逃げろ！」

「貴様ら！　どこへ行く！」

シャーウッドが怒号を浴びせるも、兵士たちは気にせず逃走していく。

『剣聖』が小娘のようにあっさりと倒され、城の外壁を破壊できる威力の大砲は効かず、帝国の常勝を支える銃すら効かない。

さらに剣や弓はもちろん、魔法さえアッシュには届かなかった。

ならば逃げるしかないではないか。

兵士たちは皆、一様に同じ思考を辿り、脱兎のごとく逃走し始めた。

「金だ。そ、そうだ、金だ。見舞金を出そう！　だからお前たちが奴を説得しろ！」

これまで見下しきってきたユーリカたちに向け、シャーウッドは恥も外聞もかなぐり捨てて叫ぶ。

――こんなところで死んでたまるか！

この地の王、シャーウッド子爵。その絶望がアッシュという人の形をとってやってきた。

力があり、たくさんのものを持つからこそ、全て失う死の絶望は常人よりも大きなものだ。

奪う側に生まれつき、奪われることなど生涯ないと思っていたのに――。

「もう遅いわ。――ね、アッシュ」

「その通りだ。何もかも、もう遅い」

シャーウッドの上方から冷たい声がする。

その声の主は人の形を保ちつつも、人を明らかに超越した圧力を持って、シャーウッド子爵の後ろに立っていた。

――いつの間に移動したのか。

どうして後ろにいるのか。どうしてこの身にばかりこんな不幸が起こるのか。

「ま、ま、ま、待て！　待ってくれ！　い、いや、待ってください！」

全身を剣で切り刻まれてバラバラにされたような最悪の錯覚を覚えながら、シャーウッドは振り返るなり土下座する。

プライドは誰よりも高い彼だったが、今この状況に最も適した動作は土下座であると直感的に理解した。

命だけは金でも買えないのだ。

生きてさえいればまた金は稼げる。だから今この場を乗り切るためなら何でもする。

「か、金は出す！　だ、出させていただきます！　だから命だけは……！」

シャーウッドはちらっと顔を上げてアッシュの顔を見る。

アッシュのその表情は恐ろしいまでに真顔。

頭を下げ涙も流し、鼻水さえまき散らしながら命の懇願をしている人物に対して、まるで何の感情も持っていないかのような冷たい目。

瞬きの内に首を斬り落とされても何も不思議に思わないほど、冷徹な目だった。

生まれて初めての死の恐怖に、シャーウッドの顎が自然にガタガタと震える。

口内でカチカチ鳴る歯の音さえアッシュの機嫌を損ねてしまいそうで怖かったが、生理的な恐怖はどうしたって拭いきれない。

「そうか。金か。いくらだ」

平坦なアッシュの声に、これまたシャーウッドは絶望する。

並大抵のことでは許してもらえそうにない空気があった。

――いくら……いくら出せば満足する？

連れ去ってきた連中一人一人への見舞金。

そして領地を侵していたことに対する賠償金、慰謝料。これまで不当に得てきた利益の返還。それに利子も当然つけるべきだろう。

生涯で一番頭を働かせていたと言っても過言ではないほど考えた。

しかし答えは出ない。というより、出せる限界を正直に言っても無意味な気がした。その金額からさらに足元を見られる可能性のほうが高いと思えた。まして金勘定に長けたクロイツエルの娘までいるのだから、限界まで絞られるだろう。

「い、いくらなら許してもらえる？」

機嫌を損ねるかもしれないが、そもそもアッシュ・ラゼンフォルトという人物がそれほど金に執着していない可能性に賭けた。

宝石が採れる鉱山は完全に放置されていたし、もし金銭や貴族としての出世に興味があるのなら社交の場にも顔を出していたはず。

そうでないのだから、金にも権力にも興味が薄い可能性は高いと感じられる。

つまり大事にしているのは領民だけ。その生命は守れたのだから、案外あっさりした要求かもしれない。

シャーウッドは一縷の望みに縋る。

「全部だ。金も領地も、全てよこせ」

アッシュの冷たい声はその全てを要求する。

――それでは、死んだほうがマシではないか。

鉄面皮の男が放つ冷たい言葉に、シャーウッドは今日何度目かの絶望を覚えた。

◆

すっかり気の抜けたシャーウッドは、一瞬で数十歳老いたかのように覇気なく沈んでいた。

アッシュはそんな男を無視し、縛り上げられている一同を解放する。

「ケガはないか？　全員無事か？」

「ええ。助けに来てくれてありがとうございます！」

縄が解かれるなり、ユーリカがアッシュに飛び込むように抱きついてくる。

「助けに来るのは当たり前だろう。間に合ってよかった」

安堵したユーリカを抱きしめながら、その身体についた傷を確認する。

大きな傷こそないが、全身に擦り傷が多数あった。

ほかの面々も同じように多少は傷があった。

再び怒りがこみあげてきて、うなだれたシャーウッドに視線を向ける。

すっかり委縮したシャーウッドは、アッシュを見るなり、頭突き同然の勢いで床に頭をこすりつけていた。

そこで、抱き合う二人を見て少しムッとした顔のジュゼにも視線が行く。

「ジュゼも無事でよかった。――来ないのか？」

「い、いい。今はちょっと」

どこかよそよそしい態度でジュゼはアッシュから距離を取る。

疑問に思ったアッシュは思いついたことを聞いてみた。

「遅くなってしまったから怒ってるのか？」

「ち、違う……あ、あんまり近づかないで」

ジュゼの拒否に従わず、アッシュはジワジワ距離を詰めた。

「お風呂三日も入ってないから！」

乙女心はこの状況でのハグを受け入れがたい。

ジュゼは真っ赤にした顔でアッシュから小走りで逃げ回る。

だがあっさりと捕まり、アッシュは後ろからジュゼを抱きしめる。

「別に臭くないぞ。待たせて悪かったな」

「めちゃ早だったけどね。あんたじゃなかったらあと三日は捕まってたっていうか……たぶんさっき死んでたし」

今になって怖くなってきたのか、ジュゼはアッシュの腕の中で少し震える。

「さぁ、みんな帰ろうか。――おい」

「は、はい！」

これまでの優しい声とは別種の威圧的な声でシャーウッドに声をかける。

この状況でアッシュが欲しかったのはみんなを乗せて帰る馬車だ。

しかし頭が悪く、瞬時に明確な指示を出せない。

だからシャーウッドはどう回答すればよいのかわからず、その場でできる最大限を提案するしかなかった。

「あ、あのですね、宝石の加工はドワーフという魔族が行っておりまして……必要であれば彼らもお譲りします。この屋敷の工房におりますので……」

「ドワーフ？」

「わ、我々人間よりも手先が器用な魔族で、特に鉱物に関しては随一な者たちでして」

「ユーリカ、知っているか？」

ペコペコと卑屈に頭を何度も下げるシャーウッドは無視して、アッシュはユーリカに尋ねる。

何かわからないことがあればユーリカへ。そんな習慣ができていた。

「ええ、知っております。その人間の言うように、彼らは鍛冶技術や加工に長けていると聞きますね」

「あっ！　シャーウッドの宝石がどこにも真似できないクオリティなのはそいつらのおかげっ

てわけっ⁉　あんた色々最悪の犯罪者ね⁉」

ジュゼはシャーウッドの貴金属の巨大な付加価値について思い出し、ドワーフの存在と関連付けた。

深く頭を下げて肯定する、先ほどまでとは別人になってしまったシャーウッドを少し哀れに思いつつも、ジュゼは打算を巡らせる。

「お前の領地をよこせと言った件、しばらく保留しておく。今はお前が管理しておけ」

——もらっても廃墟にする未来しか見えん。

アッシュは自分の土地すら満足に管理できていないことを思い出し、シャーウッドに温情をかけた。

シャーウッド自身には恨みがあるが、その領民にまでアッシュに管理される不幸を押しつけようとは思わない。

前にジュゼとともに行ったシャーウッド子爵領の街は活気があった。アッシュが管理すればその活気がなくなってしまうだろう。

何より急に領地が増えても困る。アッシュは思考停止から保留にしただけだった。

「ひとまずは金とドワーフたちだけでいい。これからのことはゆっくり決めようじゃないか」

実際ユーリカたちは無事だった。

よくわからないが、これからは宝石の加工もできるようになるらしい。

しかも金ももらえる。領民たちの生活は豊かになるだろう。ならば許してやってもいいかもしれない。

そんな気持ちでアッシュは軽々に発言する。

だがシャーウッドの受け取り方は違う。

生かして地位もそのままにしてやる代わりに、これからずっと絞り続けてやる――そう聞こえた。

いっそ殺してくれと思うほど、未来から希望が消え去っていく。

これまで領民や奴隷たちにしてきた搾取が自分に返ってくる。

シャーウッドは再び絶望し、嗚咽した。

第十四話

シャーウッド子爵は国王に面会すべく王城、その謁見の間にいた。

もちろんアッシュについての報告である。

彼が窮状を脱するには、貴族である以上逆らえない王の力添えを得るしかない。

王にアッシュを排除してもらい、『絶望の地』を傘下に収め、これまでと同じように宝石の出荷を継続したい。それで全てが解決する。

シャーウッドは貴族の中でも高額納税者であり、自身の罪状はあれど、ある程度の理不尽を通す力を持っている。と、本人は思っていた。

「――という状態なのです！」

シャーウッドは頭を下げたまま、王に事のあらましを話す。

王は枯れ木のような印象を受ける老人だった。

落ち窪んだ眼窩の奥には鈍い光。表情や仕草は消極的で、最古の大国の比類なき王でありながら、どこか卑屈さも感じさせた。

「――ラゼンフォルトには手を出すな。近寄るな。何も知ろうとするな。代替わりの際、余は其方にそう忠告したはず」

「は、はい。覚えております。ですが――」

しわがれた声がシャーウッド子爵の望まない答えを紡ぐ。

「彼の者が其方と領地を傘下に収めたいと言うのなら、受け入れるほかない。余も賛同する」

「な、なぜです!? 私がこれまでどれだけ王とこの王国に尽くしてきたか！」

国王相手でもさすがに激高する内容だった。

だが王はシャーウッドの疑問には答えず、さらに続ける。

「この世に生まれ落ちた者には全て役割がある。彼の者の役割が土ならば、其方の役目は彼の者の小間使いだっただけのこと」

「王……？　ラゼンフォルトが？　何をご冗談を。我らが王は、陛下ただ御一人です」

「違う。我が役は偽王。いつか彼の者が戻ってくるまで、この玉座を温めるだけの存在」

シャーウッドの知る限り、王は厳格で、冗談を言う人物ではない。大国を率いるだけのカリスマも能力も持っているのだ。だがまるで冗談のようなことを言う。

「この国の本当の建国者は、初代ラゼンフォルト。【災厄】を撃退し、この世界を守り、この国を築いた。だが彼の者の一族はいつか蘇る【災厄】を鎮められるよう、あの地に籠もってしまった。そして人民に滅びの存在を知らせないようにするために、あの地に誰も近づけるなと仰った。だからあの地に関する情報は統制されている。それこそが我が一族の使命なのだ。今もなお、我等は彼の者の庇護下にある」

さぁーっとシャーウッドの血の気が引く。

全てを理解できたわけではない。それでも、王はアッシュが望むならその地位を譲るつもりなのだと気づいた。いや、譲るという言葉は、王に言わせれば間違いだろう。あるべき場所へ返すのだ。

「彼の者が魔族を容認すると言うのなら、変えるべきは法か。余の代で人心まで変えるのは骨が折れるが……仕方あるまい」

少し疲れた顔で王は言う。人心の根本から変えていくという荒唐無稽な話なのに、それが当然という態度だった。まるでラゼンフォルトの奴隷のようではないか。

「待ってください！ 彼が真の王の血族であることはわかりました！ ですがそれと魔族の容認には関係がない！ 彼がそれこそ人類の敵になるかもしれないではありませんか！」

「私は先代のラゼンフォルトとは何度も会っている。高潔な男だった。その彼が『息子には全てを教えた』と言っていた。息子は聡明で責任感が強いといつも自慢しておったよ。――ならば、彼の行動には全て理由があるはず。【災厄】の対処に魔族が必要なのだろう」

アッシュの父は親バカだった――。

幼い息子の可能性を信じ、立派な後継者であると王に報告していたのだ。

だから王はアッシュが全て理解してあの土地にいるのだと思い込んでいた。

まさか当のアッシュがほとんど全ての大事な事柄を頭に入れることができていなかったとは、父も王も想像できなかったのである。

「人には役割がある。余の役割は、彼の者の不都合を失くすこと。無論、ここで見聞きしたことについても全て秘匿してもらう。其方がその〝不都合〟なら……――消すが？」

「わ、わかりました」

王も味方ではない。そう断言され、シャーウッド子爵は諦めた。

こうなればもはやアッシュの下でうまく立ち回っていくしかない。

アッシュの知らぬ場所で、シャーウッド子爵はアッシュの奴隷になった。

◆

「結果だけ見れば、シャーウッドに捕まってよかったかもね」

「ええ。完成した領地と資金がまとめて手に入りそうですし」

ジュゼとユーリカは思わぬ収穫を喜んでいた。

今回手に入ったもので一番大きなものは、シャーウッド子爵自身と言える。

今後は実質的に植民領として扱っていくことになるだろう。

誘拐騒ぎから一週間後、アッシュはユーリカたちと連れ立って屋敷に帰還した。

少し違うのは、新たな魔族――ドワーフも一緒だということ。

人数は五十名ほど。本来なら小柄でも肉厚で筋肉質な身体は、シャーウッドが与えた過酷な環境のせいで痩せ細っていた。

今後、彼らはラゼンフォルト領で宝石の加工や鍛冶などに従事する。

もちろん、待遇はこれまでの劣悪なものから真っ当な領民としての権利を保障されて、だ。

また、ジュゼは帝国の鉄道技術を持ち込もうとしていた。

王国の技術レベルではまともな線路の一つも造れない。当然、蒸気機関も製造不可能だ。

だがドワーフの人より優れた精錬技術ならば帝国の水準に追いつけるかもしれない。

そうすれば流通はスムーズになり、王国内でも抜きんでた領地になるだろう。

シャーウッド子爵は魔族であるドワーフの関与がバレることを嫌い、従来通りの流通網を使っていたのだが、世界征服を目指すアッシュにはそんな小さなことは関係ない。

世界征服はともかく、現実的な目標として「王国で一番栄える土地」は実現可能だ。

王国内のほかの人間たちと比べ、世界的な基準を知るジュゼには計画の全体像がよく見えた。

「アッシュ様、連れて来たあの女騎士はどうするのです？」

ユーリカが縛り上げられている女を指さし、アッシュに聞いた。

藍色の髪の女――『剣聖』ブリジット・ノアだ。

「ククク……わからないのか？」

――何も考えてなかったから、俺にもわからんがな！

美人だから連れて来ただけ――。

ユーリカにブリジットの配置を任せようと思い、アッシュは適当に言った。

「……どういうことなの？　なんであいつあんなに自信満々なの？　ユーリカわかる？」

ひそひそと、ジュゼはユーリカに聞く。

ブリジット・ノアを生かす意味。

ただ戦力が欲しいだけという可能性もあるが、アッシュの口ぶりからしてそれ以上の目的がありそうだ。

ユーリカとジュゼは悩む。そして一つの結論に至った。

「あの女、王国の騎士からすごい尊敬されてる有名人なのよね。弟子入りを志願してる連中なんてごまんといるはずよ。変な話だけど、騎士が騎士に忠誠誓われてるの」

「つまり……アッシュ様は騎士を集めようとしている？」

「実際あの女が挙兵しようとすれば集まる連中は多いと思う。シャーウッドの騎士団だって、いきなり騎士団長になったのに、まとめあげてたわけだし」

「あの女のカリスマで、荒事に長けた人材を大量確保ということですか……！」

さすがはアッシュ様！　とユーリカは感心する。

まずアッシュに世界征服する気がないのだから、まるで見当違いだ。

「我が剣を受けてもらえないだろうか！　そしてあたしもあの高みまで連れて行ってほしい……！」

一人の剣士として、ブリジットはアッシュに嫉妬していた。

しかし嫉妬が羨望になり、羨望が憧憬に変わるとき、人は忠義を抱く。

アッシュの一線を越えた高みを自分の目でも見てみたい。

そのためなら、この男の剣となろう。

魔族すらも懐に入れるほどの男なら、仕えるに値する主人だろう。

「良かろう。今日からお前は我が騎士だ」

「身命を賭してお仕えいたします」

ブリジットの加入をユーリカたちがどう扱うのか、アッシュは知らない。

魔族であるエルフにドワーフ、魔法使いである元【呪い付き】に、王国最強の騎士。

そして王国一の商会の一翼を担うジュゼが背景を支える。

さらに金持ち貴族のシャーウッド子爵を奴隷同然にした。

アッシュが想像も望みもしない世界征服の土台が固まりつつあった。

「さぁ、みんなでメシにしようか。明日からも忙しいぞ」

晴れた空を見つつ、アッシュは伸びをする。

色々と難しく考えていたユーリカたちは、アッシュの態度に気が抜け、微笑んだ。

その時、領内に地震が起きる。

短時間だが、かなり強い揺れだ。

そして、何かの唸り声のような音が領地に響き渡る。

〝深淵の大穴〟で何かが胎動していたのを知るのは、後の歴史だけだった。

あとがき

はじめまして。火野(ひの)あかりです。

前作『エルフ奴隷と築くダンジョンハーレム』からお付き合いいただいている方は、お久しぶりです。またお付き合いいただけて嬉しいです。

今作は書下ろしの新作になります。

なので感想やポイントなどのフィードバックがなく、少々不安です。とはいえ、皆さんにこのあとがきが届いている時点では、もう私にできることはありませんが……。

お楽しみいただけたなら幸いですが、もしつまらないと思われたなら、大変申し訳ありません。このあとがきを書くにあたって、前作から二年開いての新シリーズなんだな、と時間の速さに驚きました。人によって若いともおじさんとも評価が変わる微妙な年齢になりましたが、確実に時間感覚は早まっている気がします。一カ月があっという間です。

そんなこんなでいつの間にかデビューして五年目くらいになっていましたが、いまだ実感がありません。なにせ、五年という数字は、私のデビュー時期に中学入学した子が大学受験本番時期を迎えるくらいの年数です。え、そこそこ長くやってない⁉　と他人事(ひとごと)のように感じますね。

ちなみに、今作を書いたのは前作終了後まもなくです。なので実は二年近く経過していたり。たいていの場合、商業作品は早くて一年から二年くらいは間が開くもので、漫画ならもっと開く場合も珍しくはありません。

その間、ここ二年はほとんど漫画原作者として脚本ばかり書いていました。数的には漫画原作者のほうが肩書として相応しいかもしれませんね。

コミカライズなど小説を漫画家さんが再構成してリメイクする形ではなく、ページを割り、そこに書かれたセリフなどをもとに、そのままネームを起こせるように作るタイプの原作です。なんでか女性向けの作家さんと共著なんてものもしていたりで、エロが入っているものはあまりなかったりします。

今年度はあと二、三本連載が始まってくれればいいなぁと。

それらも当然のように一、二年前に書き始めたもので、今やっているものはまた二年後の公開という形になりますね。

ありがたいことに、なんとか、かろうじてですが、十年選手は目指せそうな空気があります。残念ながら大ヒット作品はないので、朝露を飲んで、辛くも生き延びるような形ではありますが。

小説についてはこの作品のシリーズに注力したいですが、単刊の読み切り作品も今年に出るかもしれません。地味に色々やらせていただいています。

とまぁ、あとがきというよりも近況報告になってしまいましたが、次巻もまたお付き合いいただけたら幸いです。

火野 あかり

この作品の感想をお寄せください。

あて先　〒101-8050　東京都千代田区一ツ橋2-5-10
集英社　ダッシュエックス文庫編集部　気付
火野あかり先生　カグユヅ先生

ダッシュエックス文庫

領民ゼロ領主の勘違いハーレム。
—エロいことがしたかっただけなのに、世界征服することになってたんですけど—

火野あかり

2024年7月30日　第1刷発行

★定価はカバーに表示してあります

発行者　瓶子吉久
発行所　株式会社　集英社
〒101−8050　東京都千代田区一ツ橋2−5−10
03(3230)6229(編集)
03(3230)6393(販売／書店専用) 03(3230)6080(読者係)
印刷所　株式会社美松堂／中央精版印刷株式会社
編集協力　後藤陶子

ISBN978-4-08-631556-2 C0193